KB268747

네 남자친구가 제일 문제다

네 남자친구가 제일 문제다

네 남자친구가 제일 문제다

초판 1쇄 인쇄 2013년 11월 25일
초판 1쇄 발행 2013년 11월 30일

글쓴이	김성덕
펴낸이	김두희

총괄이사	허두영
기획·편집	변유경 송지혜 홍지회
디자인	채홍석 고현아
마케팅본부장	이경민
출판마케팅팀장	김재필
출판마케팅팀	이상민 이정희
제작	박주현
인쇄·제본	삼조인쇄
용지	에코페이퍼

펴낸곳	(주)동아사이언스
등록일	2001년 3월 15일(제312-2001-000112호)
주소	(140-877) 서울특별시 용산구 청파로 109 나진전자월드 7층
전화	(편집) 02-3148-0833 (마케팅) 02-3148-0773
팩스	02-3148-0809
이메일	books@dongaScience.com
홈페이지	www.dongaScience.com

© 동아사이언스 2013

ISBN 978-89-6286-143-3 (13810)

※ 책 가격은 뒤표지에 있습니다.
※ 잘못된 책은 바꿔 드립니다.

과학동아북스는 과학문화창조기업 (주)동아사이언스의 출판 브랜드입니다.
다양한 콘텐츠를 바탕으로 유익한 과학책을 만들고자 노력하고 있습니다.

네 남자친구가
제일 문제다

피카소의 손을 거치면 모든 풍경과 인물이 그림이 되고, 모차르트의 귀를 거치면 이 세상과 자연의 모든 소리가 음악이 되듯이 김성덕 감독의 눈을 거치면 세상 만사가 모두 남녀 문제로 풀린다.

얼마 전 카이스트 석사 졸업 논문 예비 심사가 있었는데, 김성덕 감독의 논문이 대중적인 흡입력도 있어서 책으로 출간된다는 것을 알게 되었다. 논문 발표장에서 지난 2년 동안 김 감독과 같이 공부해 왔던 한 학생이 "김성덕 감독은 어떤 교수님 과목을 듣든지, 어떤 문제든 간에 모든 것을 남녀 문제로 환원시키는 능력이 있다"는 얘기를 던졌고, 다른 학생들도 이에 다들 공감했다. 그래서 그 자리에서 농담 삼아 "그럼, 김성덕 감독은 남녀공학자(男女工學者)라고 불러도 되겠다"고 했는데, 그 인연으로 지금 추천사를 쓰게 됐다.

우리 사회에서는 '공학(工學)'이란 말이 부정적인 의미로 주로 쓰인다. '정치

공학'이 대표적인 예인데, 의식이나 이념도 없이 그저 정치적 승부에만 집착하는 것을 일컫는다. 사실 공학은 과학적이고 체계적으로 세상에 필요한 것을 만들어 내는 학문이다. 이를 위해서는 영혼을 울리는 깊은 성찰이 있어야 하고, 위대한 발명은 그 속에서 나오는 것이다.

이번에 김성덕 감독이 출간하는 책은 그가 〈롤러코스터 남녀탐구생활〉등 오랜 기간 남녀 문제를 깊이 연구하고 성찰한 것을 체계적으로 분석해서 낸 것이라고 보면 될 것 같다. 연애는 나의 잃어버린 반쪽을 찾아가는 과정이고 결혼은 평생 살을 맞대고 지낼 동반자를 만나는 과정이라고 할 때, 모든 사람의 인생에서 이만큼 중요한 일이 또 있을까 싶다. 이번에 낸 책이 청춘 남녀들에게 훌륭한 연애 지침서가 되고 결혼 가이드 북이 되길 바라는 마음이다.

그나저나 이 책이 발간되면 김 감독은 남녀의 연애와 결혼을 과학적으로 접근한 국내 1호 남녀공학 석사가 되는 것인가? ^^

임춘택
카이스트 원자력 및 양자공학/미래전략기획 교수

'사귀기 전에는 정말 마음이 바다 같이 넓은 줄 알았는데 정작 사귀고 보니 속이 좁아 터져도 이런 밴댕이 소갈딱지가 없어요', '만나기 전에는 정말 큰 나무처럼 기대고 싶은 남자였는데 사귀고 나서는 만날 나한테 기대요', '다른 남자들은 전부 나를 잘 이해해 주는데 내가 사귀는 남자는 왜 만나면 만날수록 앞뒤가 꽉꽉 막힌 사람 같을까요?'

이런 하소연에는 공통점이 있다. 사귀기 전에는 그 남자가 제일 멋있었는데 사귀고 보니 내 남자가 제일 문제라는 것이다. 이 책의 제목을 아주 노골적이고 직설적으로 『네 남자친구가 제일 문제다』라고 지은 이유도 여기에 있다. 이 책을 통해 연애와 결혼의 본질 같은 형이상학적인 지식 전달이 아니라 당장 연애하고 결혼해야 할 내 남자에 대해 고민하고 있는 여자들에게 실질적인 도움을 주고

싶어서다. '연애와 결혼이 무엇인가'라는 추상적인 출발점에서 내 남자를 대입시
키는 탑다운(Top-down) 방식이 아닌 '내 남자가 누구인가'라는 구체적인 출발에
서 연애와 결혼을 대입시켜 보는 버텀업(Bottom-up) 방식을 따라 체크리스트
를 만들어 보았다. '내 남자친구'부터 먼저 꼼꼼히 따져본 다음 왜 내 남자가 연
애와 결혼에 있어서 '제일 문제'인지 대입시켜 보자는 것이다.

　'내 남자'를 따져 볼 때는 치열하게 직접 부딪치며 체험해야 한다. 남이 볼 때
지킬박사 같은 내 남자도 직접 부딪치다 보면 하이드일 수 있다. 남이 욕하는
남자이더라도 부딪치며 깊이 들여다보면 오만과 편견 속에 잘못 평가된 착한 남
자일 수 있다. 연애 상담을 해줄 때 보면 남의 남자에 대해서는 정말 칼 같은 잣
대로 냉철하고 현명하게 판단하는 여자들이 많다. 그런데 그것이 나의 연애가
되면 나의 남자에게 치명적으로 관대해진다. 술버릇과 폭력이 있어도 '다 그럴만
한 이유가 있어서', '다음에는 안 그런다고 했으니까……'라고 넘어간다. 이론적
인 관전평이 나의 체험에 전혀 도움이 되지 못한다는 증거다.

　직접 부딪치며 내 남자를 파악할 때는 내 남자가 뭐가 '제일 문제'인지를 따져
보아야 한다. 그런데 보통은 내 남자를 '제일 문제 많은 남자'로 만드는 핵심 요
소가 나의 기준이 아니라 남의 기준에 좌우된다는 게 진짜 '문제'다. 상대적인 기
준 때문에 내 남자가 문제 있는 남자가 되어버리는 것이다. 남의 기준으로 볼 때
똑똑하고 잘생기고 잘난 남자가 나에게 불만 많고 시시콜콜 간섭하고 내 친구나
내 식구를 향한 오만한 태도로 나를 숨 막히게 한다면 그것이 진정한 '문제'다.
남이 볼 때 최고의 신랑감이라는 의사, 판사 같은 전문직을 가진 남자라도 나를

화병 나게 만든다면 그 남자야 말로 '제일 문제 많은 남자'다. 내가 조금 모자라도 비방하지 않고 허물 덮어주고 욕하지 않고 불평 안 하고 작은 것 하나하나 사소하게 나를 배려해 주는 사람, 나와 쿵짝이 잘 맞는 사람, 그래서 날 생기 돌게 하는 사람, 매일 살맛나게 하는 사람, 그런 사람이면 문제가 되지 않는다. 좀 부족한 부분은 내가 채우면 된다. 그래야 축복되고 행복한 나의 연애와 결혼이 보장된다.

헐크가 다른 남자한테 화내는 건 괜찮은데 자기 여자한테까지 성질을 부리면 그 영화 안 된다. 네 남자가 다른 사람한테 화내는 건 괜찮은데 당신한테까지 성질을 부리면 그 연애 안 된다. 헐크가 밖에서는 아무리 화를 내도 자기 여자한테만은 온순해져야 영화가 재밌다. 내 남자가 아무리 밖에서 화를 내고 고집을 피워도 나한테만큼은 온순해져야 결혼 생활이 행복하다.

밖에서는 잘난 체 못하고 기죽어 지내다가 집에 들어와 와이프에 대해 고자세로 돌변하는 남자는 문제 있는 남자다. 하지만 밖에서 잘나가도 집에 와서 아내에게 바보가 되는 남자는 문제없다.

이제부터 내 남자가 정말 '문제 있는 남자'인지 구체적으로 체크해 보자. 내 남자를 똑바로 알아야 오늘의 연애와 내일의 결혼을 망치지 않는다. 잘난 남자들이 묻지 마 주식으로 망하듯 잘난 여자들 묻지 마 결혼으로 망하는 모습, 너무나 많이 봐 왔다.

내 남자가 유난히 문제라며 속 썩고 있는 여자들, 내 남자가 달콤하지만 어딘가 미심쩍어 불안해하는 여자들, 더 만날까 그만 만날까를 하루 열 두 번도 넘게 고민하는 여자들, 연애 자체가 겁이 나서 아예 시도도 못하고 있는 모태 솔로들,

현재의 연애는 완벽한데 미래의 결혼까지도 완벽할까 마지막 돌다리를 두들겨 보고 싶은 여자들, 이런 연애약자와 사랑약자 독자들과 정말 피부로 체감하는 이야기를 나누고 싶다.

필자의 지도 교수이자 카이스트 미래전략대학원장이신 이광형 교수님은 평소에 성격이 아주 온순하신데, 이 책을 보고 나지막하게 딱 한마디 하셨다.

"(남자들의 속성을 다 고자질하는) 배신자……."

책을 쓰다 보니 나 역시 연애와 결혼에 관한 경험자이자 현재진행형인 선배 그리고 남자로서 남자들이 여자들에게 숨기려고 하는 가장 밑바닥까지 고자질을 하게 되었다

배신자가 되어도 좋다.

부디 이 책을 통해 당신이 꼭 알고 싶은 연애와 결혼, 그리고 남자에 대해 모조리 깨칠 수 있는 좋은 탐사 여행을 하기를 바란다. 연애와 결혼을 성공하는 그 날까지 계속 고고!

차 례

남자는
숨길 수 있는 것은 뭐든
철저히 숨긴다.
적당히 서로를 속일 때
로맨스의 달콤함이 더 커진다.

남자의 본능, 여자의 본성

남자의 경제력

결혼을 한 달 앞둔 예비 신랑 신부가 찾아왔다. 인연을 맺어 줘서 고맙다고(정확히 말하면 '부킹'을 시켜 준 것이다). 식사 대접을 받는데 신랑이 잠깐 화장실로 간 사이 신부는 내게 "고맙습니다. 감독님"을 몇 번이나 반복했다. 그리고 신랑이 돌아오자 우리는 무슨 은밀한 음모라도 꾸미다가 들킨 듯 분위기를 얼른 바꾸어 화기애애한 식사를 이어 갔다.

사실 우리에겐 은밀한 비밀이 있었다.

홍대 문화를 좀 아는 친구라면 극동방송 부근에 있는 술집 '밤과 음악사이'를 잘 알 것이다. 난 한때 거기 죽돌이었다. 〈롤러코스터〉를 연출할 때 촬영만 끝나면 연기자들과 '밤사'로 향했다. 하루는 우리 〈롤러코스터〉 팀의 노처녀 작가들과 술을 마셨는데, 옆 테이블에 건장한 남자들이 있었다.

기분이 좋아진 나는 객기로 노처녀 작가들과 건장한 남자들을 '즉석 만남' 시켰다. 그리고 딱 1년 뒤 결혼하는 커플이 이 예비 신랑 신부다.

나중에 들어 보니 남자는 성격 좋고 잘생기고 몸도 좋은 경찰 공무원이었다. 글에만 파묻혀 살던 노처녀 작가도 연애에 목말랐는지 마른 장작에 불 지피듯이 둘은 진도가 아주 빨랐다. 그런데 본인도 프리랜서 방송 작가여서 경제적으로 불안했고 남자도 말단 공무원이라 결혼 후의 경제력이 은근히 신경 쓰였다. 작가는 내게 '즉석 만남'을 시켜 준 죄로 몸 좋은 경찰 공무원과 술 한잔 하라며 부추겼다. 경제 사정을 좀 체크해 달라며 슬며시 눈치를 줬다. 나는 즉시 '우리는 같은 남자'라는 동지 의식을 핑계 삼아 술자리를 만들었다. 그러고는 경제력에 대해 허심탄회하게 터놓고 묻기 시작했다. 더 솔직히 말하자면 아주 집요하게 물고 늘어졌다. 술김에 농담인 척 계속해서 물었다.

얘기를 나누어 보니 몸 좋은 경찰 공무원의 부모님께서 대천해수욕장 부근에 땅을 제법 가지고 있었다. 이 얘기를 전하자 송아 작가는 연신 고맙다고 인사를 하더니 한 달 후 청첩장을 들고 왔다. 남자를 믿고 사랑해서 결혼을 결심하긴 했지만 그래도 결혼 후의 경제 사정이 걱정되었는데, 시골에 땅이 있다고 하니 '에이, 힘들면 까짓것 대천 가서 살지 뭐'라는 든든함이 생겨 마음도 편해지고 부모님도 잘 설득할 수 있었다고 했다. 예비 신부가 신랑이 화장실에 간 사이 내게 연신 고맙다고 인사한 것도 아마 인연을 맺어 준 것 보다 남자의 경제력에 대한 정보를 캐 준 것이 더 고맙다는 뜻은 아니었을까?

소개팅을 할 때 여자들이 가장 먼저 확인하는 것이 무엇일까? 바로 남자의 직업이다. 어떤 직장에 다니는지, 무슨 일을 하는지 확인하는 것이다. 그 밑바탕에 깔린 본심은 물론 '돈'이다. 남자의 경제력을 터놓고 물어보지 못하니까 간접적으로 돌려서 물어보는 것이다.

전 세계 6개 대륙과 5개 섬의 37개국에 사는 1만 47명을 대상으로 인간 남녀의 서로 다른 욕망을 추적 조사한 미국의 진화심리학자 데이비드 버스의 저서 『욕망의 진화』에서도 여자가 남자를 볼 때 가장 중요하게 생각하는 조건 1순위가 경제력이라고 밝혔다. 이를 토대로 서구에서도 조사한 결과 여자의 60%가 남자의 경제력을 선호 조건 1순위로 선택했다. 우리나라도 마찬가지다. 2012년 결혼정보회사 듀오가 20~30대 미혼 남녀를 조사해 분석한 자료에 따르면, 여자들 13.1%가 희망하는 배우자의 직업으로 공무원·공사 직원을 꼽았다. 9년 연속 부동의 1위다. 이 조사 결과를 보면서 카이스트 이민화 교수가 강의 시간에 했던 농담이 떠올랐다. 여자가 원하는 결혼 상대 후보 1위는? 잘생긴 공무원, 다음 2위는? 못생긴 공무원, 다음 3위는? 이혼한 공무원이라는 것이다. 불황의 여파인지 그 정도로 요즘은 안정된 직장을 가진 남성을 원한다고. 여자들이 원하는 배우자 희망 연봉은 평균 4,482만 원으로 조사되었다. 결혼 적령기를 묻는 질문에는 남성이 평균 31.54세, 여성이 30.17세라고 답했다. 서른 한 살에 연봉이 4,500만 원 수준이면 나라도 주변 여자들에게 결혼하라고 등을 떠밀지 않을까 싶다. 이처럼 여자가 보는 남자의 조건 중 중요한 것이 경제력이라는 데는 대체로 크게 이견이 없을 것이다. 왜 그럴까? 여자가 남자의 경제력을 중요하게 생각하는 것은 '속물'이라서가 아니라 그것이 오랜 시간 인류가 진화하는 과정에서 자연스럽게 유지되어 온 본능이기 때문이다.

1972년 미국의 진화심리학자 로버트 트리버스는 '부모 투자와 성적 선택'이라는 이론을 발표했다. 이에 따르면 수컷은 암컷에게 정자만 제공할 뿐 자식을 돌보는 데 시간을 투자하지 않는다. 반면 암컷은 자식이 독립할 수 있을 때까지 곁을 떠나지 않고 돌봐야 한다. 그래서 암컷이 자식을 돌볼 때 당연히 '먹잇감은 누가 갖다 주지?' 하는 절박한 생존의 걱정을 하지 않을 수 없다. 이러니 짝짓기를 할 때 암컷과 수컷은 태도가 다를 수 밖에 없다. 덜컥 아무 수컷의 자식을 가졌다가 자식을 키울 능력이 없으면 낭패니까.

이를 보여 주는 사례가 있다. 바로 물때까치. 물때까치 암컷은 가장 많은 먹이를 모은 수컷을 골라 교미를 한다. 또는 가장 멋진 집을 지은 수컷을 선택하기도 한다. 그래야 편안하게 알을 낳고 부화할 수 있기 때문이다. 이 물때까치 암컷들은 수컷이 집을 완성할 때까지 교미를 거절하거나 충분한 먹이를 받은 후에 교미를 허락한다. 수컷이야 교미하고 도망가면 그만이지만 암컷은 새끼를 낳고 키워야 하니까 엄격하게 따지고 드는 것이다.

데이비드 버스도 자식을 임신하고 낳고 돌보고 먹이고 보호하는 이런 일련의 엄마 역할은 매우 귀중한 번식 자원이기 때문에 아무 남성에게나 선사되어서는 안 된다고까지 했다. 여자가 임신을 하면 10개월 동안 동굴에서 몸을 보호하고 있어야 하는데 만약 남자가 먹이를 사냥해서 가져다주지 않는다면? 혹은 무서운 맹수들이 달려들 때 남자가 동굴을 지켜 줘야 하는데 임신만 시킨 채 책임지지 않고 도망가버린다면? 그야말로 자신과 자식의 생명에 엄청난 위협을 받게 되는 것이다. 그렇다 보니 여자들이 남자들보다 배우자를 까다롭게 고르도록 진화되었다. 이런 이유로 여자들은 자신이 자식을 임신하고 출산하고 양육하는 동안 열심히 먹이를 날라다 줄 남자의 능력을 따질 수밖에 없고, 그것이 지금의 경제력이라는 것이다.

다시 한 번 말하지만, 남자의 경제력은 중요하다. 여기서 짚고 넘어가야 할 점은, 경제력을 재산 수준으로만 이해한다면 오산이라는 것이다. 경제력은 아래와 같이 네 가지로 구분해서 꼼꼼하게 체크해 보아야 한다.

첫째, 자신이 원하는 경제적 수준이 어느 정도인지 알아야 한다. 이때 경제적 이상형은 가슴속에 고이 모서 두고 현실적으로 파악하자. 나는 죽어도 외제 차는 타야겠다든가, 집은 꼭 서울에 있어야 한다든가, 아니면 난 집값 싸고 넓은 파주 신도시 사는 게 좋아, 차도 필요 없고 지하철 타고 다니면 돼, 하는 식으로 자신이 원하는 경제력의 수준을 정확하게 파악해야 한다. 자신이 원하는 경제적 희망 사항의 마지노선을 정해야 하는 것이다. 그래야 선택에 실패가 없다. 내가 원하는 라이프 스타일에 맞게 살려면 어느 정도의 경제력이 필요한지를 알아야 남자의 경제력을 현실적으로, 제대로 따져 볼 수 있다. 서두에 소개한 작가처럼 간접적으로 남자의 경제력을 알아보든지, 혹은 건강진단서를 떼어 남자의 건강을 체크하듯 남자의 통장 잔액 등을 구체적으로 파악하여 체크하라는 거다. 결혼까지 생각한다면 말이다. 연애할 때는 남자가 빚을 내서 데이트 자금을 마련하든 말든 알 바 아니지만 결혼은 그게 아니니까.

둘째, 남자의 미래 경제력 즉 미래 가치에 대해 제대로 평가해야 한다. 요즘은 100세 시대라 서른 살에 결혼해도 70년을 같이 살아야 한다. 그래서 현재 눈에 보이는 남자의 경제력이 아니라 미래의 능력 가치를 체크하라는 것이다. 예를 들어 내게 1,000원어치의 주식이 있다고 하자. 이게 1년 지나면 10만 원이 되고 100만 원이 된다면 투자할 가치가 있는 것이다. 남자도 마찬가지다. 한마디로 지금의 경제력이 아니라 미래의 경제력을 체크해 보라는 얘기다.

한창 잘나갈 때 소니 주식은 1만 6,000엔까지 올랐다. 그런데 최근에는 1,000엔까지 내려가기도 했다. 세계 일류 기업이었던 소니가 사업 투자를 잘못하면서 지금은 맥도 못 추고 있는 것이다. 소니는 주식이 최고가에 있을 때 계속해서 브라운관에 투자했다. 브라운관 TV로 세계 일류 기업의 반열에 올랐기 때문에 1위를 유지하기 위해 같은 분야에 투자한 것이다. 그런데 삼성은 브라운관 TV로는 소니를 못 이길 것이라 판단하여 LCD에 투자했다. 삼성이 처음 소니를 따라잡겠다고 발표했을 때 모두 말도 안 된다고 했다. 하지만 삼성은 결국 소니를 따라잡았고 삼성의 미래 능력에 가치를 두고 주식을 투자한 투자자들은 대박이 났다.

비행기 경쟁사인 에어버스사와 보잉사도 마찬가지다. 보잉사는 속도에 승부를 걸었다. '빠르게, 더 빠르게 마하 속도로 승객을 태우고 다니자' 라며 빠른 비행기를 만드는 데에만 집중했다. 반면 에어버스사는 에너지 절약 시대가 올 것을 예상하고 에너지를 아끼면서 한꺼번에 많은 승객을 태울 수 있는 기술력에 집중했다. 결국 승자는 에어버스사였다. 에어버스사는 현재 보잉사보다 훨씬 좋은 평가를 받고 있다. 미래 투자를 정확히 잘한 것이다.

남자도 마찬가지다. 현재 경제력이 좀 떨어지더라도 삼성과 에어버스사 같은 미래 경제력 가치가 있다면 평가가 달라져야 한다. 당신 남자의 미래 경제력을 체크해 보라. 삼성이냐, 소니냐? 하고. 남자의 현재 경제력을 보고 결혼을 하면 당신이 약간 기가 눌려 살 수 있다. 그러나 미래 경제력을 보고 결혼해서 성공하면 '다 내 덕분이야' 하고 큰소리칠 수 있다.

지금 부유하다고 해서 평생 그 재산이 유지되는 것은 아니다. 제대로 판단하고 투자하고 미래를 위해 준비하는 사람인지를 봐야 한다. 그걸 알아보는 안목이 있어야 앞으로 70년을 같이 살 배우자 선택에 실패하지 않는다.

셋째, 마이너스 경제력, 즉 빚을 체크해야 한다. 집을 사기 위해 대출을 받은 성실한 빚은 문제가 없지만 신용카드 돌려 막기에 급급한 카드 빚이나 숨긴 빚이 있다면 다시 생각해 봐야 한다. 결혼하면서 혹은 연애하면서 남자의 빚이 얼마나 되는지 모르는 여자들이 의외로 많다. 자기한테 돈을 잘 쓰니 의심을 하지 않는 것이다. 설마 돈이 없는데 때마다 좋은 식당 데리고 다니고 선물을 안길까, 하겠지만 남자들 중에는 그런 사람이 많다. 그러니 외제 차로 집 앞까지 데리러 온다고 해서 마냥 좋아할 일만은 아니다. 집에 갈 때는 기름값이 없어 5,000원어치만 넣고 갈지도 모를 일이다. 결혼 날

짜를 잡고 나서야 빚이 있다는 것을 알게 되어 고민하는 경우를 많이 봤다. 그러니까 사귈 때, 결혼을 결심하기 전에 남자의 빚이 어느 정도인지 확실하게 알아야 한다.

결혼한 친동생 부부가 신혼 석 달째쯤에 행방불명된 적이 있었다. 그때 온 동네를 뒤지다 결국 포기하고 집 열쇠를 부수고 들어가 보니, 둘이 죽겠다고 누워 있었다. 알고 보니 동생이 총각 때 쓴 카드 빚 1,000만 원이 들통났는데, 갚을 길이 막막해 둘 다 죽자고 시위를 벌이고 있었던 것이다. 결국 내가 그 돈을 빌려 주었는데, 이날부로 동생은 제수씨한테 꽉 잡혀 살고 있다. 나는 빚을 숨긴 동생도 때려죽이고 싶을만큼 미웠지만, 그걸 모르고 결혼한 제수씨도 조금은 원망스러웠다. 잘 좀 챙겨 보지, 하고…….

남자 경제력 체크의 마지막은 성실성이다. 성실성이 왜 경제력과 관련 있냐고?

카이스트 김철호 교수의 협상론 수업에서 가장 인상 깊었던 말이 있다. 최고의 협상이란 내게 최고의 이익이 되는 계약서나 내가 이익을 가장 많이 보는 합의서가 아니라 실제로 지켜지는 계약, 현실적으로 지켜지는 협상이라고 했다. 남자와 여자가 만나는 것도 일종의 계약이며 결혼은 그것을 법적으로 완성하는 것이다. 결혼하면 이걸 해 주겠다 저걸 해 주겠다 공수표를 뿌리고는 결혼 계약서에 도장 쾅 찍고 나니 언제 그랬냐는 듯 나온다면 아무 소용없다. 계약 내용이 아무리 좋아도 실천이 안 되면 의미가 없는 것이다. 그러니 입으로 말하는 약속 말고 그것을 행동으로 지킬 남자의 성실성을 알아보고 선택하는 것이 정말 중요하다.

내가 아는 친구 중에 아주 기분 나쁜 친구가 있다. 교육학을 전공한 대학 교수인데, 그 친구는 아침마다 하얀 와이셔츠에 깔끔한 양복 차림으로 출근하면서 꼭 음식물 쓰레기봉투를 들고 나간단다. 아내 눈에는 이게 익숙한데 가끔 오는 장모 눈에는 불편하고 어색했다. 그래서 하루는 장모가 딸에게 "아니, 김 서방이 하얀 와이셔츠를 입고 가는데 김치 국물 묻으면 어쩌려고 음식물 쓰레기봉투를 들고 가게 해? 앞으로 네가 좀 버려" 했더니 그 딸이 하는 말이 "저 사람이 결혼할 때 '당신 손에 물 안 묻히게 한다는 말은 못하겠으나 음식물 쓰레기만은 안 묻히겠다'고 약속하더니 지금 10년째 저렇게 실천한다"며 웃었다. 장모님은 물론, 이 글을 보는 여자들도 감동했을 것이다(그래서 나는 이 친구가 기분 나쁘다). 왜냐하면 그 작은 실천 하나에 남자의 성실성과 신뢰가 다 배어 있기 때문이다. 이런 남자는 적어도 절대 여자 맘고생은 안 시킨다.

내가 연애나 결혼 상담을 곧잘 해 준다는 걸 아니까 하루는 같이 일하는 여자 작가가 자기 친구를 데려왔다. 자기 친구가 아주 심각한 고민을 하고 있으니 상담 좀 해 달라고. 생판 처음 보는 그녀는 나를 보자마자 넋두리하듯 고민을 풀어놓았다.

"감독님, 저는 그 남자를 너무너무 사랑하는데요, 남자가 돈이 없어요. 그런데 결혼은 죽어도 그 사람과 하고 싶어요. 어떡하면 좋죠?"
난 바로 딱 한마디로 대답했다.

　그녀는 한동안 나를 멍하니 바라보더니 아무 말없이 돌아갔다. 훗날 그녀가 결혼을 하고 작은 꼼장어 가게를 차렸다며 초대하길래 찾아가 봤다. 그 남자를 '먹여 살리기 위해' 있는 돈 없는 돈 다 긁어모아 홍대 밑 성산동에 꼼장어 가게를 차렸는데 다행히 제법 잘된다고 했다(평소 꿈은 홍대에 근사한 카페를 차리는 거라고 했다). 그녀는 내게 술과 푸짐한 안주를 내주며 연신 고맙다고 했다. 부모님이 너무 반대해서 결혼을 포기할까 하다가 '니가 먹여 살려'라는 감독님 말에 용기를 얻어 결혼했는데, 잘한 것 같다고. 다행히 남자가 수더분하고 손님을 끄는 스타일이라 자기보다 장사를 더 잘한다고 대견해했다. 나는 열심히 꼼장어를 굽는 그 신랑 뒤통수에 강한 레이저 눈빛을 쏘았다. '임마, 내가 니 은인이야.'

　현대 사회로 오면서 남녀의 성 역할이 많이 바뀌었다. 경제력 역시 누가 버느냐가 중요한 건 아니다. 돈이 많은 것도 좋지만 불행히도 이 세상에 돈을 많이 버는 남자는 생각보다 흔치 않다. 따라서 돈 많이 버는 사람을 만나려고 100미터 줄을 서느니 돈이 조금 없더라도 자신이 편할 수 있는 수준의 사람을 만나는 것이 현명하다. 조상들은 이런 생각을 갖고 남녀 성 전략으로 일부다처제보다 일부일처제를 선택했다. 돈 많은 남자를 공유하는 것보다 돈이 적더라도 나에게만 헌신하는 남자가 훨씬 이득이라고 생각한 것이다. 현실에서도 이를 증명하는 사례들이 종종 발견되는데 결혼 1순위가 돈 많은 남자이고 이혼 1순위가 바람피우는 남자다. 그런데 역설적이게도 돈 많은 남자가 바람을 가장 많이 피운다. 다시 말하면 돈 많은 남자는 기회 요소이자 위험 요소인 셈이다.

다시 한 번 강조하지만, 여자가 남자의 경제력을 따지는 건 결코 속물이어서가 아니다. 본능이다. 더 나은 환경에서 자녀를 양육하기 위해 그렇게 진화해 왔다. 그러니 남자를 만날 때 거리낌 없이 경제력을 따져라. 대신 조목조목 구체적으로 제대로 따져라. 지금 당신에게 돈 많이 쓰는 남자를 경제력 있는 사람으로 성급히 판단했다가는 뼈아픈 후회밖에 남지 않는다. 그 남자의 경제력이 아버지에게서 물려받은 돈인지, 자기 능력으로 번 돈인지 미래 경제력이 있는지 제대로 파악해야 한다. 성실하게, 빚 없이 약속을 지켜 가는 사람인지도 꼭 파악해야 한다.

참, 밤과 음악사이에서 인연을 맺은 부부는 지금 정말 잘 살고 있다. 그런데 요즘은 내가 그 남편을 피하는 분위기다. 얼마 전 역시 남자의 동지의식으로 뭉쳐 술 한잔 하는 자리에서 "감독님 도대체 언제 작품 들어갑니까?" 하고 불쑥 묻는 것이다. 이 말의 행간을 디테일하게 분석해 보니 이렇게 해석되었다. '현재 1년째 감독님과 작품 기획만 하다 보니 아내가 돈을 못 벌어 와서 조금 답답합니다.' 이런 나쁜 놈! 하는 생각과 동시에 옛날에 술 마시면서 내가 한 말이 떠올랐다.

'우리 송아 작가 돈 엄청 잘 벌어!'

아, 이제는 정말 남자가 여자의 경제력을 보고 결혼하는 시대인가? 물론 이 신랑은 절대 그런 생각으로 결혼한 게 아니라고 믿지만…….

외모 따지는 남자를 원망 말라

앞에서 소개팅을 할 때 여자들이 가장 먼저 따지는 것이 남자의 경제력이라고 했다. 그럼 남자들은 소개팅이라고 하면 열 일 제쳐 두고 뛰어나올까? 아니다. 남자들도 따지는 것이 있다. 여자들만큼, 아니 여자들보다 더. 남자들은 소개팅 전에 주선자에게 딱 세 가지를 물어본다. 뭐냐고?

첫 번째. 그 여자 예뻐?
두 번째. 그 여자 정말 예뻐?
세 번째. 그 여자 얼마나 예뻐?

가끔 한 다섯 가지 물어보는 녀석들도 있고 열 가지쯤 물어보는 녀석들도 있는데 그 녀석들의 질문은 이런 식이다.

그 여자 어떤 스타일로 예뻐?

그 여자 착하고 예뻐?

그 여자 키 크고 예뻐?

그 여자 아담하고 예뻐?

그 여자 얌전하고 예뻐?

이런 식으로 하면 뭐 한 백 가지도 질문이 나올 수 있겠지만, 요는 예쁘냐는 거다. 이걸 내가 연출한 〈롤러코스터 남녀탐구생활〉에서 첫 번째 소재로 다뤘다. 남녀의 속성이 가장 잘 드러나는 소재니까. 정형돈에게 소개팅이 들어온다. 소개팅 시켜 준다고 하자마자 일단 '예쁘냐'고 묻는다. 예쁘다는 확답을 듣고서야 그럼 하겠다고 한다. 그런데 막상 소개팅하는 날이 되니까 나가기 좀 귀찮은 거다. 그래서 주선자에게 전화를 건다. 그리고 진지하게 묻는다. 그 여자 정말 예쁘냐고. 주선자는 귀찮아하며, 정말 예쁘니까 나가 보기나 하라고 한다. 하는 수 없이 옷을 주워 입고 나가는 정형돈. 약속 장소에 도착해 여자가 올 때까지 기다리면서 주선자한테 또 전화를 한다. 진짜 예쁘다고 했지? 아니면 죽는다!

그리고 잠시 후 소개팅녀 정가은이 등장하는데 정형돈은 정가은을 보자마자 헤벌쭉 웃는다. 물론 정가은은 정형돈을 보자마자 인상이 구겨졌지만…….

내가 수많은 남녀 탐구 소재 중에서 소개팅 편을 제1회 주제로 잡은 이유는 소개팅에 남자의 심리가 고스란히 녹아 있기 때문이다. 이 세상의 모든 남자는 정형돈이다. 정형돈은 이 세상 남자를 그대로 대변한 인물이다.

'제 남자친구는 안 그래요!' 라고 항변하는 여자도 있겠지만, 아니다. 남자라면 당연히 외모를 가장 먼저 보는데 본인의 성 전략상 그걸 포기하거나 적당히 다른 것과 타협했을 뿐이다.

진실광고(truth in advertising) 이론이 있다. 제임스 브라운이라는 미국의 과학자가 주장한 이 이론은 동물의 사치스러운 신체 구조, 이를테면 수컷 공작새의 화려한 날개나 사슴의 뿔 같은 것이 번식에 유리하게 작용했다는 것을 전제로 한다. 사슴의 뿔이 자라기 위해서는 칼슘을 비롯한 많은 영양소가 필요한데, 사실 별 쓸모가 없다. 해가 바뀌면 버려지고 금세 또 자라기 때문이다. 웬만큼 영양 상태가 좋은 사슴이 아니면 뿔이 크게 자라질 않는다. 뿔이 큰 사슴은 공격력이 좋다. 그래서 천적과 싸우며 목초지에 접근하는 데는 뿔이 큰 사슴이 유리하다. 사슴은 큰 뿔을 통해 더 좋은 목초지에서 맘껏 풀을 뜯어 먹고 점점 더 크게 뿔을 키우며 자신의 우수한 유전자를 과시한다. 당연히 암컷을 쟁취할 때도 유리하다. 영양 상태가 좋고 전투 능력이 뛰어나다는 것을 큰 뿔로 과시하는 것이 '진실을 과시하는 것'이라고 해서 '진실광고' 이론이라는 이름이 붙여졌다.

여자의 몸매도 마찬가지다. 지금은 분유가 있어서 모유 수유가 선택 사항이 되었지만, 원시시대에 여자의 모유는 갓난아기의 생사를 좌우했다. 영양이 좋지 않은 여자는 젖을 제대로 분비하지 못해 아기를 굶겨 죽이는 경우가 비일비재했다. 그래서 큰 가슴은 '나는 아이를 충분히 먹여 키울 만큼의 모유를 생산할 수 있다'고 과시하는 수단이고, 큰 엉덩이는 아이를 낳을 때 산도에 걸리지 않고 안전하게 낳을 수 있음을 과시하는 수단이라고 한다. 잘록한 허리는 몸을 잘 움직일 수 있다는 것, 즉 건강함을 과시하는 것이란다. 이런 얘기를 여자들에게 하면 사람이 무슨 짐승이냐고 하는데, 다를 게 뭐가 있겠는가? 사람이나 짐승이나 이성의 생식 능력을 본능적으로 파악하고 짝을 지으려고 하니 별반 다를 게 없을 수밖에.

하여튼 이런 맥락에서 남자들은 여성의 건강과 생식 능력을 알려 주는 단서인 잘록한 허리, 둥근 엉덩이를 가진 여자의 몸매를 선호한다는 것이 진화심리학계의 주장이다.

재미있는 건, 앞서 말했듯이 점차 남녀 성 역할이 바뀌면서 남자가 여자의 경제력을 은근히 보는 시대라고 했는데, 현대에 들어와서 여자도 경제력이 생기면서 남자의 경제력보다 외모를 우선순위로 두는 경우가 꽤 있다는 것이다.

이런 얘기를 하면 연애 때나 그러지, 혹은 철없는 20대 초반에나 그러지, 하는데 그렇지가 않다. 30대 중·후반의 싱글 여자들에게서도 종종 이런 이야기를 듣는다. 자신들이 어느 정도 사회적으로 자리도 잡았고 웬만큼 버니까 남자의 능력보다 외모를 중요하게 생각하는 것이다. 게다가 이들은 연하를 원하는 경우가 많은데, 연하의 남자가 연상의 누나보다 수입이 많을 리가 없다. 그렇다 보니 외모가 좋은 연하의 남자를 찾고 수입에는 관대해지는 것이다.

대다수의 여자들은 남자의 외모에서 얼굴보다는 키에 더 집착한다. 여자들 대부분이 '남자가 180은 되어야 해' 하고 희망 사항을 외치지만, 나이

 그렇다면 여자들은 왜 유독 남자의 키에 집착할까? 여자들이 남자들의 키에 집착하는 이유도 과학적으로 설명할 수 있다.

미국 유타주립대 데이비드 캐리 생물학과 교수 연구진이 2011년 발표한 자료를 보자. 고대 유인원은 짝짓기를 위해 자주 싸웠는데, 두 발로 똑바로 서면 상대방을 세게 내려칠 수 있기 때문에 두 발로 걷도록 진화했을 것이라는 게 이들의 주장이다. 연구진은 남자 권투 선수를 통해 실험을 했다. 서 있거나 구부리고 있을 때 앞, 옆, 위, 아래 네 방향으로 뻗은 펀치의 세기를 확인해 보니 위에서 아래로 펀치를 뻗는 내려치기가 올려치기보다 3.3배 강한 것으로 밝혀졌다. 즉, 키 큰 남성일수록 상대방을 쉽게 제압할 수 있다는 것이다. 강한 남성일수록 가족과 식량을 지키는 데 유리했을 것이니 여성이 생존을 위해 키 큰 남성을 선호했으리라는 것이 연구진의 결론이다.

이와 반대되는 주장도 있다. 기억은 나지 않지만 어디선가, 역시 기억이 나지 않지만 아주 유명한 누군가에게서 들은 것도 같고 어느 유명한 신문에서 읽은 것도 같다. 그 주장에 따르면 원시시대에는 다리 짧은 남자가 가장 인기 있고 강한 남자였다고 한다. 원시시대에는 인간도 늘 맹수에 쫓기는 등 불안한 생활의 연속이었기 때문에 짝짓기를 할 때도 선 채로 했다고 한다. 그런데 다리가 길면 비틀거려 제대로 하기 힘들었고 다리가 짧으면 아주 안정되게 짝짓기를 잘했기 때문에 다리 짧은 남자가 인기였다는 주장이다. 출처가 기억 나지 않는 이 이야기의 근거를 아는 독자가 혹 있다면 꼭 좀 알려 주기 바란다. 개정판이라도 나온다면 그 자료를 근거로 꼭 제대로 신고 싶다. 참고로, 나는 다리가 아주 짧다.

우리나라 여자들을 대상으로 조사한 자료를 한번 보자. 최근 한 결혼정보회사에서 조사한 결과를 보니, 결혼 상대 남자의 외모에서 싫어하는 것으로 작은 키와 대머리를 제치고 똥배가 1위에 올랐다. 키와 대머리는 유전적이라 부모 탓이 있지만, 똥배는 그 사람의 나쁜 생활 습관이나 외모에 대한 의지 부족에서 비롯된 것이라고 본 것이다. 그러니 대머리는 용서해도 똥배는 용서가 안 된다고 한다. 나도 이런 주장에 희생당한 사람이다. 내 여자친구는 나보다 나이가 열 살 넘게 적고 키는 나보다 4센티미터나 더 크다. 그런 여자친구가 어느 날, "우리 엄마 언제 볼래?" 하며 곁들인 말이 "엄마가 나이 많고 키 작은 건 괜찮은데 똥배 나온 남자는 싫어해"였다. 헐…… 여자친구의 엄마마저도…….

그 후 난 여자친구의 어머니와 만나는 디데이를 정해 놓고 죽어라 뱃살을 뺀 힘든 추억이 있다(결국 뱃살을 다 못빼서 아랫배에 힘을 준 채 뵈었지만).

여자의 외모를 따지는 남자의 속성 이야기를 하다 여자들의 남자 외모 보기까지 흘러왔다. 어쨌든 오늘도 남자들은 예쁜 여자를 보면 눈이 갈 것이고, 여자들은 돈 많은 남자, 키 큰 남자들에게 눈이 갈 것이다. 그래도 제 눈의 안경이라고, 홍대에 넘쳐 나는 남녀 쌍쌍들을 보면 키 작은 남자, 예쁘지 않은 여자도 얼마든지 제짝이 있다. 각자 자신에게 맞는 짝을 찾았기 때문이다. 자신에게 맞는 짝을 찾아가는 것을 당사자들은 '하늘의 운명'이라고 하고 진화심리학자들은 '성(性) 전략'이라고 한다. 로맨틱한 하늘의 운명이든, 치열한 성 전략이든 상관없다. 경제력이나 외모가 좀 부족하면 돈과 외모를 확실하게 가려 버릴 만큼 치명적인 매력으로—그게 화술이든, 개그든, 착함이든, 현명함이든—상대를 휘어잡을 또 다른 나만의 무기를 만들어 갈고 닦자. 남자는 본능적으로 여자의 외모를 보고 여자는 본능적으로 남자의 경제력을 보는 서로의 속성은 맘 편히 인정하면서.

아, 맞다. 우리에게 다행스런 게 하나 있다. 사랑의 묘약 콩깍지. 이건 치열하고 냉정한 성 전략도 아무 소용없게 만든다. 그래서 난 참 다행이다.

쇼핑은 사치가 아니다

더위가 한창 기승을 부리던 지난 여름 어느 날, 여자친구가 오전에 산 신발을 교환해야 하니 교회 예배가 끝나는 대로 백화점에 다시 가자고 했다. 유난히 더운 여름 그날 예배 시간은 정말 공포의 시간이었다. 태어나서 백화점을 하루에 두 번 가는 날은 처음이었기 때문이다. 난 여자친구에게 핑계를 둘러댔다.

"어제 일을 많이 해서 그런지 오늘 따라 힘이 드네……"
그러자 여자친구는 온화한 미소를 지으며 대답했다.
"그럼 더 같이 가야겠네? 백화점 가면 힘이 날 거야!"

여자들은 왜 백화점에 가면 힘이 날까? 백화점이 대체 뭐기에?

백화점이 처음 문을 연 1850년 당시에는 다들 금방 망할 거라고 했다. 하지만 백화점은 160년이 흐른 지금까지도 아주 번창하고 있다. 백화점은 그야말로 혁명적인 발명품이며, 이를 발명한 프랑스의 부시코 부부는 여자의 쇼핑 본능을 제대로 꿰뚫어 본 천재다. 그들이 처음 만든 백화점 제도는 지금껏 거의 변한 것이 없으니까.

예를 들어 보면, 먼저 병원에서만 쓰던 에스컬레이터의 도입은 당시에는 정말 파격적이고 충격적이었다. 병원에서 환자용으로나 사용하던 에스컬레이터를 멀쩡하게 걸어 다니는 사람들을 위한 계단 대용으로 설치했으니 말이다.

둘째, 정확한 가격표를 달아 상품 구매의 결정적 판단 자료를 제시했다는 것. 당시에는 소비자에게 정확한 가격 정보를 알려 주지 않고 적당히 편한 대로 팔아 치웠다.

셋째, 반품 제도를 도입했다는 것. 당시에는 물건을 한 번 팔면 끝인 '판매자 왕' 시대였는데, 이 제도를 통해 판매자가 갑에서 을로 자세를 낮추면서 '소비자 왕' 시대가 열린 것이다.

그리고 아동복을 탄생시켰다는 것. 당시만 해도 아이들에게는 어른들 옷을 줄여 입혔는데, 어린이도 새 옷을 입을 권리가 있다고 주장하며 아동복을 탄생시켰다.

여기에 그치지 않고 바겐세일 같은 할인 제도를 도입하고 가계부를 선물로 나눠 주어 가계부를 적도록 했다. 물론 이런 것들로 주부들을 자신이 알뜰한 주부라는 신화 속으로 풍덩 빠뜨렸다.

백화점 문화센터를 연 것도 이때였다. 문화센터에서 문화와 감성을 충전함으로써 사치스러운 여자가 아닌 문화를 즐기는 여자라는 자기 만족을 선사한 것이다.

정말 대단하지 않은가? 여자의 쇼핑 본능을 제대로 파악한 이 모든 것들이 백화점 탄생 때 이미 다 만들어졌다는 것이.

백화점에는 창문이 없다. 낮이든 밤이든 날씨가 좋든 나쁘든 쇼핑을 하라는 거다. 쇼핑 전문가들에 따르면 비가 오면 주부들이 집으로 바로 갈 확률이 가장 높다고 한다. 음악도 실내 온도도 모두 쇼핑을 유도하는 쪽으로 잘 짜여져 있다. 하나의 완벽한 시스템이다. 이렇게 백화점은 여성의 소비 본능을 자극하며 여성들의 변함없는 '보호'와 '사랑'과 '지지' 아래 160년간 전 세계를 장악해 왔다.
이제, 진리를 말하겠다. 여자들의 쇼핑은 사치가 아니라 본능이다. 고로 여자가 있는 한 백화점은 영원하다.

주변을 둘러보면 쇼핑 때문에 갈등을 겪는 커플들을 쉽게 볼 수 있다. 남자들에게 쇼핑은 도무지 적응이 되지 않는 행위다. 가끔 여자보다 더 열심히 쇼핑하는 남자도 있지만, 그런 사람들은 뭔가 유전자가 돌연변이를 일으킨 게 틀림없다.
늦장가를 든 매니저 녀석이 있는데, 결혼 1년 반 만에 아내와 쇼핑을 하지 않겠다고 공식적으로 선언했다. 생필품을 사는 마트 쇼핑은 짐도 무겁고 간 김에 자신이 좋아하는 안주 주전부리도 사고 자동차 용품도 볼 겸 따라가겠지만, 그 밖의 모든 쇼핑에서 자신은 빠지겠다는 것이었다. 차라리 집 청소를 하든 아이를 돌보든 뭐든 더 하겠으니, 제발 쇼핑만은 데려가지 말아 달라고까지 한다. 친구는 도저히 이해할 수가 없다. 사지도 않을 선글라스 매장은 왜 돌아보는지, 사지도 않을 옷 가게는 왜 다 들어가는지, 들어가서 보고 바로 나오면 그나마 다행인데 이걸 왜 또 입어 봐? 몇 백만 원짜리를……. 남자는 시간 낭비, 가격표의 압박에 정말 돌아 버린다. 여기서 그치지 않는다. 쇼핑이 다 끝났으면 집으로 가야지 왜 기어이 할인 매대를 들쑤시고서야 발길을 돌리는 것인지…….

그래도 친구는 배포가 있는 편이다. 남자들은 대부분 자신이 왜 쇼핑을 가기 싫은지 아내에게, 여자친구에게 제대로 설명도 하지 못한 채 끌려다니다 싸우기 일쑤다. 더 불쌍한 남자는 여자와 사귀기 시작하면서 연애 초창기에 백화점에 끌려가는 남자다. 여자는 마음껏 다니고 남자는 지갑을 움켜쥔 채 쩔쩔매며 따라다닌다. 초반에는 여자에게 명품을 사 주느라 지치다가 나중에는 백화점 안을 너무 돌아다닌 탓에 지쳐 주저앉아 버린다.

나도 여자친구를 따라 백화점에 갔다가 지쳐서 화장실 간다는 핑계로 구석에 앉아 쉰 적이 있는데, 정말 재미있는 풍경이 눈에 들어왔다. 정말이지 사진으로 남겨 두고 싶은 풍경이었다. 사진이 없으니 설명해 주겠다. 상상해 보라.

명품 가게 앞에서는 키 작은 여자가 정말 세밀하게 명품들을 들여다보고 있고, 그 뒤에는 이미 몇 개나 구입한 명품 브랜드 쇼핑백을 든 조폭처럼 생긴 덩치 큰 남자가 핸드폰을 만지작거리며 지루하게 서 있었다. 이쪽 편 화장품 가게에선 뚱뚱한 50대 아줌마가 화장품을 고르다가 힐끗 뒤를 돌아보면 하품을 하며 기다리던 아저씨가 놀라서 입을 닫으며 정신을 추스르고, 저쪽 편 보석 가게에선 30대 초반의 젊은 주부가 귀걸이를 열심히 이것저것 바꾸어 걸어 보고 있는데 뒤에서는 남편이 우는 아이를 앞으로 업은 채 어르고 있고…… 그러다가 우리 남자들은 모두 눈이 마주쳤다. 명품 가방을 든 덩치 큰 조폭, 화장품 고르는 아줌마 뒤에서 하품하는 아저씨, 끊임없이 귀걸이를 교체하며 걸어 보는 아내 뒤에서 아이에게 젖병을 물리는 남자, 그리고 지쳐서 앉아 쉬고 있는 다리 짧고 배 나온 나. 그때 우리 모두의 감정은 비슷했으리라.

'수컷들 참 불쌍하구나.'

왜 쇼핑은 여자의 본능이 된 것일까?

옛날 옛적, 남자는 사냥을 했다. 인간은 다른 동물들에 비해 힘도 약하고 달리기도 느려서 큰 짐승을 잡기가 쉽지 않았다. 노루 한 마리가 보이면 이틀을 뒤쫓아 겨우 잡곤 했다. 문제는 그다음이었다. 노루는 어찌어찌 잡았는데, 여긴 어디? 도대체 어디까지 온 건지 알 수가 없었다. 낯선 환경에 툭 떨어진 것이다. 빨리 돌아가지 않으면 가족들이 굶주리다 못해 생명이 위험해질 수도 있는데…… 마음은 급한데 길은 보이지 않는다. 그래서 남자는 별자리를 익혔다. 주변의 지형지물을 읽었다. 그리고 무엇보다 본인의 '감'을 믿고 집을 찾아 나섰다. 하루를 꼬박 가서야 집에 도착한 남자는 안도감과 함께 '역시 내 촉이 정확해' 하며 뿌듯해했다.

남자는 뭔가를 하나 정하면 그것만 쫓았다. 그리고 그 길을 되돌아올 땐 자신의 감각에 의지했다. 이런 남자들에게 내비게이션이란 그닥 어울리는 물건이 아니다. 누군가의 간섭과 지시로 길을 찾을 마음이 없는 것이다.

한편 여자는 아이와 노인과 함께 동굴에 남겨졌다. 남자가 토끼든 호랑이든 잡아올 때까지 이들을 책임져야 했다. 남자가 언제 사냥을 마치고 돌아올지 모르는 상황에서 마냥 손 놓고 기다릴 수만은 없었다. 여자는 동굴 인근을 돌아다니며 환경을 파악했다. 어디에 열매가 열리는지, 어디에 먹을 만한 풀이 있는지 탐색했다. 집 가까이에는 맛은 없지만 끼니는 해결할 수 있을 만한 열매가 열리고, 집에서 한참 떨어진 곳에는 실한 열매가 많이 열리지만 들고 오기가 곤란하다는 식의 정보를 정리하며 여자는 남자가 올 때까지 채집 활동으로 버텨 나갔다.

여자는 이렇게 좁은 범위의 지역에서 필요한 정보를 모으고 자신에게 더 나은 선택을 하는 과정을 끊임없이 반복했다. 수천 년이 지난 후 그 공간은 백화점이 되었다. 혹은 아울렛이 되었다.

여자들은 언제 자신에게 필요할지 모르는 물건이 있는 위치를 확인하고 가격을 봐 둔다. 이처럼 쇼핑은 수천 년간 이어진 여자의 본능이요, 특기이며 장기인 것이다.

쇼핑이 얼마나 여성의 로망인지를 딱 보여 주는 게 바로 로맨틱코미디 영화나 드라마다. 영화나 드라마에서는 꼭 이런 장면이 나온다. 남자가 여자를 데리고 백화점으로 가는 것. 그리고 매장에 있는 옷을 전부 다 입혀 보며 아주 긴 시간을 쇼핑에 투자한다(정말 현실감 없는 장면들이다). 그다음에는 자신이 마음에 드는 옷을 몇 벌 더 사서 들려 보낸다. 여기에는 남자가 돈도 있고 남들이 싫어하는 쇼핑에도 동참한다는 여자의 두 가지 로망이 모두 녹아 있다.

남자들에게 당부한다. 그냥 인정해라. 이런 여자의 쇼핑 본능을 고치겠다고 하는 것 자체가 애당초 말이 안 된다. 왜? 본능이라니까! 물론 본능도 절제가 필요하겠지만 그냥 인정하는 게 속 편하다. 이번에는 여자들에게 당부한다. 쇼핑 알레르기가 있는 남자들을 군이 쇼핑에 데리고 가지 말라고. 그 대신 남자를 볼 때는 여자가 사 온 물건에 이러쿵저러쿵 간섭하는 남자인지 아닌지를 체크해 보는 것이 훨씬 중요하다. 이것이야말로 여자의 쇼핑에 대한 남자의 시각 문제이기 때문이다. 돈을 쓰는 습관이 비슷한지, 당신이 한 선택을 존중하는지, 이런 부분으로 남자를 평가하는 것은 필요하다.

각종 조사에서 여자는 일상생활에서 스트레스 지수가 높을수록 이른바 '지름신'이 자주 강림한다는 결과가 나왔다. 물색없는 남자들은 이럴 때, '그냥 사고 싶으니까 별 핑계를 다 댄다'고 하겠지만 절대 그렇지 않다. 본능에 집중해야 스트레스가 많이 풀리는데, 여자에게는 그것이 쇼핑인 것이다. 쇼핑은 여자의 본능이니까, 자기 경제 수준을 넘어선 지나친 사치가 아니라면 죄책감도 가질 필요가 없다.

그리고 제발 쇼핑은 여자들끼리 즐겁게 하라. 죽이 잘맞는 쇼핑 친구를 만들어 백화점도 동대문도 같이 다니길 강력히 권한다. 옷을 몇 번을 갈아 입든, 화장품을 몇 개를 테스트하든 불만을 가지지 않을 그런 여자 친구들끼리의 쇼핑이 분명 더 즐거울 것이다.

　나는 지난 여름 그날, 여자친구의 신발을 바꾸기 위해 하루에 백화점 두 번 간 그날, 정말…… 힘들었다. 지하 주차장에서 4층 구두 매장까지, 5분이면 올라갈 거리를 무려 3시간에 걸려 도착했으니……. 다시 생각해도 눈앞이…….

남자는 아이다

여자가 연애를 시작했다. 그런데 남자친구의 나이가 여자보다 열 살이 훌쩍 넘게 많아 내심 걱정됐다. 나이 차이가 세대 차이로 이어져서 이 연애가 잘못되지 않을까, 하고. 하지만 막상 사귀기 시작하니 다른 걱정이 생겼다. 나이 차이가 느껴지지 않아서, 아니 정확하게 말하면 사귈수록 남자는 점점 더 철없는 아이같고 자신이 오히려 연상인 듯 느껴진 것이다. 이 말은 여자친구가 사귄지 딱 석 달만에 나에게 한 얘기다.

남녀 애정사를 이야기하다 보면 여자들은 과거 혹은 현재의 남자친구가 왜 그렇게 행동하고 왜 그런 말을 하는지 이해할 수 없다며 푸념을 털어놓는다. 그리고 맨 마지막에는 도대체 남자들은 왜 그러냐는, 한숨 섞인 질문과 함께 고개를 가로젓는다. 그때마다 나는 명쾌하게 딱 한마디 해 준다.

내가 처음 방송국에 들어가서 세뇌가 되도록 들은 말이 TV의 나이는 초등학교 5학년이라는 거다. 초등학교 5학년이면 다 알아들을 수 있는 수준으로 만들라는 뜻이었다. 트렌드가 수시로 바뀌는 방송계에서 25년을 버틸 수 있었던 것은 내가 딱 초등학교 5학년 수준이어서가 아닐까 싶다. 그래서 버틸 수 있었다. 카이스트에서 방송 저널리즘을 강의한 이은정 교수님은 경향신문 기자에서 KBS 의학 전문 기자로 자리를 옮겼는데, 이분 말씀이 신문의 경우에는 중학교 2학년 수준에 맞춘다고 했다. 만약 내가 신문 기자였다면 오래 못 버텼을 것이다.

남자는 죽을 때까지 애라고들 한다. 나도 남자지만, 주변의 남자들을 보면 이 말은 고정불변의 진리이다. 더 솔직히 말하면 초등학교 5학년에도 못 미친다. 딱 2~3학년 수준이다. 연애 시절 여자를 사로잡기 위해 신사처럼, 어른처럼 굴지만 그건 다 '초반 폼 잡기 작전'이다. 시간이 지나 가까워지면 바로 아이로 돌아간다. 그리고 다시는 신사가 되지 않는다. '내 남자는 안 그래!' 라거나 '나는 그런 사람 안 만날 거야'라는 생각이 든다면 남자와 한평생을 살아 본 산증인인 엄마나 주변의 이모, 고모들에게 물어봐라. 남자가 아이인지 어른인지.

얼리어답터들이 대부분 남자인 것도 같은 이유이다. 남자들은 평생 장난감이 필요하다. 자기 마음대로 조종할 수 있는 장난감. 어릴 땐 로봇이었던 것이 커서는 최신 스마트폰이 되고 카메라가 되고 차가 된다. 비슷한 것을 좋아하는 남자들 사이에서 최신 제품을 먼저 경험했다고, 남들과는 좀 다르게 튜닝하여 개성 있게 쓰고 있다고 자랑하고 으스대고 싶은 것이다. 나이가 들면서 돈도 좀 있겠다, 망설임 없이 이른바 '얼리' 짓을 한다.

방송국장인 친구가 있는데 이 친구는 신혼 때 아내에게 약속 하나를 받아 냈다고 한다.

"한 달에 용돈 15만 원만 쓰겠다. 대신 1년에 한 번 카메라를 바꿔 달라. 그것만 해 주면 다른 데 허튼돈 안 쓰겠다"

아내도 현명한 사람이라 이 제안을 받아들였다고 한다. 용돈 30만 원, 50만 원 줘 봐야 무슨 수를 써서라도 카메라를 바꿀 사람이니, 차라리 이 편이 더 낫겠다 싶었던 것이다. 카메라라면 사족을 못 쓰는 이 친구는 방송국장이 된 지금에도 그때의 버릇이 남아 아내에게 허락을 받고 카메라를 바꾼다. 그리고 신혼 시절 아내가 얼마나 쿨하고 멋있게 자신에게 카메라를 사 줬었는지를 이야기하며 뿌듯해한다.

산악자전거가 취미인 유명한 참치 요리사 후배가 있는데, 이 친구는 맨날 아내 몰래 타이즈와 헬맷을 산다. 아내가 어디서 났냐고 캐물으면 친구가 샀는데 안 맞아서 줬다고 거짓말을 한다. 초등학교 때 참고서 안 사고 그

돈으로 만화책 사고 불법 비디오테이프 사 모으던 수준 그대로다. 심지어 어떤 친구는(최근에 특종상을 받은 유명한 기자다) 아내 몰래 모형 장난감을 30만 원 주고 샀는데 일단 그걸 창고에 감추어 놓고 아내가 기분 좋을 때 이실직고한 후 조립할 생각이었단다. 그런데 아내 눈치를 살피느라 석 달이 지나도록 꺼내지도 못하고 노심초사하고 있단다. 결혼을 해도, 나이를 먹어도 남자는 그저 애다. 다르게 설명할 방법이 없다.

영국에서 재미있는 조사 결과가 발표되었다. 어린이 채널 니켈로디언 UK가 외부 연구기관에 위탁해 진행한 연구에서 남자는 평균 43세에, 여자는 32세에 철이 드는 것으로 나타났다. 여자가 남자보다 11년이나 빠르다. 영국 여성들은 1년에 평균 14차례 파트너에게 나잇값 좀 하라고 충고한다고 한다. 이 연구에서는 남성의 미성숙을 판단하는 기준으로 다음과 같은 항목을 꼽았다. 지금 사귀고 있는 남자가 있다면 내 남자친구는 어디에, 몇 개나 해당되는지 체크해 보기 바란다.

☐ 방귀와 트림으로 장난치는 것
☐ 새벽 2시에 야식을 시켜 먹는 것
☐ 비디오 게임을 하는 것
☐ 과속 운전을 하거나 다른 차량과 경쟁하는 것
☐ 예의 없이 말하는 것
☐ 연인과 논쟁을 하다 말을 하지 않는 것
☐ 간단한 요리도 못하는 것
☐ 짓궂은 농담을 하는 것
☐ 게임이나 스포츠에서 아이에게 양보하지 않는 것

어떤가? 솔직히 나는 거의 다 해당된다. 한 예로 온라인 게임 중에 '바둑알 팅기기' 게임이 있다. 하루는 상대와 게임을 하는데 막상막하였다. 그런데 막판에 내가 질 것 같아서 게임을 중단하고 나와 버렸다. 한쪽에서 게임을 중단하면 판정 없이 무효가 되기 때문이다. 그러자 상대는─게임을 하며 대화를 주고받을 수 있다─왜 게임을 중단하냐고 온갖 욕을 다 퍼부었다. 그래도 난 그 게임에 지기 싫어─돈을 잃는 것도 아닌데─더 이상 진행하지 않았는데, 상대는 알고 보니 초딩이었다. 녀석은 계속 내게 분풀이를 했다.

"나이를 처먹었으면 나잇값을 해야지. 이런 개XX……."

주변의 남자들, 혹은 당신이 사귀는 남자나 가족들을 생각해 보라. 마흔 언저리의 남자들도 예외 없이 서너 개 이상 해당될 것이다. 그런데 재미있는 건 설문에 응답한 40%의 여성이 남자의 이 미숙함 때문에 오히려 관계에서 재미를 느끼고 신선함을 유지한다고 응답했다. 조사 결과를 보면 46%의 여자들이 남자와의 관계에서 엄마 같은 역할을 한다고 하니, 여자들도 남자가 얼마나 아이 같은지 이미 다 알고 있다는 이야기일 것이다.

남자는 아이다, 만큼 자주 듣는 말이 또 하나 있다. 남자는 다 짐승이라는 것. 이 말도 두말할 필요가 없다. 카이스트 대학원 동기들은 대부분 유명한 방송인에 언론인이다. 작품으로 큰 상을 받은 방송 PD도 있고 과학 기자로 명성이 높은 친구도 있다. 사회적으로 인정받는 사람들이고 처음 만나 대화를 해 보니 하나같이 점잖고 깔끔했다. 그런데 한 달쯤 지나고 술자리를 같이 하다 보니 이 잘나가는 남자들도 역시 다 아이고 짐승이었다. 수업이 끝나고 술 한잔 하는 날이면 나는 법적으로만 성인이 된 지 오래인 이 남자 어른들의 성 상담을 해 주느라 아주 정신이 없었다. 아내와의 잠자리 문제, 애인과의 잠자리 고민, 마음에 드는 여자를 어떻게 하면 넘어오게 할 것인가에 대한 이야기들이 쏟아졌고 다들 수업 시간보다 더 집중, 몰두, 탐구하였다. 남자는 늙으나 젊으나 다 똑같다. 나를 포함한 남자들에게 섹스는 가장 큰 화두요 사투이고, 고민이자 관심사에 장엄한 숙명이기까지 하다. 이 화두 앞에서는 사회적 지위도, 경제적 차이도 그저 무색해질 뿐이다.

언젠가 카이스트 수업의 일환으로 원자력 발전소에 견학을 간 적이 있다. 나는 TV에서만 보던 거대한 둥근 돔을 직접 본다는 기대감에 괜스레 흥분되었다. 뭔가 엄청난 현대 기술이 집약되어 복잡하게 작동되는 모습을 상상하며 도착한 그곳은, 막상 실제로 보니 실망스럽기 그지없었다. 그 화려하고 멋진 돔은, 알고 보니 그저 단순하게 물을 끓이는 곳이었다. 다른 게 있다면 석탄이나 석유로 물을 끓이는 게 아니라 원자력 에너지로 물을 끓인다는 것 뿐.

원자력 발전의 원리는 간단하다. 물을 끓여 온도를 높이면 핵이 분열하는데 이때 발생하는 열에너지로 증기를 만들고 그것으로 터빈을 돌려 에너지를 얻는다. 우리가 숱하게 사진으로 보았던 돔은 물을 끓여 증기로 터빈을 돌리는 장치에 불과하다. 정작 중요한 부분은 원자력 에너지로 만든 전기를 저장하는 집전기인데, 그게 돔에 비교하면 겉모습이 시시하기 이를

데 없다. 내가 보기에 킹사이즈 침대 정도만 했다.

유치한 비유일지 모르겠지만, 돔과 집전기를 보며 이런 생각을 했다. 저 원자력 발전소가 꼭 남자 같구나! 화려한 겉모습으로 열심히 물을 끓여 대는 돔의 모습은 여자의 마음을 달아오르게 하기 위해 멋진 레스토랑에 데려가서 좋은 음식 먹이고 꽃이며 명품 가방을 안기는, 잔뜩 폼을 잡은 남자의 모습이다. 그렇게 노력하는 남자의 최종 목표는 결국 집전기처럼 작은 침대에 여자를 데려가는 것이다. 이 생각을 얘기했더니 함께 원자력 발전소를 방문한 학우들이 "감독님은 어쩜 그렇게 과학 논리를 남녀 사이로 바로 연결 시키세요?" 라고 했다. 함께 자리했던 교수님께서는 "모든 걸 남녀에 갖다 붙이는 영험이 있으니 당신은 카이스트 최초 남녀공학 석사가 되시오"라고 했다. 이리하여 나한테 남녀공학자라는 별칭이 붙게 되었다.

많은 여자들이 좋아하는 『연금술사』의 작가 파울로 코엘료의 소설 중에 『11분』이라는 책이 있는데, 한마디로 섹스에 대한 이야기다. 11분은 성행위의 평균 지속 시간을 뜻하는데, 속되게 표현하자면 인간은 결국 침대에서 보내는 11분을 위해 하루 24시간을 투자한다는 이야기다. 나는 이 소설을 읽으며 내내 고개를 끄덕였다. 유쾌한 철학자 알랭 드 보통의 『인생학교 : 섹스』에는 남녀가 일상적으로 맞닥뜨리는 섹슈얼리티의 딜레마가 잘 표현되어 있다. 처음 만나 사랑에 빠진 남녀가 있는데 남자는 여자와 침대에서 자는 상상에 두근거리고, 여자는 남자와 먼 미래에 아이를 낳고 사는 모습에 두근댄다는 것이다. 바로 이게 남자와 여자의 성 차이다.

남자가 여자를 보며, 어떻게 하면 잘 수 있을까, 부터 생각한다고 해서 짐승이다, 저질이다,라고만 생각할 건 아니다. 여자가 양육에 초점을 맞춰 진화해 왔다면 남자는 오로지 자기 복제의 계승, 즉 번식에 맞춰 진화해 왔기 때문이다. 백화점에 가면 여자들 눈이 반짝거리듯이 침대만 가면 남자들 눈이 번쩍 뜨이는 것은 어쩔 수 없는 부분이라고 진화심리학자들은 강력히 주장한다.

남자가 아이이고 짐승이니 아이처럼 떼를 쓰고 짐승처럼 엉큼하게 군다고 다 받아 주라는 이야기는 아니다. 다만, 이러한 속성을 인정하고 받아들여야만 남자에 대해 직시할 수 있다. '멋지고 점잖은 남자'에 대한 환상에 젖어 있다면 남자의 있는 그대로를 이해하고 받아들일 수 없다. 나중에 눈에서 콩깍지 벗겨진 후 후회해 봐야 결국 자신만 손해이다.

서태지와 아이들의 '환상 속의 그대'로 마무리를 해 본다. 서태지와 아이들은 내가 〈특종TV연예〉 할 때 첫 회에 데뷔시킨 가수다. 특히 '환상 속의 그대'는 개인적으로 너무 좋아 개사를 하여 〈특종TV연예〉 타이틀 곡으로 만들었는데, 그걸 다시 개사해 보았다. 환상속의 그대들이 부디 환상에서 깨어나 남자를 제대로 보길 바라며.

환상 속에 그대가 있다

지금 남자친구 모습은 진짜가 아니라고 말한다

그대의 환상 그대의 마음만 대단하다

그 마음은 위험하다

남자들은 그대의 머리 위로 뛰어다니고

그대는 방 한구석에 앉아 쉽게 남자를 얘기하려 한다

환상 속엔 아직 그대가 있다

그 마음은 위험하다

그 남자가 숨기는 것

H.O.T. 멤버였던 문희준은 옛 여자친구가 TV에 나오는 모습을 보면 귀신이라도 본 듯 오싹하단다. 하루는 여자친구와 같이 TV를 보는데 옛 여자친구가 TV에 나왔다고 한다. 반응을 보이면 괜한 오해를 받을까 봐 가만히 보고 있는데, 여자친구가 난데없이 "아직도 사랑해?" 하며 가시 돋친 말투로 물어 채널을 돌렸단다. 그런데 이번에는 "그렇게 못 잊겠어?"라고 하더란다. 이러지도 저러지도 못했다며, 그 이후로는 옛 여자친구가 TV에 나오면 소름이 돋는다고 했다.

여자친구에게 과거의 여자나 그 흔적을 숨기지 못하고 들킨다는 것은 남자에게 치명타이다. 그래서 나는 여자친구와 사귀면서 '혹시 내 주변에 신경 쓰이는 물건이 있으면 나한테 묻지도 따지지도 말고 다 처분하라'고 전권을 줬다. 행여나, 나도 의식하지 못한 사이에 여자친구에게 거슬리는 무언가가 그 자리에 있었고 그것이 여자친구에게 큰 의미로 해석되면 곤란해지니까. 나는 잘 숨기지도 못하는 성격에 입방정 스타일이라 옛 흔적을 들켜서 치명타를 맞느니 자진 납세를 하기로 한 것이다. 자수하면 죄가 감면되지 않는가.

남자는 숨길 수만 있다면 철저히 숨긴다. 연애 전쟁이라는 짝짓기 게임에서 도태되지 않기 위해 자신에게 불리하다 싶은 건 본능적으로 다 숨긴다. 그건 여자도 마찬가지일 것이다. 곤충 박물관에 가 보면 나비 표본은 항상 앞모습만 전시되어 있다. 날개 접힌 나비 모습은 절대 보여 주지 않는다. 날개 안쪽은 징그러운 벌레의 색, 칙칙한 갈색이기 때문이다. 3마이크론 두께로 영롱하고도 아름답게, 소위 화장발로 덧칠된 앞면만을 보여 주며 나비의 아름다움을 논한다. 철저하게 민낯을 숨기는 여자처럼 아름다운 모습만 보여 준다. 이렇게 감추고 숨기는 것을 '비가시성'이라고 하는데, 비가시성이라는 말은 '도시의 비가시성'이라는 말에서 나왔다.

제인 무어라는 유명한 다큐멘터리 PD가 있다. 이 사람의 대표적인 작품 중에 〈크리스마스 음식의 진실〉이라는 프로그램이 있다. 서양에서는 크리스마스가 되면 칠면조를 먹는데 제인 무어는 이 칠면조 한 마리가 크리스마스 날 식탁에 올려지는 과정을 가감없이 찍었다. 공장화된 사육 시설에서 비인도적으로 사육되고 도축되고 가공되어 도시의 식탁에 오르기까지의 전 과정을 담은 것이다. 그 다큐멘터리를 본 아이들은 "칠면조가 불쌍해" 하며 울고불고 난리를 쳤고, 어른들도 불편한 진실에 입맛이 떨어져서 칠면조 먹기를 꺼렸다. 그해 칠면조 농장은 완전히 망했다고 한다. 〈크리스마스 음식의 진실〉에서 보여 준 것처럼 도시의 화려함 속에 감추어진 어두운 진실이 보이지 않게 숨겨지는 것을 '도시의 비가시성'이라고 한다. 〈섹스 앤 더 시티〉의 배경이 된 뉴욕, 코미디 영화 감독 우디 앨런의 단골 촬영 장소 맨해튼, 홍콩의 밤거리, 그리고 우리의 서울 등 도시는 세련되고 아름답다. 그러나 도시인들의 유흥을 위해 그들의 눈에 띄지 않는 농촌에서는 소, 돼지 등 각종 가축들이 사육되고 도축된 후 냉동되고 훈제되어 예쁜 포장에 담겨 도시로 전달된다. 그 잔인한 모든 과정은 도시의 '비가시성' 아래 사람들의 관심 밖으로 밀려난다. 도시의 아름다움과 풍족함을 유지하려고 이처럼 보고 싶지 않은 것, 불리하고 추한 것은 철저히 감추는 것이다.

비가시성은 남자에게도 그대로 적용된다. 물론 여자에게도 적용되겠지만, 지금 우리는 여자가 알아야 할 남자의 속성에 대해 이야기하고 있으니 남자의 비가시성에 집중해 보도록 하자.

연애나 결혼 생활을 하는 여자들과 얘기를 하다 보면 가장 많이 듣는 푸념이 '남자가 변해서 실망이다'는 말이다. 단언컨대 오래 연애를 해서, 혹은 결혼을 했기 때문에 변한 것이 아니다. 그동안 본래의 얼굴을 숨기고 가면을 쓰고 있다가 비로소 진짜 얼굴을 보여 준 것이다. 특히 연애 기간 동안 남자들은 죽을 힘을 다해 숨긴다. 잘난 부분만 부각시키고 평소에는 절대 하지 않던 행동이 줄을 잇는다. 없던 매너가 갑자기 발휘되고 철없고 본능적인 모습을 숨긴다. 통장 잔고를 숨긴 채 온갖 선물을 안긴다.

'칵테일 파티 효과'라는 것이 있다. 파티장에서 칵테일 잔을 들고 삼삼오오 모여 얘기를 나눈다. 살짝 취기가 오른 사람들의 귀에 이런저런 이야기가 들려온다. 하지만 사람의 귀는 자기 귀에 달콤한 이야기만 골라 듣는데, 이 현상을 바로 '칵테일파티 효과'라고 한다. 예전에는 이것을 자신에게 필요한 정보만 선택적으로 받아들이는 심리적 이유라고 봤는데, 2012년 5월 미국의 연구팀이 이것이 두뇌의 움직임과 관련 있음을 밝혀냈다.

칵테일 효과는 연애와 결혼에도 그대로 적용된다. 연애 초반에 남자들은 어떻게든 여자를 자기 사랑으로 만들기 위해 달콤한 이야기만 늘어놓는다. 또 여자들의 귀에는 그런 황홀한 소리만 쏙쏙 들어온다. 하지만 보고 싶은 면만 보고, 믿고 싶은 면만 믿다가는 뼈아픈 후회만을 남길 뿐이다. 후회하지 않는 선택을 하려면 황홀한 칵테일 효과에 취하지 않아야 한다.

내 남자는 어떤 면을 숨기고 있는지 궁금한가? 앞서 말했듯이 남자들에게 불리한 모든 것들을 숨긴다. 예를 들어 잘 안 씻고 잘 안 치우고 특이한 버릇이 있는 건 애교고 더 심각하게는 술버릇, 폭력, 변태 성향, 도벽, 괴팍한 성격, 카드 빚, 심지어 유부남이라는 것까지. 남자란, 여자가 무엇을 상상하든 그 이상을 숨긴다. 언제까지? 여자가 완전히 내 손에 들어왔다고 생각할 때까지. 그렇다면 남자의 비가시성을 알아볼 수 있는 방법은 없을까? 우선 환상을 버려야 한다. 내 남자는 다를 것이라는 환상. 눈앞을 뿌옇게 가리는 사랑의 황사 현상을 걷어 내고 현미경으로 들여다보듯 남자의 저 깊숙한 본모습을 자세히 들여다보아야 나중에 크게 후회하는 일을 막을 수 있다.

　나노 기술이라고 들어 봤을 것이다. 10억 분의 1미터, 그게 1나노다. 가령 지구를 1억 배로 줄이면 100원짜리 동전 크기 정도가 된다. 물체는 나노 단위로 쪼갤수록 그 물체의 성질이 달라진다. 예를 들자면 금을 나노 단위로 쪼개면 색깔이 변한다. 우리가 아는 노란색이 아니라 붉은색이 된다. 금의 저 깊이 숨은 본색이 나오는 것이다. 남자들이 아무리 매너 있는 척, 돈 있는 척, 똑똑한 척을 해 대도 여자가 정신 바짝 차리고 나노급으로 쪼개듯이 남자를 따지고 본다면 저 깊숙이 숨어 있는 그 남자의 본 색깔을 알 수 있다.

　나노 단위로 쪼개어 보듯 조목조목 남자를 깊이 뜯어보라는 말은 알겠는데 구체적으로 어떻게 깊숙이 뜯어보아야 하나요? 라고 묻는다면 몇 가지 추천하고픈 방법이 있다.

　첫째, 술을 끝까지 먹여 보아야 한다. 대개 데이트를 할 때 남자친구가 술을 많이 마시면 무조건 '그만 마셔' 하고 제지하는데, 지혜로운 행동이 아니다. 여자가 계속 못 마시게 하면 남자는 일단 여자에게 잘 보이려고 그 앞에서는 참았다가 다른 곳에서 부어라 마셔라, 하고 달린다. 그리고는 여자친구에게 감추었던 주사를 맘껏 부릴지도 모른다. 연애 10년을 하고 결혼했는데도 남편이 주사가 있는지 몰랐다는 말이 이런 경우에 나오는 것이다. 연애할 때 꼭 남자가 술 취할 때까지, 끝까지 마시게 해 보라. 그러면 저 깊숙이 나노급으로 숨겨져 있던 술버릇이 드러날 것이다. 다행히 주사가 전혀 없거나 심하지 않다면 그때야 비로소 오케이다. 다음으로, 남자의 24시간을 내내 다 들여다볼 것을 권한다. 24시간 관찰하려면 동거라도 하라는 소리냐고 물을지 모르겠다. 물론 그럴 경우 더 정확히 알 수 있겠지만 꼭 그렇게까지 하진 않더라도 사소한 생활의 습관까지 관찰할 수 있도록 깊게 사귀어 보라는 이야기이다. 결혼하면 치약 짜는 사소한 생활 습관 차이 때문에도 심각하게 싸운다는 이야기는 다들 들어 보았을 것이다. 괜히 어줍잖게 거리를 두며 사귀다가 제대로 알지도 못한 채, 환상만 가지고 그 사람의 좋은 면만 본다면 크게 후회할 수 있다.

카이스트 뇌공학과 이광형 교수님이 늘 농담 삼아 하는 말이 기억난다. 집에서 키우는 개도 여섯 달이면 집안 식구 중 누가 자길 귀여워하고 누가 싫어하는지 다 안다고. 그러니 인간은 오죽하겠냐고. 한 집안에서 같이 살다 보면 몇 달 되지도 않아 다 들통 난다고. 많은 여자들이 남자에게 속아서 결혼을 했다며 불평하지만 실은 자신이 그 남자의 겉모습에 가려진 진짜 모습, 황금 색깔 안에 감춰져 있던 붉은색을 따져 보지 못한 결과이다. 남자의 비가시성을 알지 못한 것이다. 그러니 연애할 때 포장된 가식을 맹신하지 말고 본모습을 볼 수 있도록 그 남자에 대한 탐사를 게을리하지 않아야한다.

여자들이 나이를 먹을수록 결혼하기 어려워진다고들 하는데 이는 꽉 찬 나이 때문에 만날 수 있는 남자가 줄어서이기도 하지만 또 하나, 나이가 들수록 안목이 생겨 남자의 감춰진 모습이 다 보이기 때문이기도 하다. 나와 친한 탤런트 안문숙도 그런 얘길했다. "감독님, 난 결혼 못 허겄어. 저노무 남자 시키들이 없는 게 있는 척하며 깝죽대는 게 다 보여서 말이여", 맞는 말이다. 행여 난 나이가 많으니 서둘러서 누구라도 만나 봐야 한다, 라고 생각한다면 그 생각을 버리라고 말해 주고 싶다. 옛날에는 60~70세 정도가 평균 수명이었지만 지금은 100세 시대다. 서른 다섯에 결혼해도 얼추 50년은 넘게 같이 살아야 하니 결혼, 좀 늦어도 괜찮다. 남자를 제대로 파악할 수 있을 때까지 연애를 좀 더 하라고 말해 주고 싶다. 서둘러 갔다가 급히 돌아오느니 제대로 가려내서 똑바른 남자 하나 제대로 고르는 것이 좋다.

오늘도 남자들은 자신의 단점을 감추며 다가올 것이다. 이 글을 쓴 날 눈에 들어온 광고 문구를 함께 실어 본다.

빨리 뛰려고 하지 말라.
큰 비행기일수록 긴 활주로가 필요한 법이니
남보다 더 긴 활주로를 달리고 있는 너는 곧 날아오르리라 응원한다.

책임 지도 교수님이신 이광형 교수님은 내게 남자의 속성을 다 고자질하는 '배신자'라고 했는데, 이왕 배신자가 된 김에 남자 속마음 정보까지 다 고자질해 본다. 그러니 여자들이여, 부디 날 동지로 생각해 주시길.

1. 남자는 여자에게 잘 보이기 위해서라면 무슨 짓이든 한다(나 역시 그렇다).

2. 남자는 잘 웃는 여자를 보면 자길 좋아한다고 착각한다(나는 다른 여자가 날 보고 웃으면 여자친구가 있으니 유혹하지 말란 뜻으로 아주 눈을 흘긴다).

3. 남자는 여자에게 자신은 다른 남자와 다른 대단한 사람임을 보여 주고 싶어 한다(지금도 필사적으로 진행 중이다).

4. 남자는 애인이 옆에 있어도 예쁜 여자를 보면 상상하고 착각한다(그리고 여자친구에게 안 들키려고 아주 애를 쓴다).

5. 남자는 여자가 친구로 지내자는 말을 제일 싫어한다(나도 그런 이야기를 들은 적이 있었는데 어이가 없어서 속으로 허, 하고 썩소를 지은 적이 있다).

6. 남자는 여자와 스킨십 할 때 여자가 만족하는지 알고 싶어 한다(그래서 난 늘 눈 뜨고 키스한다. 내 남자친구는 안그럴 거라고? 다음에 키스할 때 몰래 실눈을 뜨고 보라. 아마 눈이 딱 마주쳐 깜짝 놀랄 것이다).

연애 앞에서 남자나 여자나
다 거짓말쟁이다

채널A의 고발 프로그램 〈먹거리 X 파일〉 이영돈 PD 말투가 인기를 끌었다. 개그감이 아주 빠른 신동엽은 tvN의 〈SNL 코리아〉에서 이를 잽싸게 패러디했다. 우리도 재미 삼아 이영돈 PD 목소리로든 이를 흉내내는 신동엽 목소리로든 아래 글을 흉내내며 읽어 보자.

'오빠 믿지?'

이 말은 연애 초반에 필히 한 번쯤은 단골로 듣는 관용구죠. 저도 참 많이 해 봤는데요. 남자는 정말 여자에게 믿으라고 이렇게 말하는 걸까요? 제가 한번 말해 보겠습니다.

'오빠 믿지?'

참 어색한데요. 이 말속에 담긴 불편한 진실은 뒤에서 다시 이야기해 보기로 하겠습니다.

연애는 거짓말의 연속이다. 진화심리학자들은 연애에 있어서 여자는 '성적 사기꾼'이고 남자는 '감정적 사기꾼'이라고 한다. 직관적으로 이해했을 때, 남자가 '성적 사기꾼'같고 여자가 '감정적 사기꾼'같겠지만 실제로는 그렇지 않다.

이들에 따르면 연애와 결혼에서 여성의 성 전략은 장기전이다. 임신을 하고 아이를 낳고 지속적으로 잘 보호하려면 장기적인 안목으로 남성을 선택해야 한다. 반면, 남자의 성 전략은 단기전이다. 남자는 단기적으로 임신 가능한 여자, 즉 젊고 건강하며 아름다운 여자를 찾기 바쁘다. 그리고 또 다른 차이점은 여성이 질적 성 전략을 펴는 반면 남성은 양적 성 전략을 편다는 것이다. 여자는 아이를 잘 보호하고 양육할 수 있도록 도와주는 오직 한 사람이 필요하다. 그래서 남자의 재산과 능력에 주된 매력을 느끼며 자녀를 잘 보살필 남자를 선택하기 위해 신중을 기한다. 남자는 다다익선이다. 우수한 자손을 많이 퍼뜨리는 것이 본능이다 보니 배우자를 고를 때 상대적으로 덜 신중하여 무조건 여자를 쫓아다닌다는 것이다.

이렇게 남녀는 서로 다른 특성을 가지고 있다. 그리고 여자는 남자가 원하는 모습을 보이기 위해 자신을 남성의 시각에 맞게 새롭게 가공한다. 젊고 건강하게 보이기 위해 외모를 가꾸는 것이다. 그리고 다른 남자가 접근해도 함부로 허락하지 않는 내숭과 콧대를 보이는 등 온갖 성적 거짓말로 치장한다. 남성에게 '성(性)적'으로 어필하기 위해 '성적 사기꾼'이 되어 남자의 접근을 기다린다. 남자가 긴 생머리 여자를 좋아하는 이유도 그것이 젊고 건강한 여자의 상징이기 때문이다. 아줌마들이 괜히 파마를 하는 것이 아니다. 출산과 육아로 인해 머리카락이 푸석해지고 숱도 줄어든다. 이를 감추기 위해 파마를 하는 것이다.

한편 남자는 여자를 유혹하기 위해 영원한 사랑과 헌신을 남발하고 능력과 재산을 과시하며 장기적으로 관계를 원하는 척한다. 그래서 남자들은 데이트할 때 여자의 조카들을 보면 괜히 귀엽다며 머리를 쓰다듬어 주고—자식에 대한 양육 의지를 표현하는 것이지 사실 크게 관심은 없다—길거리를 지나가다가 깡패를 만나면 괜히 흥분하여 용감한 척한다. 혹은 얌전히 지나치고는 그건 비겁해서가 아니라 여자의 안전을 위한 최선의 행동이었음을 묻지도 않았는데 입에 거품을 물며 해명하기 바쁘다. 이 모든 것이 남자가 용감하고 헌신적이며 능력 있음을 보여 주어 여성의 마음을 얻으려는 행동이다. 여성의 '감정'을 자극하여 공략하는, '감정적 사기꾼'으로서의 전략인 것이다.

같은 이유로 남자들은 값비싼 외제 차에 열광한다. 여자에게 자신의 사회적 지위를 드러내기 위해 비싼 차를 과시적으로 소비하며 '값비싼 신호'를 보낸다. 수컷 공작새에게 화려한 꼬리가 있다면 남자에게는 벤츠, BMW가 있다. 또한 이들은 여자들과 문화에 대한 공감대가 있는, 교양 있는 이미지로 어필하고자 평소에는 잘 먹지도 않던 비싼 테이크아웃 커피도 여자 앞에서라면 망설이지 않고 사 마신다.

2007년 뉴욕주립대학의 사회심리학자 글렌 게어와 뉴멕시코대학의 진화심리학자 제프리 밀러가 함께 만든 『짝짓기 지능(Mating Intelligence)』을 보면 '짝짓기 지능지수(MQ)'라는 용어가 나온다. 이 책에 따르면 성공적인 짝짓기를 하려면 무엇보다 상대의 마음을 읽는 능력인 MQ가 중요하다고 한다. MQ가 높은 사람들의 최고 전략은 상대방은 물론이고 자기 자신도 스스로의 거짓말을 믿는 것이라고 한다. 다시 말해 짝짓기 지능은 상대뿐만 아니라 궁극적으로는 자신을 속이는 기능을 해야 한다는 것이다. 연애의 과정에서 그 사랑에 더 몰입하기 위해서는 적당히 서로를 속일 수 있어야 로맨스의 달콤함이 더 커진다고 주장한다.

미국의 심리학자 머린 오설리번 교수는 로맨틱한 사랑을 위해 남녀가 서로에게 거짓말을 하는 심리에 대한 분석을 내놓았다. 발표한 자료를 보면, 연애에 빠진 남자가 가장 많이 하는 거짓말 1위는 돈이 많다고 하는 것, 2위는 사귀면, 혹은 결혼하면 이렇게 해 주겠다고 하는 약속이라고 한다. 여자들이 연애나 결혼을 결정하는 가장 큰 계기가 실은 남자들의 거짓말을 가장 많이 하는 부분이다. 반대로 여자가 가장 잘하는 거짓말로는 남자의 성적인 신체 기관 또는 성적인 수행 능력에 대한 느낌(궁금하지만 관심 없는 척한다), 애인이 얼마나 매력적이고 지적인지에 대한 평가, 남자의 몸매 또는 얼굴에 대한 호감 등이었다.

재미있는 것은 사랑을 할 때 모든 남녀가 사랑하는 사람에게 거짓말을 한다는 사실은 인정하지만 자신이 얼마나 거짓말을 하느냐에 대해서는 남들보다 적게 한다고 생각한다는 점이다. 특히 여자가 이런 자기기만에 쉽게 빠지는 것으로 나타났는데 이유인즉슨 여자가 거짓말을 더 잘하기 때문이란다. 타인에게나 스스로에게나 말이다. 『마음 읽기(Mindreading)』의 저자 산지다 오코넬 박사는 거짓말에 대한 5개월에 걸친 연구를 통해 여자가 남자보다 거짓말을 더 잘한다는 결론을 내렸다. 오코넬 박사는 여자가 남자보다 훨씬 더 정교하게 거짓말을 하는 반면 남자는 '버스를 놓쳤다'거나 '휴대 전화 배터리가 떨어져서 전화를 할 수 없었다'는 단순한 거짓말을 주로 한다는 사실을 발견했다. 오설리번은 이러한 거짓말 자체가 진화 과정에서 인류의 번식 성공률을 높이기 위해 발전된 것이라고 했다. 결국은 인류의 번식 성공률을 높이기 위해 연애 시절에 남자는 감정적 사기꾼이 되고 여자는 성적 사기꾼이 된다는 서두의 이야기로 귀결된다.

이렇게 우리 조상들은 성적 사기꾼과 감정적 사기꾼으로 서로에게 거짓말을 하다가 마침내 서로가 윈윈(win-win)하는 합의를 하였으니, 그것이 바로 일부일처제라는 제도다. 서로의 다른 욕망을 이해하고 일부일처체라는 독점적 합의 전략으로 욕망과 문명 사이에서 불안한 타협을 한 것이다. 남성은 한 여성의 번식 능력을 독점함으로써 자신의 자손을 길이 남길 수 있는 이득을 얻었고, 여성은 한 남성의 투자를 독점함으로써 경제적 이득을 얻었다. 남녀가 타협하여 서로 다른 욕망을 충족시켜 준 것이다. 그래서 여자는 남자가 충분한 경제적 자원을 가져오고 친절과 애정, 헌신을 보여 줄 때 행복감이 증대하고 남자는 여자가 자기보다 신체적으로 더 매력적이고 친절과 애정, 헌신을 보여 줄 때 행복감이 증대하게 되었다. 그런데 이러한 성 역할이 잘 유지되다가 현대에 들어서서 변하기 시작했다. 경제가 발달하고 여성이 사회적으로 자유로워지면서 결혼을 반드시 해야만 한다는 제약이 느슨해졌다. 그리고 흔히들 말하듯이, 아들에게는 여전히 유교 사상에 가까운, 보수적인 시각에서의 역할을 가르치고 딸에게는 자신이 원하는 대로 노력하고 쟁취할 것을 가르치는 21세기형 교육이 이뤄지면서 둘 사이의 간극이 커졌다. 경제력과 우수한 지적 능력을 보유한 커리어우먼으로 혼자서 자녀를 충분히 양육할 수 있는 알파걸이 등장한 반면, 남자들은 아직도 "내가 남잔데" 하는 생각에 사로잡혀 있으면서도 사회적으로는 취업난에 조기 은퇴, 대접받기 힘든 가장의 위치에서 급격히 위축되었다. 여자들은 경제력을 갖추면서 성형 수술 등으로 점점 더 신체적 매력을 높일 기회가 많아졌지만 남자들은 경제적 여건이 녹록치 않은 데다가 여자들이 돈쓸 데가 더욱 많아져서 더 내놓으라고 하니 정말 죽을 맛이다. 절대적인 권위를 가지고 있던 남성은 힘을 잃은 반면에 남자 없이도 잘 사는 알파걸이 등장하면서 남녀의 성 전략마저 달라지고 있는 것이 오늘의 현실이다. 그래서 남자들은 더욱더 강한 감정적 사기꾼으로 진화하며 여자를 잡으려 한다. 이러한 심리가 그대로 녹아 있는 것이 바로 SBS 리얼 다큐 〈짝〉이다. 그들의 짝짓기 현장은 처절하다. 더 나은 여자를 얻기 위해, 더 나은 남자를 얻기 위해 그들은 거짓말을 한다. 한여름 매미 소리보다 더 요란하고 치명적인 거짓말을.

처음 질문했던 숙제를 풀어 보자. 남자들의 '오빠 믿지?'는 다 거짓말일까? 정답은 'NO'이다. 이 문제를 가지고 한 대학에서 심리학자들이 연구를 했다고 한다. 남자를 두 그룹으로 나눈 후 A 그룹에게는 야한 비디오를 보여 주고 B 그룹에게는 아무것도 보여 주지 않았다. 그리고 일정한 시간이 지난 후 이런 질문을 했다. 만약 지금 여자친구와 밀폐된 공간에서 스킨십을 하고 있는데 갑자기 여자친구가 "오빠 그만"이라고 한다면 멈출 수 있을 것인가? 라고. 그랬더니 야한 비디오를 본 A 그룹은 "좀 힘들 것 같다"고 말했고, 아무것도 보여 주지 않고 상상만 하게 한 B 그룹은 "당연히 멈출 수 있다"고 대답했다고 한다. 즉, 남자가 여자에게 "오빠 믿지?"라고 하는 말은 여자에게 거짓말하려고 한 게 아니라, 자신이 정말 아무 짓도 하지 않을 수 있다고 스스로 속이는 것일 수도 있다는 것이다. 다른 남자는 다 늑대지만 자신만은 그렇지 않을 거라고 스스로에게 거짓말을 하고 그것을 믿는 것이다. 그리고 결국엔 "나도 내가 이럴 줄 몰랐다"는 남자의 거짓말 아닌 변명을 듣게 되는 것이다.

어쩌면 연애란 서로 속고 속이는 공범이 되는 게 아닐까. 그러니, 남자의 본성을 잘 파악하고 액면 그대로 받아들이지 않아야 한다. 믿든 안 믿든 선택과 그 결과는 이미 벌어진 이상 남자의 말과 의지의 문제가 아니라 여성이 스스로 한 선택으로 인한 결과이기도 하니까.

남자의 바람 혹은
바람기에 대하여

두 짝이 있다. 여자 1호와 남자 1호, 여자 2호와 남자 2호. 그들은 함께 식사 중이다. 여자 1호는 남자친구인 남자 1호의 바람기 때문에 걱정이 많다. 여자만 지나가면 어김없이 힐끔거리며 보기 때문이다. 여자 2호는 남자친구인 남자 2호를 보며 미소를 짓는다. 남자 2호는 한 번도 그런 적이 없기 때문이다. 이들이 결혼을 했다. 그리고 5년이 지났다. 남자 1호는 여전히 여자들에게 눈길만 힐끔 줄 뿐 바람피울 엄두는 내지 못한다. 그런데 여자에게 별 관심도 없어 보이던 남자 2호가 아내에게 전혀 의심 받지 않으며 완벽하게 바람을 피우고 있다. 남자 2호가 남자 1호에게 묻는다.

"넌 왜 바람 안 피워?"

남자의 바람이란 뭘까? 남자들에게는 로망이요(단, 절대 들키지 않아야 한다는 전제 하에), 영웅담이지만 여자에게는 씻을 수 없는 상처다. 여자가 세상에서 제일 싫어하는 여자는 자기 남자와 바람난 여자다. 바람은 남녀 관계를 깨뜨리는 가장 큰 원인이다. 그럼에도 불구하고 (특히) 남자들은 왜 그렇게 필사적으로 바람을 피울까? 본능을 억제하고 인간답게, 일부일처제 안에서 살아야 하는 억제에 대한 반항일까, 아니면 윤리와 도덕성의 결핍일까? 일부일처제는 인간이 사회 안정을 위해 합의한 제도이다. 생물학적으로 종족 번식을 극대화하는 것은 동물 세계에서 보시다시피 일부다처제다. 그렇기에 인간 사회의 바람, 혹은 불륜은 본능(종족 번식)과 사회 제도(일부일처)가 충돌한 산물이라고 볼 수 있다.

서두에 꺼낸 남자 1호와 남자 2호 이야기를 다시 해 보자. 남자 2호가 남자 1호에게 왜 바람을 피우지 않느냐고 묻자 남자 1호는 대답한다. 오직 자기만 바라보며 딸 둘을 키우고 있는 아내에게 걸렸다가는 볼 면목이 없고, 자기를 세상 최고의 아빠라고 여기고 있는 딸이 알면 어떻게 될까, 겁이 나서 바람을 피우지 못한다고. 남자 1호는 내가 연출한 〈롤러코스터〉에서 '남녀탐구생활'을 집필한 김기호라는 작가 친구다. 진한 농담을 잘해서 늘 여자 작가들한테 핀잔을 듣는다. 그리고 조금 예쁜 여자만 지나가도 (나와 동시에) 힐끔 돌아보는 전형적인 남자다. 나는 이 친구가 결혼을 한대도 바람을 피우지 않을까, 했다. 그런데 결혼한 지 5년이 지난 지금도 한결같이 아내와 딸뿐이다. 마누라와 딸이 무서워서 그랬든 정말 사랑해서 그랬든 남자 1호는 바람기는 있지만 바람은 피우지 못한 경우다.

내가 굳이 바람과 바람기를 나누어 이야기하는 건 바람과 바람기는 분명히 다르기 때문이다. 그럼 바람과 바람기에는 어떤 차이가 있을까? 일단 남자에게 바람기는 다 있다고 보면 된다. 지나가는 여자를 보면 자기도 모르게 눈이 돌아간다. 정말 '자기도 모르게'다. 이건 인간 됨됨이나 의지와는 별개의 문제다. 본능이다. 남자는 생물학적으로 여자보다 6배나 많은 양의 테스토스테론 호르몬을 가지고 있다. 남자의 고환에 있는 이 호르몬은 뇌의 자제 능력을 마비시켜 자신도 모르게 본능에 따라 눈이 여자의 몸으로 향하게 만든다. 그래서 섹시한 여자가 지나가면 자기도 모르게 시선이 가는 것이다. 그러다가 그 여자가 시야 밖으로 사라지면 또 쉽게 잊어버린다. 안 보이는 여자 말고 지금 당장 자기 눈앞에 있는 여자에게 눈길을 돌리기 위해서다. 영국의 한 조사에 따르면, 영국 남성은 하루 평균 여성 8명을 2분 이상 처다본다고 한다. 그 시간을 합치면 남자는 일생에서 약 6개월을 여자에게 곁눈질을 하는데 보낸다는 것이다. 남자의 내면에는 늘 또 다른 이성을 만나고 싶은 욕망이 있다. '바람 피우고 싶은 욕망', 이것이 바로 바람기다. 그런데 대다수의 남자들이 바람기는 있지만 쉽게 실천으로 옮기지 못한다. 그런데 이런 바람기를 행동으로 옮기는 것이 바로 '바람'이다. 즉 바람기와 바람은 '눈길만 주고 그치느냐, 실천하느냐'의 차이다.

바람이라는 것을 과학적으로 정의해 보자. 바람은 태양의 열 온도 차에 의해서 생긴다. 이런 바람을 이용한 풍력에너지, 즉 전기를 만들려면 바람이 초속 4미터 이상 불어야 한다. 남녀공학자 입장에서 이러한 과학적 바람 현상을 남녀의 바람에 비유하자면, 초속 4미터 이하로 약하게 불어서 전기를 만들지 못하고 그냥 사라지는 것은 바람기요, 초속 4미터를 넘기면서부터 찌르르 통하는 전기를 만들어 내면 이게 바로 바람이다. 바람기는 남자라면 누구나 가지고 있지만 그냥 별 탈 없고 흔적 없이 흘러가는 것이고 바람은 전기가 통하는 것을 느낄 만큼 외형적으로 실현되는 것이다.

쿨리지 효과라는 것이 있다. 새로운 여자를 만나면 남성의 성적 욕구가 깨어나는 현상을 말한다. 미국의 30대 대통령 캘빈 쿨리지에게서 이름이 유래했다. 어느 날 쿨리지 대통령이 영부인과 함께 한 농장을 방문했다. 닭장을 둘러보던 쿨리지 여사가 수탉이 하루에 몇 번이나 암탉과 관계를 하는지 물었다. "셀 수도 없이 하지요" 안내원이 대답한다. 그 말을 들은 쿨리지 여사가 당부한다. "그 말을 대통령에게도 해 주세요" 그 말을 전해 들은 대통령은 닭장을 보고 수탉에 대해 묻는다. "매번 같은 암탉과 합니까?", "아닙니다, 각하. 매번 다른 암탉과 합니다" 그러자 대통령은 영부인에게도 그 말을 전해 달라고 당부한다. 남자들에게 수탉과 같은 정력(?)은 없지만 그들의 욕망에는 쿨리지 효과가 분명히 나타난다는 것이다.

내가 이렇게 말을 해도, 과학적 근거를 들어 '내 남자만은 안 그래' 하는 여성들이 많을 거다. 특히 여자 2호 같은 여자들. 여자만 보면 눈길이 저절로 가던 남자 1호와 달리 자신의 여자친구 앞에서 절대 다른 여성에게 시선을 주지 않던 남자 2호는 완벽하게 바람을 피우고 있다. 남자 1호는 바람기는 있지만 피우지 못하는 남자이고, 남자 2호는 아내 앞에서는 바람기를 철저히 숨기다가(이게 바로 남자의 비가시성이다) 몰래 바람을 피우는 남자다. 아내는 이러한 사실을 전혀 모르고 있다. 남자 2호는 친구들 사이에서 '바람의 신', '바람의 달인'으로 추앙(?)받는다. 실명으로 고자질하고 싶지만—질투심 때문에 그런 게 결코 아니다. 난 여자의 동지이기에 고자질하고 싶을 뿐이다—차마 그럴 수는 없으니 외모나 스타일만 대충 설명해 주겠다.

우선 남자 2호는 외모는 못생긴 편인데 성실하고 착한 성품이다. 만약 당신의 남자친구도 이런 스타일이라면 방심을 거둬들이고 한 번쯤은 매의 눈으로 의심해 보라. 바람둥이 남자 유형은 여자들이 생각하는 것과 전혀 다르다. 허를 찌른다. 얘기 나온 김에 바람둥이 유형에 대해 고자질 좀 해야겠다. 이것도 아주 중요한 체크 사항이니까.

바람둥이 유형 1번은 순진한 척하는 남자다. 여자 앞에서 말도 못하고 부끄럼도 많이 타고 어수룩해서 여자가 좀 가꿔 주고 싶은, '이놈은 내가 좀 꾸며 놓으면 나만 바라보겠다' 싶은 그런 남자다. '그 남자, 내 앞에서면 너무 부끄러워서 땀을 삐질삐질 흘려요' 라며 남자친구의 순진함을 자랑하는 여자들! 착각하지 마라. 아마 원래 땀이 많은 놈일 것이다. 잘 살펴보자.

다음 바람둥이 유형 2번은 자기가 왕년에 여자를 많이 사귀었다고 노골적으로 바람둥이임을 자처하는 남자다. 여자의 경쟁 심리를 부추겨서 그동안의 여자는 다 너를 만나기 위해 스쳐간 여자이며 그들은 모두 연애 대상이고 결혼 상대는 너라며 번지르르하게 말하는 남자. 이놈은 바람둥이일 가능성이 아주 높다.

그리고 바람둥이를 체크하는 또 하나의 방법으로 남자의 아버지를 보라고들 많이 말하는데 이건 좀 신중하게 받아들일 필요가 있다. 아버지의 유전자를 물려받는 건 사실이지만 자랄 때의 환경이나 본인의 가치관에 따라 많이 달라지기 때문이다. 폭력적인 아버지 밑에서 폭력을 쓰는 아들이 나오기도 하지만, 반대로 폭력에 대해 극심한 거부감을 가져 자신의 아이를 키울 때는 정말 사랑으로 잘 키우는 친구들도 많이 봤다. 마찬가지로 바람둥이 아버지에게 너무 상처를 받아서 한 사람만 보고, 다른 사람에게는 눈길을 주지 않는 사람도 있다. 나는 연예인 중에서 최민수가 이런 사례의 대표적인 인물이라고 본다. 언젠가 TV에 나와서 한 말이 기억난다. 어릴 적 부모의 이혼으로 받은 상처 때문에 자신만은 꼭 단란한 가정을 이루리라 다짐했다고. 오래 지켜보니 사회적으로는 가끔 작은 말썽을 피우지만 가정 하나는 정말 잘 꾸려 가고 있다. 그는 소문난 공처가이다.

남자들의 바람기 속성을 이야기하니까 여자들이 걱정을 많이 하는데, 여자들이 안심해도 될 만한 과학적 정보가 있다. 남자는 여자라면 무조건 다 눈길이 가고 열 여자 안 가린다고들 하는데, 이는 주로 젊은 수컷에만 해당된다는 연구 결과다. 남자도 나이가 들면 가정에 더 신경을 쓴다는 것이다. 《영국 왕립학술원 회보(Proceedings of the Royal Society)》에 실린 2007년 연구 결과를 보면 남자는 서른 살이 지나면서부터는 새 여자를 찾아 헤매기보다는 가족 부양에 더 신경을 쓴다고 한다. 이는 진화의 과정을 통해 남자의 본성에 새겨진 특징인데, 세상에 존재하는 모든 동물 중 부모에게 가장 의존하는 것이 인간의 아기이기 때문이다. 자신의 아이를 돌보지 않고 계속 새 여자를 찾아나서는 남자의 자손은 생존율이 극히 낮을 수밖에 없었다. 그래서 현재까지 살아남은 불패의 유전자는 '보살피는 아빠'의 자식이었을 가능성이 높다. 미국에서 실시한 조사 결과를 보더라도 미국 남자의 40%는 나이가 들어서도 새로운 여자를 만나려고 끊임없이 시도하지만 나머지 60% 정도는 결혼 후 한 여자에게 안착하는 것으로 나타났다.

남자의 바람 성향 체크에서 가장 신중해야 할 부분이 있다. 남자가 바람 피우는 것을 알았을 때 어떻게 대처해야 하느냐는 것이다. 물론 남자는 아니라며 끝까지 발뺌하거나 불가피하게 그럴 수밖에 없었다, 혹은 그 순간 자기가 미쳤나 보다 등등 온갖 단골 멘트를 동원하여— 이게 또 여자한테 잘 먹힌다—용서를 구할 것이다. 또 하나, 이미 과거에 바람을 한 번 피운 전과가 있는 남자는 어떤 기준으로 체크해야 하느냐에 대해서도 신중하게 접근해야 한다.

바람이란 게 안 들키면 낭만적인 〈메디슨 카운티의 다리〉가 되지만 들키면 19금 막장 〈사랑과 전쟁〉이 되어 버린다. '한 번 들켰을 뿐', '딱 한 번 바람 피웠을 뿐'이라고 말할 경우, 그 사이에 안 들키고 몇 번은 더 바람을 피웠을 가능성이 있다. '딱 한 번 바람피운 남자'를 용서하려면 남자가 진정으로 뉘우치느냐 같은 케케묵은 진단 방식은 과감히 버려라. 현실적으로 가장 먼저 본인의 스트레스 강도를 체크해 보아야 한다. 내가 그걸 알고도 용서해 준 뒤 현실적으로 견딜 수 있는지를 생각해 보고, 그 스트레스를 견딜 수 있고 감당할 수 있으면 넘어가라(용서와는 별개의 문제다). 도저히 못 견디겠고 당장 너무 힘들다면 과감히 끝내야 한다. 정말 끝내야 한다. 과거의 정(情)보다 더 중요한 것은 미래의 신뢰다. 그동안 쌓아온 정에 미련이 남아 끌려가는 것은 서로 신뢰하는 미래를 만드는 데 아무런 도움이 되지 않는다. '정'에 붙잡혀 '신뢰'를 포기하면 미래는 암담할 뿐이다. 내 경험상 확실하니 부디 마음에 새겨 두기 바란다.

또 다른 사례가 있다. JTBC 〈마녀사냥〉에서 가수 성시경이 이야기한 것이다. 유명한 야구 선수 친구가 있는데, 여자친구가 바람을 피운다는 정보를 입수하고는 야구 배트를 챙겨서 여자친구네 집에 갔다. 그 야구 선수는 여자친구 집이 정확히 몇 층인지 몰라서 1층부터 배트로 다 부수면서 올라 갔다. 나와서 따지는 사람들에게 '이런저런 사정이 있으니 나중에 다 배상해 주겠다'고 했다. 결국 3층 집에서 마주친 여자친구를 보더니 '너랑은 따로 얘기하자'며 다정히 안아 주었다고 한다. 이를 보고 공포를 느낀 불륜의 상대는 3층에서 뛰어내렸다고 한다. 여기서 내가 주목하는 장면은 야구 선수가 정작 여자친구는 따뜻하게 안아 주었다는 것이다. 정말 사랑했던 것이다. 여자도 미안해서 그 후로 더없이 잘했다고 한다. 그러나 엔딩은? 이별이었다. 오래 가지 못하고 결국은 헤어졌다.

젊은 여자들에게 '패션과 브런치 열풍'을 가져다준 미국 시트콤 〈섹스 앤 더 시티〉에도 이런 에피소드가 있었다. 결혼을 앞둔 여자 주인공이 실수로 다른 남자와 자 버렸다. 여자는 너무 미안해서 약혼남에게 고백을 한다. 실수였지만 바람피워서 미안하다고. 너무 사랑하니까 속이기 싫어서 고백하니 용서해 달라고. 남자 역시 당신을 사랑하고 당신 마음을 알겠다며 며칠만 생각할 시간을 달라고 한다. 여기서 묻겠다. 남자는 과연 어떤 대답을 할까?

1번. '사랑하니까 용서하겠다.'

2번. '어쨌든 바람이니 용서 못하겠다.'

1번일까, 2번일까? 나도 남자의 대답이 너무 궁금했다. 성에 개방적인 미국 남녀들은 저런 경우 어떻게 대처할지. 며칠 후 둘이 다시 만났다. 그리고 남자가 말한다.

"당신이 고백한 마음 너무 잘 안다. 나를 사랑하는 마음도 다 안다. 나도 당신을 사랑한다. 그런데 지금은 당신을 너무 사랑하는 마음에 넘어갈 수 있지만 5년 뒤, 10년 뒤에는 그 마음이 어떻게 변해 지금 이 사건을 어떻게 재해석하고 행동할지 나 자신도 모르겠다. 그래서 떠나기로 결심했다. 미래에 대한 자신이 없어서."

대답은 내 예상을 빗나갔다. 1번도 2번도 아니었다. 물론 떠났으니 2번과 유사하지만 두 사람 모두에게 상처를 주는 '용서 못하겠으니 떠나겠다'가 아니라 서로를 너무 위하는 마음에서 떠나겠다는, 참으로 지혜로운 이별이었다. 이 답을 들은 여자는 울면서도 남자에게 미안하다, 고맙다는 말을 했고 남자도 여자를 깊이 안아 준 후 떠나갔다.

한 번의 바람도 상대에게는 씻을 수 없는 상처를 남긴다. 그러니 평생 또 바람을 피울지도 모른다는 스트레스에서 못 벗어날 것 같다면 헤어지는 편이 낫다. 관계를 계속 유지하면서도 뭔가 불만이 생기거나 안 좋은 일이 있을 때마다 그 일을 떠올리고 상대방을 공격한다면 서로에게 불행한 일이다. '옛날에 바람피운 주제에……'라는 식의 이야기는 남자는 물론 그 말을 하는 여자에게도 큰 상처가 될 수 있다. 그러니 고민하라.

그런데 만약 두 번 바람을 피운(정확하게 말하면 '두 번 들킨') 전과가 있는 남자라면 무조건 안 된다. 야구는 삼진 아웃제지만 바람은 '두 번 다시' 허용되면 안 되는 이진 아웃제가 되어야 한다. 남자의 상습적인 바람은 남자의 3대 리스크(폭음, 폭력, 도박)만큼 엄하게 체크해야 한다. 습관성 외도는 심각한 문제다. 서울대 유인균 교수는 "욕망은 강하면서 충동 억제력이 약한 사람, 자아가 약하고 자신감이 결여된 사람, 이성 관계를 통해 끊임없이 자신의 존재를 확인하려 드는 사람, 스릴을 통해 쾌감을 얻는 자기 파괴형, 심한 변덕쟁이, 도덕심이나 죄의식이 결여된 성격 장애자 등은 습관성 외도로 이어질 가능성이 크다"고 지적했다. 두 번 이상 걸리면 그건 습관성 바람기다. 그건 안 된다. 습관성 바람은 고치고 싶다고 고칠 수 있는 것이 아니다. 남자인 내가 안다.

남자들에게 말하고 싶다. 완벽하게 바람을 피우든지 아니면 안 피우든지 둘 중에 하나를 선택하라고. 들키면 정말 끝장이기 때문이다. 그런데 결국 90% 정도는 들킨다. '바람의 신'이신 남자 2호 정도의 경지가 아니라면. 남자가 아무리 완벽하게 바람을 피워도 여자의 귀신 같은 촉에는 못 당한다는 거, 남자들은 명심해야 한다.

남자 1호는 오늘도 여전히 억울해한다. 아내 여자 1호가 남자 2호를 본

받으라고 해서. 여자들! 지나가는 여자들을 흘깃거리는 남자의 바람기 정도는 허용하고 넓은 아량으로 용서해 주자. 바람기를 바람으로 착각해서 들들 볶아 봐야 좋을 것이 하나도 없다. 대신 바람은 '절대, 네버, 결코' 받아 주지 말자.

남자는 묻지 마 주식으로 망하고,
여자는 묻지 마 결혼으로 망한다

내가 상담하고 추천한 짝들은 거의 다 잘되었다. 그런데 적극적으로 맺어 준 한 커플에게서 들려온 이별 통보는 정말 의외였다. 유명 연예인 커플의 이야기다.

모두가 그를 좋아했다. 모든 여자들이 그와 결혼하고 싶어 했다. 그 많은 여자들 중, 역시나 특별히 아름답고 참 괜찮은 여자가 그 남자와 연애를 시작했다. 여자는 모두에게 물었다. 그 남자 어떠냐고. 모두들 그 남자 정말 괜찮다며 적극 추천했다. 나 역시 적극 추천했다.

마침내 둘은 성대하게 결혼식을 올렸다. 그런데 결혼 6개월 만에 둘은 이혼을 했다. 난 정말 깜짝 놀랐다. 둘 다 정말 괜찮은 친구들이었기에. 더구나 내가 그 여자에게 그 남자를 유달리 적극적으로 추천했기 때문에. 이유를 물었다. 무엇이 마음에 안 들어서 헤어졌냐고. 그 여자는 마음에 안 들어서가 아니라 그 남자를 알 수가 없어서 헤어졌다고 했다. 양파 껍질을 벗기듯 까면 깔수록 다른 게 나오고 같이 지낼수록 안 맞고……. 그래서 크게 다투지도 않았는데 헤어지게 되더라고. 뭐라고 해 줄 말이 생각나지 않았다.

그 남자는 여전히 주위에서 괜찮은 남자로 추천되고 있다.

똑똑한 남자들도 주식으로 참 많이 망한다. 방송국에 있으면 똑똑한 PD·작가들이 주식 투자를 많이 하는데 돈 벌었다는 얘기를 한 번도 들어본 적이 없다. 왜냐고? 이른바 '묻지 마' 주식을 했기 때문이다. 적게는 몇 백만 원, 많게는 천 단위, 억 단위까지 투자하면서 제대로 주식 공부는 하지 않고 그저 주위에서 '너에게만 알려 줄게', '내가 아는 형이 이렇게 해서 엄청 벌었단다'는 식의 정보만 믿고 '묻지 마' 투자를 한다.

이렇게 '묻지 마' 식으로 저질러서 망하는 건 남녀가 다를 것이 없다. 똑똑한 남자들이 '묻지 마' 주식으로 망하는 만큼 똑똑한 여자들도 '묻지 마' 결혼으로 망하는 것을 많이 봤다. 좋은 대학 나와서 PD가 된 여자 연출가, 좋은 감성으로 글 잘 쓰는 여자 작가들, 그런 여자들이 어느 날 글도 못 쓰고 연출도 못 하고 끙끙 앓고 있다. 알고 보니 잘못한 결혼 생활로 진이 다 빠져 있었다. 앞서 얘기한 그 여자도 주위에서 그 남자가 너무 좋다고 추천하는 바람에 정작 본인 입장에서 묻지도 따지지도 않고 결혼을 한 것이 잘못이었다.

결혼과 연애는 다른, 아니 아예 별개의 장르다. 연애는 당사자 간의 개인적인 일이라 깨지면 혼자 이불 뒤집어쓰고 며칠 끙끙 앓으면 된다. 그러나 결혼은 개인적인 일이 아니다. 가족 앞에서, 멀리 제주도에서 온 친척 앞에서, 사회적으로는 직장 동료, 부장님, 전무님까지 주말에 집에서 쉬지도 못하게 불러 놓고 사진 팡팡 찍어 대며 약속한 것이다. 그러다가 깨지면 이혼 신고 해야지, 재산 나눠야지, 거기다가 자식까지 있으면…….

여자들! 큰마음 먹고 명품 핸드백을 하나 살 때 어떻게 하는가? 가방의 만듦새, 유행에 뒤처지지 않으면서도 앞으로 오래 들고 다닐 만한 디자인인지, 남들에게 내보였을 때 부러워할 만한 브랜드인지, 어디 구석에 실밥이 좀 터져 나왔나, 어디 살짝 0.1mm라도 흠집이 없나 정말 집요하게 따진다. 심지어 중고로 되팔 때의 시세까지 알아본다. 아주 CSI요원이 따로 없다. 그렇게 산 명품 가방은 길어야 5년, 10년 들고 다닌다. 하지만 남자는 어떤가? 결혼을 하면 50년 이상 함께해야 한다. 그런데도 결혼할 남자를 택할 때 명품 가방보다 덜 따지는 여자들이 있다. 아니, 많다. 정들었으니까, 청첩장을 돌렸으니까, 이미 잠자리를 했으니까, 내 나이도 있는데 어디서 또 사람을 만날까 등등의 이유로 결혼을 결정한다. 자신의 선택을 번복하고 싶지 않은 마음과 여자로서의 생물학적 나이에 대한 위기감까지 복잡하게 뒤엉키며 판단력이 흐려진다. 문제를 느끼는 부분이 분명히 있는데도 막연한 믿음으로 나에게 그렇게까지 불행한 일은 생기지 않을 거라고, 괜찮을 거라고 스스로 최면을 걸며 뚜벅뚜벅 결혼식장으로 걸어 들어간다.

제발 좀 따졌으면 좋겠다. 최소한 명품 가방보다는 남자를 더 따지고 골라야 하지 않겠는가. 너무 착하게만 행동하길 기대받고 자라다 보니, 남자에 대해 따지는 것이 속물처럼 보일까 봐 그러지 못하는 마음도 이해한다. 하지만 내가 선택한 남자에 대한 결과는 내가 책임지게 되어 있다. 그러니 남이 뭐라고 하든 내 인생을 위해서 따지고 따져서 선택해야 한다.

유대인들을 보자. 전 세계 인구의 0.22% 정도가 유대인이다. 지금 세계 인구가 70억 정도니까 1,700만 정도의 인구가 유대인이다. 그런데 노벨상 수상자의 약 20%, 미국 100대 부호의 약 20%가 유대인이라고 한다. 엄청난 숫자다. 이 유대인들이 잘하는 것이 바로 따지는 거다. 외우고 주입받는 교육이 아니라 제대로 따지면서 공부하고 토론하는 능력을 키운다. 여기서 유대인의 경쟁력이 나온다. 유대인들은 자식들이 학교 갔다 오면 '오늘 토론 잘했니?' 하고 묻는다. 이 말은 '잘 따져가며 토론 잘했니?'라는 뜻이다. 그런데 우리 부모들은 자식들이 학교 갔다 오면 '오늘 선생님 말씀 잘 들었니?'라고 한다. 이 말은 '네가 무슨 생각을 했는지는 모르겠지만 아무튼 입 다물고 선생님 앞에서 고분고분하게 있었지?' 하는 뜻이다. 따지는 토론 문화가 아니라 주입식으로 교육받는 환경이다보니 뭔가를 따지고 들면 까다롭고 불편한 사람으로 취급한다.

해외 한 유명 만화 사이트인 '도그하우스 다이어리'가 각 나라를 대표하는 가장 유명한 것들로 세계 지도를 만들어 관심을 끈 적이 있다. 세계은행과 기네스북의 데이터를 바탕으로 만들었는데 코믹하면서도 날카로운 지적으로 주목 받았다. 이 지도에 따르면 우리나라를 대표하는 것은 다름아닌 '워크홀릭(workholic)'이었다. 아침부터 밤 늦게까지 일을 가장 많이 한다는 이미지가 한국인 것이다. 씁쓸하지만 부정할 수 없는 데이터이다. 그렇게 일에만 빠져 있는 나라에서 창의성과 유연함, 건전한 토론 문화를 기대하기란 쉬운 일이 아닐 것이다. 재미있는 데이터여서 다른 다라의 상징들도 소개하자면, 앞서 비교한 유대인들의 나라인 이스라엘은 연구 개발, 북한은 검열, 중국은 이산화탄소 방출과 신재생에너지로 표현되었다. 인도는 영화, 영국은 파시스트 운동, 프랑스는 관광으로 표현되었다. 다른 나라의 상징을 살펴볼수록 우리의 상징이 서글프게 다가온다.

우리나라는 여전히 자기표현 잘하는 것을 건방지다고 오해하고, 잠자코 있어야 칭찬하는 분위기이다. 여자들에게는 특히나 더 그런 경우가 많다. 수동적이고 순응해야 여성스럽고 착하다고 평가 받는다. 그러니 결혼 앞에서도 제대로 따지고 들지 못하는 것이다. 옛말에 여자가 시집을 가면 벙어리 3년, 봉사 3년, 귀머거리 3년이라고 했다. 그런데 이건 할머니 시절 이야기다. 그땐 신랑 얼굴 한 번 못 보고 연애 한 번 못하고 자기 의사와는 전혀 관계없이 시집가서 첫날밤 치르고 그다음 날 아침이 되어서야 신랑 얼굴을 제대로 보고 결혼 생활을 시작했다. 그러니 생전 알지도 못하는 사람과, 또 그 집안과 맞추기 위해 9년이나 시간이 필요했던 것이다. 내가 다니는 교회의 담임 목사님은 9년 세월이 '맞추는' 시간이 아니라 아예 '진을 빼는' 시간이라며, 포기하게 만드는 시간이라고 했다. 그래서 오늘날 황혼 이혼이 많다는 것이다. 그동안 참고 포기하며 살던 삶이 억울하던 차에 세상이 좋아져 여자들이 제 목소리를 낼 수 있게 되면서 진정한 자유를 선언하는 것이라는 설명이다.

EBS에 〈남편이 달라졌어요〉라는 솔루션 프로그램이 있는데, 카이스트 학우인 박선민 작가가 그 프로그램을 구성하고 있다. 어느 날 수업 중에 박 작가가 전화기를 들고 급히 밖으로 나가더니 30분 동안 돌아오지 않았다. 수업이 끝나고서야 온 박 작가는 하소연을 쏟아 놓았다. 〈남편이 달라졌어요〉에 출연한 문제 남편들이 솔루션을 통해 고쳐진 것 같아도 석 달만 지나면 아내들한테 다시 연락이 온다고, 어떻게 하면 좋으냐는 것이다. 전화를 하는 이유는 한결같단다. 전과 똑같아졌다는 것이다.

병이 났을 때 사후 처방은 참 힘들다. 나는 치아가 참 튼튼했는데 배우 섭외를 핑계로 365일 술을 마시다 보니 잇몸이 부어 어금니를 두 개나 빼고 임플란트를 하게 됐다. 임플란트 시술을 받는 동안 의사 선생님은 절대 술을 마시지 말라고 했는데, 하루는 도저히 참을 수가 없는 것이다. 매일같이 마시던 술을 갑자기 뚝 끊었으니 무너질 수밖에. 난 오만 가지 궁리를 하다가 마침내 방법을 찾아냈다. 어금니를 빼서 상처 난 잇몸을 혀로 단단히 가려 막은 다음 반대편 입 공간으로 술을 마시는 것이다. 많이 마시기는 힘들 듯 해서 도수가 높은, 그동안 선물로 아껴 둔 발렌타인 21년 산을 쪼르르 부었다. 왠지 구차하기도 하고 서글퍼 이후로는 쭉 참았지만, 그날 마신 술은 참 달았다.

건강은 건강할 때 예방하는 게 가장 효과적이다. 국가 질병 관리도 사후 처방보다 사전 처방, 즉 예방에 더욱 집중한다. 결혼도 사후 처방이 아니라 예방을 해야한다. 그럴려면 제대로 알고 제대로 따져야 한다.

"김 감독님은 찍고 또 찍고, 또 찍고, 또다시 찍는다면서요?"

나무꾼 이야기가 아니다. tvN에서 〈롤러코스터〉를 연출할 때 CJ 회장단과 저녁을 함께 하는 자리에서 회장님이 불쑥 던진 질문이다. 〈롤러코스터〉를 본 분들은 알겠지만, '여자가 공중화장실을 이용할 때'라는 에피소드가 있었다. 이때 여자가 변기에 휴지를 까는 것, 엉덩이가 닿지 않게 볼일 보는 것, 물을 내리는 누름 장치를 발로 눌러서 물 내리는 것, 이런 소소한 것을 담아 큰 공감을 불러일으켰다. 기껏해 봐야 4분짜리 방송 분량을 만들어 내느라 4개월동안 머리를 쥐어뜯어가며 공부하고 또 공부했다. 관심도 없던 심리학, 심리과학 서적은 기본이고 작가들과 몇 달을 대한민국, 해외 할 것 없이 연애와 남녀 속성에 대한 자료라는 자료는 다 모았다. 제대로 따지고 따져 리얼하게 담고 싶었기 때문이다. 그렇게 고민하고 공부했더니 디테일이 보이고 이해의 폭이 넓어졌다. 그리고 이런 자료를 바탕으로 지루할만큼 아주 디테일하게 나눠서 찍고 또 찍기를 반복했다. 마치 MRI로 단층 촬영을 하듯. 그렇게 디테일하고 집요하게 남녀의 생활을 따지고 따지며 '탐구'하듯이 찍다 보니 '남녀탐구생활'이라는 코너가 탄생할 수 있었다.

따질 줄 알려면 공부해야 한다. 남자에 대해 제대로 공부하고 알아야 실패하지 않는다. 연애에 대해서도, 결혼에 대해서도, 남자에 대해서도 공부하자. 취직하기 위해 대학까지 16년을 공부한다. 그런데 연애와 결혼은 어떠한가? 어릴 때부터 연애하는 거 다 막고 가둬 놓고 공부만 시키다 20살에 갑자기 훅 풀어 주니 남자는 여자를 모르고 여자는 남자를 이해 하지 못한다. 제대로 모르다 보니 잘못된 환상으로 사람을 선택한다. 카이스트에서 공부할 때 시험 기간만 되면 난리였다. 현업에서 과학 언론에 종사하는 기자, PD들이 밤을 새워 공부하고 온다. 그리고 다음날에는 머리를 고정하고는 움직이지 않는다. 애써 외운 기억이 사라진다면서 말이다. 공부는 다들 그렇게 머리를 싸매고 하면서 연애와 결혼에 대해서는 대체 왜 공부를 하지 않는 것인지, 안타깝기 이를 데 없다.

공부를 하라고 하니 정답부터 캐묻는 여자들이 있다. 연애는 4지선다형 정답을 찾는 수능 고사가 아니다. 일본 지방대인 쿄토대는 도쿄대(우리나라로 치면 서울대)보다 대학 순위가 낮은데도 더 많은 노벨상 수상자를 배출했다. 그 배경에는 자유스럽게 토론하고 시행착오를 거듭하며 공부하는 그 학교만의 분위기가 있었다. 그렇게 자기의 뜻을 펼치고 논쟁하려면 책도 보고 여행도 다니며 평소 많은 생각을 해야 하는데 우리나라 부모들은 시험과 관련 없는 책은 못 보게 한다. 여행, 못 가게 한다. 연애, 못하게 한다. 그래서 결과는? 엉망진창이 된 결혼이다. 결혼에 대해서는 제대로 공부한 적이 없으니 어쩌면 당연한 결과다.

행시, 사시 다 합격한 것도 모자라 주식 공부까지 해 대박 난 고승덕 변호사가 언젠가 TV에서 자신의 결혼 실패 이유에 대해 이렇게 고백했다. '혼자 하는' 공부는 잘했는데 '같이하는' 결혼 공부는 해 본 적이 없어서 실패했다고. 참 가슴에 와닿는 고백이다. 실패하지 않으려면 공부하자. 연애와 결혼 공부는 정답을 찾아가는 공부가 아니다. 마음으로 하는 게 아니다. 머리로 하는 게 아니다. 입으로, 말로 하는 게 아니다. 온몸으로 하는 거다. 치열하게 온몸으로 부딪치며 하는 거다. 그러면서 남자의 본능과 자신에게 맞는 남자인지를 탐사하며 찾아가는 것이다.

일만 시간의 법칙이라는 것이 있다. 말콤 글래드웰의 저서 『아웃라이어』에 나온 개념인데, 무엇이든 최고의 자리에 오르려면 일만 시간은 투자해야 한다는 것이다. 하루에 8시간 동안 한 가지 일에 집중한다고 할 때, 3년 반은 꼬박 매달려야 한다는 계산이다. 그렇게 해서 김연아, 박인비 같은 선수가 나오는 것이다. 내가 다닌 한예종(한국예술종합학교)도 철저한 실기 위주 예술 학교인데 시나리오 하나 완성하기 위해 담임인 이창동 감독과 1년에 걸쳐 정말 만 번은 고치고 또 고쳤을 거다. 실패를 두려워 말고 수정해 나가길 바란다. 공부하고 수정하고 방향을 트는 노력이 연애를, 남자 선택을, 결혼을 후회 없게 한다. 내가 수없이 하는 말인데, 결혼을 한 번 만 하려면 일만 시간, 남자에 대해 고민하고 파악하려는 노력이 필요하다.

카이스트에 입학한 학부 1학년생들을 고등학교 4년이라며 걱정하는 교수님을 봤다. 과학 정신은 실패와 좌절을 두려워하지 않고 수만 번 실험하는 것인데 고등학교에서 늘 1등만 하다가 카이스트에 와서 2등도 하고 꼴찌도 하니 아이들의 상심이 이만저만이 아니라고 한다. 정신적으로 어려움을 겪게 되면서 아이들은 마치 고등학교 4학년생인듯 집으로 도망치기도 한다고 했다. 이 아이들이야 그나마 아직 어리니까 엄마 품에라도 안겨 안정을 찾고 천천히 성장하면 되겠지만, 결혼에 실패한다면? 묻지마 결혼의 여파는 그리 간단히 수습할 수 있는 것이 아니다.

한예종 입학식 때 총장님의 입학사가 생각난다.
'미래 천재 예술가들이여, 실패를 두려워 말라. 예술은 그 좌절 속에서 꽃피는 것이니.'

　　연애도 예술과 같은 감성으로 좌절과 실패 속에 꽃 피고 열매를 맺는 것
이다.

　　그러니 여자들!
　　실패와 좌절을 두려워 하지 마.
　　미친듯이 연애해. 온몸으로 공부해.

섹스에 대해
대화를 시도한다는 것만으로
여자를 이상하게 보는 남자라면
그냥 만나지 않는 편이 낫다.

실전! 연애를 위한
과학적 체크리스트

230mm 명품 구두와
240mm 동대문 구두 사이

여자친구에게는 특별히 아끼는 명품 구두가 있다. 하루는 새로 산 원피스에 그 구두가 꼭 어울린다며 신고 나왔다. 근데 10분도 채 걷지 못하고 힘들어했다.

알고 보니 그 구두는 여자친구의 발보다 좀 작은 사이즈였다. 구두를 사러 갔다가 너무 마음에 드는데 사이즈가 평소 신는 것보다 조금 작은 사이즈만 남아 있더란다. 양쪽 발 사이즈가 조금 다른 터라 한쪽은 잘 맞고 한쪽은 작았지만 너무 마음에 들어 사 버렸다고 한다. 마침 새로 산 원피스와 맞춘 듯 잘 어울려서 그 구두를 신고 나왔는데 생각보다 발이 더 아파서 여자친구는 결국 30분도 채 걷지 못하고 벤치에 앉아 버렸다. 물집에, 상처에 발은 이미 엉망이 되어 있었다. 20여 분을 쉰 다음 마침 우리가 있는 곳과 동대문이 가까웠기에 그쪽으로 가서 몇 만원 하지 않는 보세 구두를 샀다. 발

사이즈에 맞는 구두를 신은 여자친구는 그제야 찡그렸던 미간을 폈다. 여자친구를 보며 나는 어린이판 신데렐라가 아닌, 성인판 오리지널 신데렐라를 떠올렸다. 신데렐라의 언니들이 왕자가 가져온 신발에 발을 맞추기 위해 발가락을 잘랐다는 잔혹한 이야기. 나는 그 뒤로 여자친구가 그 명품 구두를 신는 걸 본 적이 없다.

신발 하나도 내 발에 맞지 않으면 고통스러운데 60~70년을 같이해야 할 결혼 상대가 나와 맞지 않는다면? 그 고통은 뭐라 말로 표현하기 힘들 것이다. 연애와 결혼 이야기만 나오면 난 어김없이 여자친구의 명품 구두 사건과 신데렐라의 구두 이야기를 예로 들며 강조하고 또 강조한다. '결혼은 구두'라고. 그리고 연애는 그 '구두'를 찾는 과정이라고.

이런 측면에서 연애는 돈 많은 남자, 좋은 남자, 잘생긴 남자같이 잘난 사람 찾기가 아닌, 나에게 맞는 사람을 찾아가는 '나만의 보물찾기' 게임이다. 아무리 멋있는 사람이라도 맞지 않는 구두처럼 당신을 불편하게 하는 사람이라면 의미가 없다. 당신의 사람이 아닌 것이다. 그런데 현실은 안타깝게도 나에게 맞는 남자보다 누가 봐도 좋다고 할 만한 스펙 좋은 남자를 찾는데 다들 혈안이 되어 있다. 더 좋은 대학, 더 좋은 직장, 더 좋은 사람과의 결혼이라는, 남들 눈에 중요한 조건으로 판단하려 한다. 마치 대기업 취업을 위해 스펙을 체크하는 대학생들처럼.

서울대에서 강의 평가 1위로 유명한 심리학과 최인철 교수가 카이스트에서 강의를 한 적이 있다. 그는 국내 유명 결혼정보회사와 함께 남녀 서로에게 '맞는' 짝을 찾는 심리과학적 프로젝트를 시도해 보려다가 접었다고 한다. 이유는 남녀의 결혼 조건을 당사자 위주의 '맞는' 조건에 중점을 두지 않고 집안 위주의 '좋은' 조건에 중점을 두는 한국 중매 현실 때문이라고 했다.

과연 좋은 사람이란 어떤 사람일까? 〈좋은 사람 있으면 소개시켜 줘〉라는 노래와 영화가 있을 만큼 '좋은 사람'이란 말은 흔하다. '좋은 사람' 소개시켜 달라는 여자들에게 어떤 남자가 좋은 사람이냐고 물으면, 돈 많고 성격 좋고 키 크고 잘생기고, 그런데 심지어 나만을 사랑해 주는 사람이어야 한다고 말한다. 하지만 아이러니하게도, 그녀들이 말하는 그런 '좋은 사람'을 만나도 헤어지는 경우가 적지 않다. 이별의 이유를 물으면 대답은 같다. "나와 맞지 않아서."

좋은 사람이란 좋은 조건의 남자가 아니라 나한테 맞는 남자다. 그런데 연애 때는 제대로 맞춰 보지도 않고 좋은 조건만 보고 결혼을 결심했다가 정작 결혼하고 나서야 뒤늦게 맞춰 보니 안 맞는다며 결국 헤어지는 것이다. 이혼율이 세계 최고 수준인 이유가 바로 여기에 있다.

큰맘 먹고 롤렉스 시계를 하나 산 적이 있다. 영화 〈라스베가스를 떠나며〉에서 니콜라스 케이지가 찼던 멋진 시계라는 말에 혹해 장만한 것이다. 하루는 황금색으로 빛나는 묵직한 롤렉스를 차고 바다로 배낚시를 간 적이 있다. 그런데 그날은 모든 신경이 낚시가 아니라 '롤렉스 님'으로 쏠렸다. 난 나보다 더 중요한 나의 롤렉스 시계가 바닷물 소금기에 젖어 부식될까 봐 조금만 물이 튀겨도 닦아 내고, 짬짬이 시계를 살피느라 정신이 없었다.

이때의 경험으로 여자들이 명품 가방을 소중한 아기 취급하듯이 하는 마음을 확실히 알게 되었다. 이런 나를 지켜본 글 스승 장광일 작가께서 한마디 던졌다.

"김 감독 그 시계 벗어. 지금 자네한테는 그 시계가 어울리지 않아."

롤렉스 시계는 내 생애 가장 좋은 시계였지만 나에게 가장 불편한 시계가 되었다. 그 후로 나는 낚시갈 때 부담 없고 언제나 나에게 방송 시간을 정확하게 알려 주는 5만원짜리 전자 방수 시계만 차고 다녔다. 롤렉스 시계, 정말 멋있었는데……. 한국 사위 케서방, 니콜라스 케이지가 찬 그 시계…….

맞춤 의학에 대한 관심이 높아지고 있다. 점점 1:1맞춤 의학에 대한 다양한 방법과 기술들이 선보이고 있다. 사람 몸이라는 게 참 재미있는게, 어떤 사람은 삼겹살을 평생 먹어도 괜찮은데 어떤 사람은 조금만 먹어도 혈관이 막힌다. 어떤 사람은 평생 한 개비의 담배도 핀 적이 없는데, 전업주부로만 살던 아주머니가 폐암에 걸리고, 철든 이후로 매일 한 갑이 넘는 담배를 핀 어떤 할아버지는 아무 문제없이 살기도 한다. 사람들마다 체질이 다르기 때문이다. 이러한 체질을 고려하여 1:1로 그 사람에게 맞는 의학적 서비스를 하는 것이 맞춤 의학이다. 질병에 관련된 유전자는 제거하고 원하는 유전자만 골라 탄생시키는 '맞춤형 아기'에 대한 이야기도 여기저기서 흘러나오고 있다. 아직 사회적 논의가 끝난 문제는 아니지만 어쨌든, 의학도 이 정도인데 우리의 인생을 뒤흔드는 결혼은 오죽할까? 70억 인구 중 나와 딱 맞는 딱 한 사람을 제대로 골라야 하는 것이 결혼이 아닌가.

　당신과 1:1로 제대로 맞는 남자를 찾기 위해서는 자신이 어떤 사람인지를 먼저 파악해야 한다. 신발 사이즈, 옷 사이즈를 알아야 내게 맞는 신발이나 옷을 사 입듯이 나의 성격, 나의 스타일 등등을 알아야 나의 스타일에 맞는 남자를 찾을 수 있다.

　나밖에 모르는 은밀한 내 속옷 스타일에도 나만의 연애 스타일이 스며 있다. 영국 심리학자 도나 도우슨은 여성 속옷 색깔로 연애 스타일을 분석, 연구해 《데일리메일》지에 발표했다. 이 연구 결과에 따르면 여성 72%가 피부색 속옷을 선택하는 편인데, 피부색 브래지어를 하는 여성은 편하고 감추는 것이 없는 편이라고 했다. 이에 반해 빨간색을 좋아하는 여성은 활기가 넘치고 정열적이라 부끄럼을 타지 않는다. 핑크색을 좋아하는 여성은 부드러운 성격으로 절대 주도적이지 않으며, 흰색을 좋아하는 여성은 고분고분한 스타일이라고 한다.

　나 자신에 대해 어느 정도 파악이 된 다음 내게 맞는 남자를 찾아 떠나보자. 가만히 살펴보면 많은 여자들이 남자를 찾아 떠나는 연애 여행에서 신중하다 못해 머뭇거린다. 연애를 시작하는 초기 단계에서 이미 생각이 결혼해서 같이 살고 아이를 낳고 키우는 데까지 참 멀리도 달려가다 보니 머뭇거릴 수밖에. 그러다 보니 폭넓은 연애 경험을 쌓을 수도 없고, 연애를 막상 시작하면 사랑하게 된 이 사람이 그저 나에게 맞는 사람이겠거니…… 하고 생각해 버리기 일쑤다. 그러고는 오래 만나 왔으니까, 정이 쌓였으니까 결혼까지 결심해 버린다. 진화심리학에서는 남자는 번식을 위해, 여자는 출산을 통한 양육을 위해서 이성을 원하기 때문에 여자의 경우 연애를

 하지만 이를 넘어서야 제대로 맞는 내 짝을 만날 수 있다.

연애를 시작하기 전에는 너무 많은 고민을 하지 말자. 주변에 보이기에 괜찮은 외모인가? 조건은 어디가서 말해도 뒤처지지 않는가? 나에게 얼마나 잘해 줄까? 바람을 피우지는 않을까? 등등 이런 고민은 과감히 접어 두기 바란다. 미리부터 너무 겁을 내면 시작도 하지 못한다. 서른이 넘어서까지 모태 솔로인 사람들이 꽤 많은데 대부분 시작도 하기 전부터 걱정과 고민만 하는 사람들이다. 무엇이든 제대로 구하고, 좋은 선택을 하려면 실패를 통한 경험을 두려워해서는 안 된다. 부딪쳐야 한다. 시행착오의 과정은 어디에나 있기 마련이다. 그게 자연의 순리요, 섭리다. 아기가 첫걸음을 뗄 때 뒤뚱거리고 넘어지기도 하는 모습은 얼마나 자연스럽고 귀여운 모습인가! 아기가 어느 날 벌떡 일어나 뒷짐 지고 성큼성큼 걸어간다면? 상상만 해도 소름 돋는 일이다. 처음부터 실수 없이 바로 잘하는 사람은 없다.

20세기 최고의 천재라고 불리는 아인슈타인도 실수를 저질렀다. 아인슈타인은 역사상 최고의 물리학자이지만 그가 발표한 상대성이론은 수많은 오류로 가득했다. 그러나 아인슈타인은 실수를 통해 배우면서 자연에 대한 중요한 통찰을 얻었다. 여러분도 실수를 거듭 경험하다 보면, 인류에게 있어 상대성이론보다 어쩌면 더 중요한 연애와 결혼에 대한 통찰을 얻을 수 있을 것이다.

2장과 3장은 잘난 남자가 아니라 잘 맞는 남자를 고르는데 도움이 되고
자, 남자를 잘 아는 남자가 숙고하여 고른 체크리스트이다. 오리지널 버전
의 신데렐라 속 잔혹한 이야기를 떠올리며 이제 잘난 놈 좋은 놈이 아닌, 내
발에 맞는 놈을 찾아 출발해 보자.

이 남자, 대화가 통하나?

소통은 행복을 낳고

한 남자가 있다. 평소에는 소탈하고 대인배다. 그런데 1년 365일 중 5일 정도는 완전히 딴사람이 된다. 소갈딱지가 밴댕이 수준으로. 특히 여자친구와 싸울 때면 말이다. 온갖 말들로 상처를 주고 동굴로 쏙 들어가 문을 닫아 버린다. 여자는 다섯을 셀 때까지 나오지 않으면 끝이라고 소리치며 숫자를 센다. 하나, 둘. 셋…… 이건 내 이야기다.

현대인의 사망 원인 1위가 암이고 2위가 뇌혈관 질환, 3위가 심근경색이다. 암이나 뇌혈관 질환, 심근경색은 결국 막히는 것이다. 암은 다른 세포 조직의 이동 활로를 막아 버리고 뇌혈관 질환과 심근경색은 혈관을 직접 막아 버린다. 한마디로 정리하면 '막히면 죽는다.'

막히면 끝장나는 게 또 있다. 위에서 보았듯이 남녀 사이의 대화다. 피한 방울 안 섞인 남녀 사이의 갈등은 필연적으로 존재한다. 그리고 그 필연적 갈등을 풀기 위해서는 대화 또한 필연적으로 필요하다. 그래서 남녀의 연애와 결혼은 길고 긴 대화의 예술이고 혈관과 같아서 막히면 죽는다. 대화 소통이 막히면 남녀 관계는 끝장난다.

'연애와 결혼 생활에 가장 큰 문제는 무엇입니까?'라는 질문에 남녀 모두 대부분 의사소통에서 겪는 어려움이라고 대답했다. '도무지 안 통한다.' 이게 가장 큰 문제라고. 그나마 연애 초기에는 남자들이 여자 눈치를 보느라 억지로라도 소통하려고 노력한다. 그러나 자기 사람이 됐다 싶으면 그때부터는 노력을 하지 않는다. 소통이 사라지면 고통이 따라온다.

인류는 100만~300만 년 전에 태어나 30만 년 전부터 소통을 시작했다. 그리고 약 5,000여 년 전에 글자를 만들었고, 550년 전에 구텐베르크가 활판 인쇄술을 발명해 인쇄 매체를 통한 소통이 시작되었다. 그러다가 신문에서 방송으로, 소통 수단의 발전은 거듭되었고 최근에는 SNS가 새로운 소통 수단으로 떠올랐다. 페이스북이나 트위터 같은 열린 소통을 하기도 하고, 메신저나 카카오 서비스 같은 닫힌 소통을 하기도 한다.

사람들은 끊임없이 소통한다. 산업 혁명 이래 미디어 분야에서 부동의 1위를 굳건히 지켜온 것이 포르노인데, 근래 몇 년 만에 소셜미디어가 포르노를 앞질렀다. 미디어 전문가들의 평에 따르면 상상치 못한, 예상치 못한 결과라고 한다. 이처럼 현재 우리는 눈부시게 발전한 소통 도구로 무장하고 있다. 그런데 도구가 발전한만큼 소통도 잘되고 있는걸까?

방송과 시청자의 소통 수단은 주파수다. 아무리 좋은 FM 주파수로 방송을 해도 산속에서 주파수가 통하지 않으면 듣지 못한다. 서로의 주파수가 맞지 않는다면 소통이 불가능한 것이다. 나는 작가들에게 시청자와 주파수를 맞추라는 주문을 종종 한다. 방송 프로그램이 아무리 좋아도 시청자와 주파수가 맞지 않으면 사랑받지 못한다. 시청자가 호텔 뷔페를 원할 때는 뷔페를 해 주어야 하고, 때로는 야식을 원하는 시청자를 위해 컵라면을 끓일 줄도 알아야 한다. 그런데 어떤 작가들은 호텔 뷔페를 만드는 것만 최선인 줄 알고 시청자 구미는 무시한 채 자기의 잘난 실력을 자랑하려고 한다. 그런 작가들은 결국 라면을 원하는 시청자의 기호를 맞추지 못해 외면당한다.

남자와 여자가 만나 싸우는 가장 큰 이유는 서로 말이 통하지 않기 때문이다. 내가 〈롤러코스터〉에서 '여자가 화났다'라는 여자 심리 퀴즈 코너를 만들면서 가장 많이 다뤘던 소재 중 하나가 소통이다. 코너 중간에 '여자말 사전, 남자말 사전' 형식으로 남자와 여자가 서로 다르게 받아들이는 언어의 소통 문제를 각자의 관점에서 풀어 주었다. 이를테면, 남자가 묻는다. "뭐 먹을래? 뭐 사줄까? 뭐 갖고 싶어?" 그러면 여자는 그냥 괜찮다고만 한다. 이 '괜찮다'라는 말을 여자말 사전으로 풀이하면 '제발~ 제발~ 한 번만 더 물어봐 줘, 그럼 못 이기는 척 원하는 걸 말할 테니'라는 뜻이다. 그런데 남자는 언제부터 그렇게 여자 말을 잘 들었다고, 괜찮다고 하면 정말 괜찮은 줄 알고 가만히 있는다. 소통이 안 되는 것이다.

심지어 여자의 이별 신호마저 못 알아채는 사태도 벌어진다. 여자들은 목소리가 변하고, 애교가 없어지고 콧소리가 없어지고, 가식적인 웃음 뒤에 이별을 드러내면서 '너 자꾸 그러면 딴 남자 만난다'고 몇 차례 경고를 보낸다. 그런데 남자들은 몇 번이고 못 알아듣고 헤헤거리다가 결국 이별을 통보 받고서야 네가 그럴 줄 몰랐다며, 여자 속은 도무지 알 수가 없다며 울고 불며 분노한다.

남자는 여자보다 언어 소통 능력이 떨어진다. 여자는 남자에 비해 언어와 청각을 관장하는 뇌중추 부위에 11%나 더 많은 신경 세포를 가지고 있다. 여자의 뇌는 언어를 순발력 있게 구사하고 우정을 깊고 진지하게 유지할 수 있는 능력, 그리고 갈등과 분쟁을 조정하고 화해하며 공감하는 능력이 발달되어 있다. 반면 남자의 뇌는 행동과 공격성을 지배하는 뇌 중추가 여자보다 훨씬 크고, 특히 성적 충동에 할애된 뇌 공간은 여자보다 무려 2.5배나 크다.

남자와 여자는 하루에 사용하는 단어의 수에서도 큰 차이를 보인다. 한 조사 결과를 보니 여자는 하루에 2만 5,000단어를 사용하는데 남자는 8,000단어 수준으로 이야기를 한다고 한다. 말도 적게 하고 사용하는 어휘도 단순하다. 깊게 생각하지 않고 뱉는, 부족한 어휘력으로 표현된 남자의 말에 여자는 많은 의미를 부여한다. 남자는 심지어 자기가 한 말을 제대로 기억도 못한다. 하지만 여자는 수많은 단어를 사용하고 제대로 표현하며 그걸 또 다 기억한다. 정말 감탄을 금치 못한다. 난 여자친구와 싸우다가도 가끔 이런 상황이 감탄스러워 웃음이 난다. 그러면 '지금 이 상황이 웃겨?'라며 또 혼난다.

이제부터 당신과 당신의 남자는 소통 수준이 어떠한지 한번 체크해 보자. '도무지 안 통한다'인지 '그나마 좀 통한다'인지. 도무지 통하지 않는다,

고 생각된다면 심각하게 고민해야 한다. 앞으로 계속 만나야 하는지 정말 심사숙고해야 한다.

우선 소통 중에 남자의 듣는 태도부터 체크해 보자. 개떡같이 말해도 찰떡같이 알아듣는 남자인가? 그럼 '된 놈'이다. 그런데 찰떡같이 말했는데도 개떡같이 못 알아듣는 남자라면 '안 되는 놈'이다. 상대의 말을 듣는 방식에는 결과를 중요시하는 디지털 방식과 과정을 중요시하는 아날로그 방식이 있는데, 듣는 태도에는 아날로그식 마인드가 필요하다. 말하는 과정을 중시하며 행간을 통해 차분히 들어야 한다. 그런데 디지털 방식은 0과 1만 존재하는, 시작과 결과만 듣는 방식이다. 예를 들어 여자가 '나 오늘 회사에서 부장 때문에 속상했어'라고 말했다면, 이 말의 행간에 숨은 뜻은 '나 힘드니까 위로 좀 해 줘'다. 그런데 남자는 디지털 방식으로 결과만 쫓아간다. '그럼 회사 때려치워!' 남자의 반응에 여자는 다시는 말을 꺼내지 못한다. 이런 상황이 반복되면 소통에 문제가 있는 것이다.

그 다음으로 말하는 태도를 체크해 보자. 말하는 태도 중에서 가장 안 좋은 태도가 책임을 전가하는, '구두점 원리'로 말하는 것이다. 상대방의 이야기를 듣다가 자기에게 유리한 부분을 토막 내고 '구두점을 찍어서' 자기에게 유리한 방향으로 대화를 이끌어 가는 것이다. 결론은 항상 상대방에게 '네가 잘못했으니 빌어!'가 되기 십상이다. 이런 남자는 요주의 인물이다.

마지막으로, 비슷한 눈높이로 이야기하는지, 마치 부하 직원 다루듯이 비서 부리듯이 이야기하지는 않는지 체크해 보라. 보통 수직 관계가 되면 말이 안 통한다. 그래서 관계가 수평적인 친구들과는 이야기를 잘하면서 부모, 선생, 상사 등 수직 관계인 사람들과는 소통을 잘 하지 않으려는 사람들이 많다. 해 봤자 잘 안 되기 때문이다.

한국 비행사들은 조종 기술이 매우 뛰어난데도 항공기 사고율이 높은 이유를 수년 전 외국에서 분석한 적이 있다. 보고서에서는 그 이유 중 하나로 유교 문화의 영향을 받고 자란 한국인들은 상급자가 명령을 하면 반론을 하지 못한다는 것을 들었다. 기장과 부기장의 소통이 부족해 사고가 난다는 것이다. 월드컵 축구 대표 팀의 히딩크 감독이 선수들에게 존댓말을 금지시킨 유명한 일화도 이런 맥락에서 이해된다. 한국말이 나쁘다는 게 아니다. 수직적인 대화는 소통을 불통으로 만든다는 이야기다. 이런 남자라면 조심해야 한다. 나도 가끔 여자친구에게 '왜 그렇게 명령하듯이 말해?'라는 소리를 듣는다. 그럴 때면 나도 모르게 뜨끔한데, 촬영 현장에서 스태프들에게 늘 명령하는 연출 습관이 몸에 밴 것이다.

여자들이 많이 하는 고민이 또 하나 있다. 남자가 처음 만났을 땐 말을 많이 하더니 친해지고 난 뒤에는 영 말이 없다는 것인데, 그 경우는 '말로 하는 직접적 커뮤니케이션'이 줄어든 것일 뿐 다른 커뮤니케이션까지 줄었다고 볼 수 없다. 처음 만났을 때는 커피를 즐겨 마시는지 홍차를 즐겨 마시는지 모르고, 커피를 마시더라도 블랙을 좋아하는지, 시럽을 넣는지를 몰라 물어봤던 것이 시간이 흐르면서 자연스레 알게 되면서 굳이 묻지 않아도 알아서 주문하고 시럽을 챙겨 주기 때문이다. 대화가 줄어드는 것이 꼭 나쁜 것만은 아니다. 서로가 익숙해지고 편해져서 줄어들 수도 있다. 대화의 양에 집착하지 말고 두 사람의 관계가 현재 어떤 상태인지를 객관적으로 생각해 봐야 한다. 하지만 '우리는 만나면 숫제 할 말이 없어' 싶은 수준이라면 심각하게 생각해 보라.

　지금까지 대화의 소통에서 체크해 보아야 할 남자의 유형을 몇 가지 살펴보았다. 소통이 안 되고 불통만 되어도 속이 터지는데, 불통의 수준이 갈등을 해결하기 어렵고 고통스러운 수준이라면 정말 심각한 문제다. 남녀 관계에 확실하게 빨간 불이 들어온 것이다.

불통은 고통을 낳는다

　남녀는 반드시 부딪히고 싸운다. 애초부터 서로 너무 다르게 태어났기 때문이다. 그래서 싸움의 해결 자체에 초점을 맞추는 건 좋지 않다. 남녀가 싸우다 보면 문제가 해결되지 않을 수도 있다. 그보다는 해결하려는 스타일에 초점을 두고 체크해야 한다.

　먼저 소통이 막혀 갈등이 생겼을 때의 행동 스타일을 살펴보자. 갈등이 생겼을 때 남자가 끝장까지 가느냐, 다시 말해 밑바닥까지 다 보이느냐가 핵심 체크 사항이다.

　엄청 넓은 신촌 기차역 사거리에서 남녀가 대판 싸우는 모습을 본 적이 있다. 아니, 정확하게 말하면 싸우는 것이 아니었다. 남자 혼자 소리 지르고 난리였다. 모두들 '여자가 가만히 기죽어 있는 걸 보니까 여자가 뭔가 잘못했구나. 바람이라도 피우다 들켰나?' 하며 웅성거리는데, 갑자기 남자가 손에 피가 나도록 벽을 치고 주위의 빈 병을 들고 깨는 걸 보고는 '근데 저 남자 성깔 장난 아니네. 저러니 여자가 딴 데로 눈을 돌리지' 라고 속닥거렸다. 여자가 설사 무슨 잘못을 했다고 해도 남자가 그렇게 끝장까지 가면 여자는 자신의 잘못을 생각하기 이전에 남자가 무서워서 관계를 더 지속하지 못한다. 싸울 때마다 계속 밑바닥까지 보인다면 당연히 끔찍할 것이다.

그다음으로 갈등을 해결하는 스타일. 갈등이 생겼을 때 남자가 해결 방식을 공유하고 그걸 지키려고 노력하는지가 핵심 체크 사항이다. 갈등이 일어났을 때 대처하는 스타일은 다양하다. 무조건 그 자리에서 해결해야 하는 사람이 있는가 하면, 시간을 두고 좀 떨어져 있어야 가라앉는 사람도 있다. 스트레스 내성이 강한 사람은 한 달을 버텨도 끄떡없지만 스트레스 내성이 약한 사람은 하루도 버티지 못한다. 상대는 소주 한 병 마시고 버티는데 자신은 6병이나 마시고 혼자서 오만가지 상상에 드라마, 영화 다 찍고 결국 스스로 무너져 뻗는다. 나는 말을 세게 다 해 버리고는 '동굴'로 들어간다. 그러고는 5분만 지나면 다 풀린다. 그런데 여자친구는 '이 남자가 화났으니 시간을 좀 갖자'며 집으로 가 버린다. 난 그게 늘 서운했다.

갈등이 생겼을 때 자신의 방법을 강요하면 상대를 이해할 수도 없고 문제가 더욱 심각해진다. 그러니까 서로 사이가 좋을 때 합의해 두는 게 좋다. 난 여자친구에게 서로 갈등이 생기면 '절대 가지 말고 옆에 있으라'고 했고 (5분이면 풀리니까), 여자친구는 '나한테 욕하지 말라'고 했다. 그리고 그것만은 지키기로 서로 약속했다(욕이라고 하니까 뭐 대단한 욕일 것 같지만, 내게는 말끝마다 C, C를 붙이며 투덜대는 버릇이 있다). 여자친구는 욕을 하면 안 되는 이유를 차근차근 설명했는데, 그 이유가 특이하면서도 설득력이 있었다.

"욕을 하면 그 말을 상대가 아닌 나 자신이 가장 먼저 듣기 때문에 자기만 손해야. 그러니 앞으로 절대 욕하지 마."

참 기막히게 논리정연하다. 그 뒤로는 정말 나 자신에게 욕하는 거 같아서 욕을 안 하게 됐다. 가끔 입 모양만으로 살짝 하긴 하지만.

두 사람이 함께하는 한 갈등은 계속될 것이다. 그리고 또 싸울 것이다. 싸워라, 피하지 말고. 대신 규칙을 만들고 싸워라. 모든 경기에 규칙이 있듯이 둘만의 규칙을 정하고 싸워라. 규칙 중 한 가지만 지켜도 엄청난 효과가 있다. 거의 90%는 해결된다. 왜냐하면 갈등이 있을 때는 상대방의 한 두 가지 행동으로 스트레스가 극으로 치닫기 때문이다. 소통이 잘되는 연애를 할 때는 같이 있어 주는 남자가 최고이고 불통이 된 결혼 후에는 출장 가는 남자가 최고가 되면 안 된다. 아무리 생각해도 극복할 수 없는 '소통'이 있다면 관계를 다시 생각해 보는 것이 좋다.

다음 내용은 여자들이면 다 알겠지만 남자들은 이마저 모를 것이니 남자 친구에게 슬쩍 한번 보여 줘라. 롤러코스터 여자말 사전을 만들기 위해 수집하고 정리한 자료인데, 남자들이 미리 익혀 놓는다면 많은 갈등을 줄일 수 있다. 앞에가 여자 말이고, 뒤가 그 말의 숨은 뜻이다.

♡ 됐어. = 참고 있으니까 그만해라. (혹은) 열 받으니까 그만해라.

♡ 난 괜찮아. = 나 화났어. 너한테 진짜 실망이야.

♡ 미안해. = 넌 미안해하지도 않니?

♡ 다 아니까 솔직히 말해.

= 뭔가 숨기는 게 있는 것 같은데 말해 봐. 아님 말고…….

♡ 우린 서로 뭐든지 의논하자. = 그냥 내가 하자는 대로 하자, 응?

♡ 그렇게 하고 싶은 거라면 해. = 당장 그만두지 못해?

♡ 우린 대화가 필요해. = 나 너한테 할 말 많아. 각오해.

♡ 너 그 스타일 옷 진짜 좋아하는 구나?

= 제발 입던 옷 그만 입고 스타일 좀 바꿔라.

♡ 아, 머리 아파. = 지금 하는 말을 당장 그만두지 않을래?

♡ 넌 대화하는 법을 배워야 해. = 단지 나한테 동의만 하면 돼.

♡ 이럴 거면 차라리 헤어지자.

= 당장 나한테 무릎 꿇고 미안하다고 사과해!

♡ 아, 몰라~ = 꼭 내 입으로 말해야만 알아듣니?

♡ 나 화 안 났어. = 당연히 화났지, 이 멍청아!

♡ 그러고 보니 이 가방 산 지도 오래됐네.

= 사 달라는 소리야, 이 멍청아.

♡ 나 오늘 머리했어. = 아직까지 못 알아보다니 어떻게 그럴 수가 있어?

♡ 솔직히 말해 봐. 너한테 나는 섹시하기보다 편안한 스타일이지?

= '응' 이라고 대답했다간 죽는다.

♡ 이거 재밌겠다. 근데 표가 있을지 모르겠네?

= 주말인데 영화표 정도는 네가 미리 예매했어야지.

♡ 점심 뭐 먹을까? 쌀국수? 중국집? = 먼저 말한 쌀국수인 거 알지?

♡ 안 돼. 이거 먹으면 살찔 것 같아.

= 넌 날씬하니까 어서 먹으라고 말해!

♡ (애프터 신청 받고 나서 놀라는 척하며) 네? = 자식, 이제 넘어오냐!!

♡ 아 그래 ㅋㅋ = 이제 문자 좀 그만해, 멍청아.

♡ ㅋㅋㅋ = 이걸로 문자 끝.

♡ 우와 저 여자 예쁘지?

= 당장 내가 더 이쁘다고 말하지 않으면 넌 끝이다.

♡ 나 오늘 속상한 일 있었어. = 내 편 들어 줘.

♡ 나 화 안 났는데? = 완전 화났으니 빨리 달래 줘.

♡ 말 걸지 마. = 풀릴 때까지 계속 달래 주지 않으면 더 화낼 거야.

성적 취향

"감독님, 제 남자친구 주머니에 비아그라가 있더라고요. 이런 걸 왜 가지고 다녀요?"

어느 날 같이 일하는 작가가 심각한 얼굴로 내게 물었다. 10년 동안 연애를 하다 이제 결혼을 앞두고 있는 친구다. 남자친구는 피트니스 강사라고 한다. 그러니 몸도 좋다. 그런 남자가 왜 비아그라를 들고 다니는지, 이 친구는 도저히 이해할 수가 없다고 했다.

여자에게 섹스는 로맨스지만 남자에게 섹스는 전투다. 침대 위에서 치르는 전투. 결혼에서 섹스가 중요하다는 사람도 있고, 반면 중요하지 않다고 하는 사람도 있다. 어쨌든 결혼한 남녀가 이혼하는 이유 중 큰 비중을 차지하고 있는 것이 상대방의 바람 때문인 것만큼은 분명하다. 그렇다면 바람의 기준이 뭘까? 바로 섹스다. 섹스를 했느냐 안 했느냐.

성적 취향, 달리 말하면 섹스 궁합, 속궁합이 맞느냐 안 맞느냐가 결혼 생활을 크게 좌우한다. 이 문제는 드러난 경우보다 수면 아래 숨겨져 있는 경우가 많아 미처 눈치를 채지 못한 채 결혼 생활이 끝나 버리기도 한다. 잠자리가 너무 맞지 않아 헤어져야겠다고 솔직하게 말하는 사람들이 드물기 때문이다.

지금 나는 마음에 드는 남자를 어떻게 넘어오게 할지 고심하는 여자, 어떻게 연애를 해야 멋진 사랑을 할 수 있을지 고심하는 여자들을 위한 비결을 전수하려는 게 아니다. 연애도, 섹스도 경험이 있고, 결혼에 대해서도 여러 각도로 고민하는 여자들을 위한 체크리스트를 이야기하려는 것이다. 그래서 남자 입장에서 솔직하고 리얼하게 꼭 이야기해 주고 싶은 네 가지가 있다. 이것만은 반드시 짚고 넘어가라고.

첫째, 육체적으로 끌리지 않는 사람하고는 절대 결혼하지 말라. 그런 사람과 연애는 할 수는 있어도 결혼은 할 수 없다. 연애를 할 때는 주로 바깥에서 만난다. 다른 사람들과 어울릴 기회도 많고 단 둘이 있더라도 대화하는 시간이 상대적으로 많다. 둘이서 침대에서 보내는 시간은 상대적으로 짧다. 그래서 서로 최선을 다한다. 혹은, 잠자리가 잘 맞지 않더라도 그 부분에 할애하는 시간이 적다보니 상대적으로 가벼운 문제로 여겨진다. 그러나 결혼을 하고 매일 침실에 단 둘 있게 되면 상황이 달라진다. 육체적인 갈등은 침실을 전쟁터로 만든다. 휴식처가 되어야 할 침대가 지옥이 된다. 그러면 절대로 함께 오래 살 수 없다. 그 남자와의 섹스가 즐겁지 않아 피했는데, 바로 그 상대와 결혼을 하게 되면 서로에게 상처와 불만만 남길 것이 뻔하다.

내가 아는 어떤 여자 탤런트의 친구 이야기다. 부모의 반대가 심해 사랑하는 사람과 헤어지고 변호사와 맞선을 봤다고 한다. 곧 결혼 준비를 했는데, 혼수 준비 다 하고 결혼을 하루 앞둔 날 밤 예비 신랑과 함께 있는데 옛 남자의 몸이 당기더란다. 결국 이 친구는 파혼을 했다. 옛 남자를 다시 만난 건 아니지만, 지금 이 사람과는 결혼을 할 수가 없었다고 생각해서였다. 결국 몸이 끌리지 않았기 때문이다. 그리고 그 선택을 지금도 후회하지 않는다고 했다.

남녀가 살을 섞는 섹스는, 과학적으로 말하면 융합이다. 사랑이기도 하고, 쾌락이기도 하고, 자녀 생산이기도 하다. 이 모든 것이 합쳐진 것이 바로 섹스다. 결혼 생활은 사랑도 필요하고 돈도 필요하지만 섹스도 필요한 종합 예술이다. 그중에서도 섹스는 가장 마지막에 드러나는 가장 중요한 것으로 이를테면 그림 속 용의 눈동자다. 그러니 '몸이 안 가는' 남자와 만나는 것은 신중하게 한 번 더 생각하라고 권하고 싶다. 성적으로 끌리느냐, 아니냐가 결혼 생활에서 그만큼 중요하다.

둘째, 성적 취향이 맞아야 한다. 연애를 할 때 MQ(짝짓기 지능지수)는 매우 중요하다. MQ는 남녀가 서로의 마음을 홀려서 짝짓기를 하는 능력이다. 하지만 연애는 짝짓기 '그 후', 즉 동화 속 '행복하게 오래오래 살았습니다'의 '오래오래'다. 10년을 만났더라도 연애 기간 동안 섹스는 이벤트이자

 이벤트는 재미있으면 좋고 조금 재미가 없어도 큰 문제가 아닐 수 있지만, 섹스가 생활이 되면 그때부터 골치 아픈 문제가 된다. 이때부터는 MQ가 아니라 성적 취향이 중요해진다. 나는 이걸 SEX와 LOVE의 지수, 즉 SL지수라고 부른다.

사랑해서 결혼한 부부가 있다. 남자는 날마다 섹스를 하고 싶은데, 여자는 일주일에 한 번만 하고 싶다. 이때 갈등이 생긴다. 맞벌이를 하는 부부가 있다. 여자는 피곤해서 밤에는 자고 새벽에 부부 관계를 하고 싶은데, 남자는 새벽에 일어나기 힘드니까 밤에 하고 싶어 한다. 이때도 갈등이 생긴다. 사랑하지만 갈등이 생긴다. 사랑은 타이밍이라는 말을 많이 하는데, 섹스도 타이밍이다.

한쪽은 섹스에 적극적인데 한쪽은 소극적이라면, 갈등을 피할 수 없다. 남자는 변강쇠인데 여자가 돌부처라면, 혹은 남자는 샌님인데 여자가 옹녀라면 갈등과 마찰이 끊이지 않는다. 행복해야 할 결혼 생활이 지옥이 되고, 결국 어느 한쪽이 바람이 나고 관계는 비극으로 끝나기 십상이다. 그래서 SL지수가 중요하다. 그 남자와 오래 가고 싶다면 반드시 체크해야 한다. 어떻게 맞춰 보냐고? 대충 혼자 느낌으로 지레짐작 하지 말고 반드시 남자와 대화를 해 보라. 여자는 불만이 없어도 남자가 심각할 수도 있으니까.

참, 성적 취향 하면 꼭 나오는 질문이 '이 남자 성적 취향이 변태 아냐?' '변태의 기준이 뭐지?'라는 거다. 디테일하게 설명하긴 그렇지만 변태의 기준을 간단하게 제시하자면, 판단하면 된다. 오직 당신의 성적 취향을 기준으로 판단하라.

셋째, 남자는 섹스로 돌진하는 동물이라고 했지만 그만큼 섹스에 대한 콤플렉스도 강한 존재다. 이걸 이해하지 못하면 남자의 전체를 볼 수 없다. 그러니 남자친구의 주머니에서 비아그라를 발견하고는 혼자 끙끙대며 고민에 빠지는 거다.

서두에서도 이야기했지만, 여자에게 섹스가 로맨스라면 남자에게 섹스는 전투다. 기본적으로 남자는 다 조루다. 나폴레옹도 조루였다고 한다. 나폴레옹이 세상을 다 지배했지만 여자만큼은 지배하지 못했다는 말이 있다. 그 때문에 자꾸만 전쟁을 일으키며 세상에 자기가 강하다는 걸 보여 주려 한 것이라는 주장이다.

동물 세계에서도 강한 수컷의 경우 조루인 경우가 많다. 수탉은 열 마리, 백 마리의 암탉을 거느리는데, 모든 암탉과 교미를 하려면 길게 할 수가 없다. 체력 낭비, 시간 낭비다.

마찬가지로 바람둥이들도 조루라고 한다. 이 여자 저 여자 돌아다니며 빨리빨리 섹스를 해야 하기 때문이다. 추진력이 좋고 초고속으로 침대까지 돌진하는 남자들이 그것마저 박진감 넘치게 초고속으로 하니 여자들이 실망을 하는 거다.

그런데 이렇게 남자들을 초조하게 하는 조루라는 게 뭘까? 과학적으로 조루는 섹스할 때 너무 일찍 사정하거나 심지어 시작도 하기 전에 사정하는 것을 말한다. 그런데 그 기준이 모호하다. 여자가 오르가즘을 느끼는 데 30분이 걸리는데 남자가 29분에 끝낸다면 조루다. 하지만 여자가 오르가슴을 느끼는 데 1분이 걸리는데 남자가 1분 10초에 끝낸다면 조루가 아니다. 말하자면 사정 시간이 아니라 남녀의 교감이 기준이 되는 것이다. 그러니 여자들은 조루에 대해 그다지 신경 쓰지 않는데 비해 남자들은 '아주' '엄청나게' '많이' 신경을 쓴다.

남자들에겐 기본적으로 조루 콤플렉스가 있다. 그래서 비아그라를 들고 다닌다. 비아그라는 기본적으로 발기 부전 치료제이지만 발기 시간이 길어지는 효과도 있다. 그래서 발기 부전도 아닌 남자들이 눈에 불을 켜고 비아그라를 찾는 것이다. 강해 보이고 싶은 남자들, 섹스에 목숨 거는 남자들이 정작 창피해서 비뇨기과에는 가지 않는다. 간호사 눈을 어찌 보나 하고. 그러니 그들이 먹는 비아그라는 가짜일 확률이 높다. 중국산 가짜를 친구의 친구를 통해 입수하여 먹고 그렇게 설치는 것이다.

한번은 유명한 남자 성우와 함께 성경 녹음을 했다. 그런데 그 성우가 녹음을 위해 이것저것 신경 써준 목사님에게 고마움을 표하기 위한 선물로 진짜 비아그라 10알을 준비했다. 예쁜 포장지에 싸서. 내가 "아니 목사님한테 왜 그런 선물을?" 하고 이야기했더니 돌아오는 답이 이랬다. "목사님도 남자이신데, 남자에게 남자를 위한 건강 식품 선물하는 게 문제야? 이거 진짜 구하기 힘든데 사 드리면 좋은 이벤트잖아." 나는 의아해하며 그 목사님이 오기를 기다렸는데, 잠시 후 목사님이 오시고 녹음이 끝난 뒤 그 선물을 드리니 좋아하는 기색이 역력하셨다. 환갑이 훨씬 지난 목사님이 왜 저리 좋아하실까, 처음에는 궁금했는데 가만 생각해 보니, 목사님도 아내가 있고, 사랑도 한다. 목사님도 아들딸 낳고 살지 않는가.

여자들이여, 가짜 비아그라 먹고 어떻게든 잘해 보려고 발버둥치는 남자들을 부디 불쌍히 여기고 한 번쯤은 토닥거려 줘라. 남자라면 누구나 주머니에 비아그라 넣고 다닐 수 있다는 거, 이해해 주자.

마지막 네 번째는 대화이다. 섹스에 대해 숨기지 말고 꼭 대화를 해야 한다. 거짓말보다 더 나쁜 것은 바로 섹스에 대한 침묵이다. 2006년 다국적제약회사인 한국릴리가 미국, 프랑스, 일본, 한국의 기혼 남녀 1,200명을 대상으로 섹스 만족도를 조사한 적이 있다. 이 조사에서 섹스 만족도는 여성의 경우 프랑스가 80%, 미국이 65.3%, 일본이 30.7%, 우리나라가 31.3%로 나타났는데, 우리의 만족도는 프랑스와 미국의 절반에도 못 미친다. 남성의 경우에도 프랑스가 92.7%, 미국이 78%, 일본이 47.3%, 우리나라가 53.3%로 상대적으로 낮은 것으로 나타났다. 서양에 비해 한국 남녀들의 섹스 만족도가 낮은 것은 근본적으로 섹스에 대한 이야기를 하지 않기 때문이다. 남자는 섹스 이야기를 하면 짐승 취급을 받을까 봐 말을 안 하고, 여자들 역시 헤픈 여자로 오해 받을까 하여 말을 아낀다. 서로 다투는 것보다 나쁜 것이 무관심한 것이다. 섹스도 마찬가지다. 섹스에 대한 침묵은 서로가 즐길 기회를 빼앗아 갈 뿐이다.

친구에게 들은 이야기다. 한 여학생이 외국으로 유학을 갔는데, 한번은 외국인 남자친구가 섹스를 할 때 수첩을 가져오더란다. 뭘 적는지 궁금해하는 그녀에게 남자친구는 수첩을 보여 주며 어제는 이런 자세로 해봤으니 오늘은 이렇게 저렇게 해 보자고 했다. 정숙한(?) 한국 여학생은 기겁을 했다. 그런데 오히려 남자친구 말대로 해 보니 섹스가 지루하지 않고, 자신의 성적 취향도 더 잘 알게 되었다고 했다.

남녀가 만나면 낮에는 레스토랑에 가서 서로 음식 취향에 대해서도 이야기하고, 영화관에 가면 좋아하는 영화, 싫어하는 영화, 좋았던 장면, 배우의 연기에 대해 시시콜콜 이야기하면서 왜 침대에만 가면 벙어리가 되는가. 이렇게 섹스에 대한 대화를 하지 않으니, 섹스가 지루해지고 재미없어지는 거다. 그러니 권태기가 오고 바람을 피우게 된다.

좋은 섹스를 원한다면 대화하라. 아직 한국 여자들은 자신의 성적 만족에 대해, 무엇을 원하는지에 대해 이야기하기를 어려워한다. 그래서 글로 섹스를 배우는 사람이 많다. 여성지에는 섹스 칼럼이 넘쳐난다. 그리고 요즘은 스마트폰으로 19금 로맨스 소설을 읽는 여자들이 많다. 종이책으로 대놓고 읽기에 민망해서 무엇을 읽는지 다른 사람들이 알 수 없는 스마트폰으로 19금 소설을 읽는 것이다. 성에 대해 이야기하는 것을 민망하지 말자. 대화는 가장 좋은 무드요 전희며 배려이고, 섹스를 적극적으로 유도하는 활력소이면서 솔직하고 자연스러운 분위기를 만드는 포인트다.

쑥스럽고 어색하다고 해서 식욕과 함께 인간의 3대 본능 중 하나인 섹스의 즐거움을 포기하고 살 것인가? 자신감 있게 대화하고, 섹스에 대해 대화를 시도한다는 것만으로 여자를 이상하게 보는 남자라면 그냥 만나지 않는 편이 낫다. 내가 이런 말을 하면 아직 섹스를 크게 중요시하지 않는 젊은 여자들은 이렇게 항변할 수 있다. 섹스가 중요한 건 알지만 절대적이지는 않다, 그러니 너무 강조하지 말라고. 나 역시 절대적이라고 말하는 것이 아니다. 하지만 분명한 것은 섹스를 하고부터 사랑이 시작될 수도 있고, 섹스를 배설하듯 하면 헤어질 수도 있다는 점이다. 섹스의 취향은 남녀 사이의 지속 가능성에 필요조건은 아니지만 충분조건은 된다.

말을 너무 어렵게 했나? 우스갯소리를 하나 하고 끝내자. 내가 카이스트에 들어갈 때는 29명 중에서 29등, 꼴찌로 들어갔다. 그런데 열심히 공부해서 성적 장학금을 받았다. 내가 사람들에게 성적 장학금을 받았다고 하면, 그게 '성'적 장학생 아니냐고들 농담을 한다. 그래, 어차피 뭐, 확인할 것도 아니니까! 난 [성적] 장학생이기도 하고 [성:쩍] 장학생이기도 하다.

그 남자의 냄새

　나의 여자친구는 유달리 냄새에 민감하다. 지나가다가 좋아하는 향수가 느껴지면 자기도 모르게 걸음이 멈춰지고 고개가 돌아가는데, 그럴 때면 그 사람이 왠지 매력적으로 느껴진다고 했다. 난 그 사람이 남자일 것 같아서 질투가 났다. 그래서 연애 초기에는 열심히 향수를 뿌리고 다녔다.

　그런데 정작 난 냄새를 모른다. 정확하게 말하면 냄새를 맡지 못한다. 어릴 때부터 코가 좋지 않아 늘 킁킁거리다가 어른이 되어서야 축농증 수술을 받았다. 그땐 이미 냄새 기능이 완전히 퇴화되어 살릴 수가 없었다. 그래서 그런지 난 냄새에 별로 집착하지 않았다. 지금껏 비누로 세수하고 머리도 감았다. 샴푸, 린스, 스킨, 로션 한 번 써본 적이 없었다. 그 향의 느낌을 모르니까.

　여자친구가 냄새를 맡아 보라고 할 때마다 가슴이 철렁했다. 심지어 여자친구의 첫 선물은 방 안에 은은히 피우는 고급스러운 향초였다. 나는 별명이 야생동물인데, 정말 야생동물이 된 것처럼 비참하고 서글펐다. 향을 즐기는 여자친구의 문화와 취향을 공유할 수 없었으니까. 결국 난 고백을 했다.

"난 냄새를 못 맡아. 냄새를 몰라."

여자친구는, 정말 예민한 후각을 가진 여자친구는 놀란 눈으로 날 쳐다봤다.

열전달 3법칙이라는 게 있다. 다들 잘 알겠지만 간단하게 설명해 보면 이렇다.

먼저, '대류'는 물 같은 유체가 위아래로 순환하면서 열을 전달하는 것이다. 이를테면 차가운 물과 뜨거운 물이 만나면 서로 상하가 바뀌면서 열을 전달한다. 그 다음, '전도'. 이것은 직접 닿아서 열을 느끼는 것이다. 예를 들어, 여자들이 잘 쓰는 헤어롤을 손으로 잘못 만졌을 때 뜨거워진 헤어롤의 열에 피부가 직접 닿아 뜨겁다고 느끼는 것이 바로 전도다. 마지막으로 '복사'. 태양열처럼 빛의 파장으로 전달되는 것을 말한다. 생각해 보라. 우주 공간은 진공 상태인데도 태양에서 지구까지 열이 그대로 전달된다.

열을 전달하는 방법을 사랑하는 남녀 사이에 비유한다면 대류는 대화, 복사는 눈빛이나 냄새, 전도는 육체 관계가 아닐까 싶다. 그런데 열전달 중에서 물체에 닿지 않고 전달되는 복사가 물체와 접촉하는 전도나 대류보다 더 중요할 때가 있다. 가령, 말로 하는 대화나 섹스를 통한 소통보다 냄새가 더 많은 역할을 하는 경우처럼 말이다.

116

대부분의 동물에게 후각은 생존에 필수적인 본능으로 진화되었다. 가장 예민한 후각을 가진 동물은 개나 다람쥐처럼 냄새 분자가 가라앉은 땅에 코를 바짝 댄 채 기어 다니는 짐승이다. 경찰견은 사람이 몇 시간 전에 다녀 간 방에서 그 사람의 체취를 맡는다. 다람쥐는 몇 달 전에 묻어 둔 도토리를 찾아낸다. 곤충은 뇌세포의 절반을 후각에 동원한다. 수나비는 수 킬로미터 떨어진 암나비의 냄새를 맡을 수 있다. 연어는 부화를 위해 수년 전 자기가 태어난 고향의 냄새를 따라 강물을 거슬러 올라간다. 이처럼 냄새는 동물이 짝을 유인하는 번식 행동에서부터 새끼를 확인하거나 영토를 표시하는 일에 이르기까지 의사 소통의 신호로 사용된다.

이렇게 같은 종의 다른 개체에게 정보를 전달하기 위해 동물의 몸에서 분비되는 화학 물질을 통틀어 페로몬이라 한다. 페로몬이 번식 행동에 심대한 영향을 미치는 사례는 콧속에 서골비기관(vomeronasal organ, VNO)이라 불리는 제2의 후각 계통을 갖고 있는 동물에서 확인된다. 사람이 VNO를 갖고 있다는 사실이 입증된다면 그것이 함축하는 의미는 실로 놀라운 것이 아닐 수 없다. VNO는 사람 사이에서 무의식적으로 지나가는 화학 신호, 이를테면 성적 행동에 개입하는 페로몬을 탐지할 터이므로 성적 기관으로서 중요한 역할을 할 것이다. 다시 말해 페로몬은 보거나 듣거나 맛보거나 느끼거나 맡거나 할 수 없는 화학 신호이므로 페로몬을 탐지하는 VNO를 지닌 인간은 5감에 이어 제6의 감각을 갖게 되는 셈이다.

남성의 겨드랑이 냄새에는 활성 페로몬이 포함되어 있어, 그것이 여성의 배란기 때 분비되는 여성 호르몬을 유발한다는 발표가 있었다. 미국 모넬

화학감각연구소의 조지 프레티박사는 남성의 겨드랑이 땀을 패드에 모아 실험에 참가한 여성들에게 냄새를 맡게 했다. 그 결과 여성들이 땀 냄새를 맡는 순간 뇌의 시상하부가 활성화되는 것을 관찰할 수 있었다. 시상하부는 성호르몬을 분비하는 부위로, 다시 말해 이성의 냄새를 맡으면 성적 충동을 일으키는 곳이다. 이는 후각의 신경과 뇌에서 쾌락을 담당하는 부위의 회로가 직접 연결되어 있기 때문이다. 겨드랑이에서 나는 냄새는 연인들을 황홀하게 하는 역할을 한다. 여자가 남자친구 집에 갔다가 집에서 총각 냄새가 심하게 난다며 청소에 빨래까지 해 주었는데, 결국 그 냄새에 이끌려 그 남자의 팔베개를 한 채 자고 왔다는 우스개 섞인 이야기가 있다. 그런데 이것이 사실로 확인된 것이다. 이런 걸 알고 일부러 빨래도 안 치우고 여자친구를 초대하는 남자들도 있다고 하니 여자들이여, 조심해라.

남성들이 가장 부드럽고 매력적인 냄새로 뽑은 것은 배란기에 있는 여성의 냄새라고 하는데, 나폴레옹도 그의 연인인 조세핀에게 "내일 저녁 파리에 도착할 테니 목욕을 하지 마시오"라고 전갈을 보냈을 정도다. 여자의 냄새도 남자를 사로잡는 데 중요한 역할을 하는 것이다.

성욕을 자극하는 향수의 원료 중 가장 오래된 것은 사향이다. 사향은 남성 호르몬인 테스토스테론과 매우 흡사하여 여성의 성욕을 자극한다고 한다.

체취는 생각보다 남녀 사이에 큰 영향을 미치므로 사랑하는 연인에게서 나는 체취가 불쾌하다면 이만저만 곤란한 게 아니다. 어떤 여자 후배의 경험담인데, 회사에 입사해 첫눈에 반한 남자 선배가 있었다고 한다. 그런데 여름이 다가오자, 그에게서 나는 땀 냄새를 견딜 수 없어서 옆자리에 앉아 있기조차 힘들었다고 한다. 너무너무 멋진 남자였지만 땀 냄새를 맡은 후, 도저히 그 냄새를 극복할 수 없어 포기했다고 했다.

한 가지 재미있는 것은, 남자들이 그토록 집착하는 키스도 결국 냄새로 상대를 탐색하기 위한 행위라는 주장이 있다. 진화심리학적으로 보았을 때, 키스를 하며 얼굴을 가까이 대고 냄새를 맡으면 상대가 강한 자녀를 갖게 할 우수한 유전자를 가졌는지 아닌지 감지할 수 있다는 주장이다. 2007년 미국 뉴멕시코대학의 진화심리학자 크리스틴 가버아프가 교수가 재미있는 연구 결과를 발표했다. 여자들은 유전자가 다른 남자들에게 육체적으로 더 끌린다. 특히 남녀의 MHC(주조직적합성복합체)가 다를수록 서로에게 더 호감을 가지도록 진화했다. 실제로 여자들은 유전자가 자신과 다른 남성의 티셔츠 냄새를 더 좋게 평가했다고 한다. 반면 같은 유전자를 가진 남성에게는 성적 충실도가 떨어진다고 했다. 이런 측면에서 보면 키스가 낭만의 서곡이 아니라 이별의 전주곡이 될 수도 있다.

그래도 사랑하는 사람과의 키스는 좋다. 키스는 사랑의 진도를 보다 빨리 나가게도 해 준다. 키스할 때 동원되는 근육이 30여 개에 달해 피부 탄력을 높여 주고 얼굴을 예쁘게 해 준다는 것 또한 증명되었다. 아침에 아내와 키스를 하고 나오는 남자의 평균 연봉이 그렇지 않은 남자보다 30% 가까이 높다는 통계도 있다. 이렇게 키스는 사랑하는 사람의 마음을 확인하는 단계이기도 하지만, 키스가 달콤하지 않은 경우 사랑을 정리하는 무서운 단계가 되기도 한다. 그 남자와 키스를 할수록 달콤한가? 아니면 할수록 하기 싫은가? 아주 중요한 테스트다.

이렇듯 냄새는 여러 가지 관점에서 볼 때 남녀 사이에 아주 중요한 포인트이다. 연인 관계에서는 냄새 때문에 스킨십에 문제가 생기고, 결국 서로의 생활 습관에 대한 지적으로까지 이어지는 경우가 허다하다.

정말 그 사람이 좋은데 냄새가 조금 문제가 된다면, 서로 자존심을 건드리지 않으면서 잘 애기해 줄 필요가 있다. 그러나 정말 앞의 사례처럼 냄새가 역겨워 버티기 힘들다면 그건 정말 다시 한번 생각해 봐야 한다. 왜냐고? 그 사람의 체취란 그렇게 쉽게 변하는 것이 아니고, 후각이 살아 있는 한 쉽게 극복할 수 있는 문제도 아니니까.

내가 냄새를 못 맡는다고 고백한 뒤 여자친구는 냄새만으로 판단하자면 자기는 벌써 도망갔어야 한다고 했다. 나를 차에 비유하자면, 엔진이며 성능은 좋은데 배기가스 냄새가 좀 나쁜 편이다. 하지만 그 이유만으로 차를 버린다면 너무 아깝지 않은가. 그래서 배기가스 나는 연통은 자기가 고치기로 했다고 한다.

여자친구는 스킨과 로션, 삼푸, 린스와 향수를 내게 선물했다. 자신이 좋아하는 냄새들이라고. 사람들이 여자친구를 만나면 농담 삼아 던지는 말이 있다. '저 야생동물 같은 남자를 어떻게 포획하고 길들였어요? 나의 여자친구는 냄새를 바꾸고 커버해 주면서 나를 길들였다. 남자들 냄새 많이 나고 관리 잘 안 하다며 불만인 여자들이여, 그대가 지혜롭게 리드한다면 생각보다 쉽게 고칠 수 있다. 남자들은 단순해서 금방 길들여진다. 그 남자가 정

말 괜찮은 남자라면 야단치지 말고 잘 구슬러서, 냄새만큼은 같이 극복해
보도록 하자. 내 경우를 봐서라도.

난 오늘도 여자친구가 사 준 샴푸, 린스에 로션과 크림까지 열심히 바르
고 향수를 뿌린다. '자기 냄새 너무 좋네'라는 한마디를 듣기 위해.

그 남자의 소비 스타일

　　여자친구가 백화점에서 명품을 살 때 옆에 있던 나는 살짝 이런 생각을 했다. '저 비싼 걸 왜 살까? 좀 헤픈 거 아냐?' 그런 생각을 하며 택시를 타고 돌아오는데 2,400원(오르기 전 요금이다) 기본요금이 나오길래 3,000원을 내고 "거스름은 놔 두세요." 하고 문을 닫았다. 이 모습을 본 여자친구는 택시에서 내리자마자 "왜 그렇게 헤퍼?" 하고 나를 나무랐다. 하아! 헤퍼? 누가 누굴 보고……. 명품은 안 헤프고 600원이 헤퍼? 나는 억울했다. 그래서 "그 비싼 명품 가방은 아까워하지 않고 사면서 고작 600원 안 받은 게 헤퍼?" 하고 따졌다. 그랬더니 여자친구에게서 차분한 어조의 대답이 돌아왔다. "이 가방은 앞으로 몇 년은 쓸 수 있으니 연 단위, 월 단위로 쪼개어 환산하면 결코 비싸지 않아. 게다가 제시된 금액을 정확하게 지불했으니까 헤픈 게 아니지. 그런데 자기는 거의 매일 택시를 타면서, 어떤 날은 하루에 네댓 번도 넘게 타면서 거스름돈을 받지 않잖아. 그건 헤픈 거야." 나는 바로 평소의 내 택시 승차관을 완벽하게 브리핑하며 항변했다. "내가 운전을 못하니까 내 목숨을 안전하게 배달해 주는 택시 기사님들이 늘 고맙고, 그래서 기사님께 생명 수당을 드리는 마음으로 거스름돈을 팁으로 준 거야." 그러자 여자친구는 차분한 어조로 누가 헤픈지 다시 한번 생각해 보라고 했다.

경제력과 소비 스타일은 엄연히 다르다. 남자가 돈을 잘 버는 사람인가 아닌가 하는 것보다 더 중요한 것은 소비 스타일이 당신과 잘 맞느냐는 점이다. 소비 스타일은 소비 기술을 측정해 보면 정확하게 파악할 수 있다.

소비 기술이란 얼마나 '많이' 소비하느냐가 아니라 얼마나 '제대로' 소비하느냐의 문제다. 휴대전화 사용 행태를 소비 기술로 설명해 보자. 사람들은 신상 스마트폰에 늘 눈독을 들이지만 전체 스마트폰 이용자의 7~8%만이 제대로 그 기능을 다 알고 사용한다고 한다. 나머지는 그저 예쁘고 매력적이고 멋있어 보여서, 그게 신제품이기 때문에 사용한다는 것이다. 나 역시 마찬가지다. 갤럭시 노트를 사용하는데, 오로지 메모 기능 하나 보고 구입했다. 소비 기술이 아주 낮은 것이다. 이런 측면에서 보면 노래방에서도 소비 기술이 아주 낮은 편이다. 수천 곡 중에서 단 몇 곡밖에 모르니까.

새로운 기기를 구입하고 사용할 때, 매뉴얼을 봐야 제대로 쓸 수 있는 세대와 안 봐도 문제가 없는 세대로 나눌 수 있다고 한다. 매뉴얼을 봐야 아는 세대를 낯선 지역에 와서 적응을 잘 못하는 '디지털 이민자'라고 부르고, 매뉴얼 없이 바로 기기를 작동할 수 있는 세대를 본토에서 나고 자라 모든 것을 알아서 잘하는 '디지털 원주민'이라고 부른다.

대체로 젊은층이 디지털 원주민으로 소비 기술이 높고, 나이 든 기성 세대가 디지털 이민자로 소비 기술이 낮다. 이전 세대의 복잡하고 전문적인 기계는 고소득자나 엘리트, 남자가 잘 다루었다. 남자들의 소비 기술이 여자보다 높았던 것이다. 그런데 최근 생활 전자 기기는 젊은 아이들일수록, 그리고 여자인 경우에 더 잘 가지고 논다. 이 분야에서는 여자들의 소비 기술이 남자보다 높다. 시대에 따라, 분야에 따라 소비 기술도 달라진 것이다. 그런데 돈을 쓰는 소비 기술은 남자가 높을까, 여자가 높을까? 어떤 남자가 소비 기술이 높아 여자를 만족시키고 어떤 남자가 소비 기술이 낮아 여자에게 스트레스를 줄까? 남자의 소비 기술을 체크해 보자.

포아의 '자원 이론'이란 것이 있다. 이 이론에 따르면 대인 관계에는 돈, 정보, 지위, 애정, 서비스, 물건 등의 6가지 자원이 있고, 이 자원은 각각의 특징이 있으며 서로 교환된다는 것이다. 가장 보편적인 것은 돈이고, 가장 개별적인 것이 애정이다. 자, 그럼 가장 보편적인 돈을 가장 개별적인 애정으로 교환할 수 있을까? '돈 줄게 사랑 다오' 하고 교환이 가능할까? 이렇게 단순무식하게 돈을 들이밀며 사랑을 사려는 남자가 바로 소비 기술이 낮은 사람이다. 그러면 여자들 대부분이 도망간다. '무식한 사람, 야만인 같은 사람……'이라며. 이제 소비 기술이라는 용어를 배웠으니, '소비 기술이 낮은 사람 같으니라고'라고 말하자.

사랑은 돈으로 직접 살 수 없다고 한다. 그러나 돈을 활용한 서비스로 사랑을 얻을 수 있다. 백화점에 가서(시간 서비스: 1차 투자) 여자가 좋아할 것 같은 반지를 고른 다음(취향을 살피는 정성 서비스: 2차 투자) 돈을 반지와 바꾼다(돈을 사랑의 상징인 물건으로 교환하는 서비스: 3차 투자). 그리고 이것을 여자한테 주면 여자는 사랑을 준다. 직접적인 돈보다 시간과 정성을 쏟아 간접적인 반지로 전달하는 기술, 이런 걸 두고 바로 소비 기술이 높다고 한다.

그래서 사랑한다는 걸 보여 주기 위해 남자들은 반지를 사고 맛있는 저녁을 사 주려고 한다. 이는 곧 큰돈이 없어도 서비스를 하려는 노력이 더 크다면 사랑을 얻을 수 있다는 얘기도 된다.

연애 중인 남녀가 있다. 여자가 운동을 좋아하니까 남자가 트레이닝 복을 사 주겠다며 같이 스포츠 브랜드 매장을 찾았다. 그런데 신발은 기본 10만 원대 초중반, 트레이닝 복 한 세트를 사면 15만 원대였다. 생각한 금액과 크게 차이가 나자 남자가 좀 놀랐다. 눈치를 챈 여자가 꼭 살 필요는 없다고 했다. 그런데 남자는 자존심 때문인지 굳이 꼭 사야 한다고 우기고는, 트레이닝 복을 꼭 위아래 한 벌로 입을 필요는 없지 않냐며 상의만 하나 사면 어떻겠냐고 했다. 그냥 나가자고 하면 남자가 무안할 것 같아 트레이닝 복 상의만 사서 나왔는데, 여자는 그날 남자와 그만 만나야겠다고 결심했다. 그 상의도 어쩐지 기분이 나빠 입지 않았다고 한다.

트레이닝 복 상의 하나에 10만원 가까이 했을 테니 절대 적은 돈은 아니다. 다만 이 남자의 소비 기술이 부족한 것이다. 더 적은 돈을 쓰더라도 자기가 혼자 백화점에 가서 고민 끝에 고르고 포장 예쁘게 해서 줬다면 티셔츠 한 장도 얼마든지 기분 좋게 선물하고 받을 수 있다. 그런데 10만 원 예산을 정해 놓고 골라라, 하고는 그 돈으로 제대로 된 걸 살 수 없는 상황인데도 우격다짐으로 사 준 다음에 마치 자기는 할 일을 다 한듯이 구니까 여자가 화가 날 수밖에. 소비 기술이 낙제점인 사례다. 사 주고 욕먹는 전형적인 남자 스타일.

그나마 연애는 낫다. 연애는 과시적 소비를 바탕으로 사랑이 모락모락 피어나는 과정이니까. 과도한 선물, 과도한 웃음 공세, 과도한 외모 가꾸기……. 연애에서는 남녀가 모두 같은 상황에 놓인다. 이것을 증명해 주는 것이 '성(性) 선택 이론'이다. 수컷 공작새는 자신이 우수한 유전적 자질을 지니고 있음을 확인시켜 주는 증거로서 긴 꼬리를 선택했고, 오랜 시간 긴 꼬리라는 성 선택에 의해 진화하였기 때문에 암컷 역시 긴 꼬리를 우수한 유전 형질에 대한 증거로 받아들였다는 것이다. 하지만 꼬리가 화려할수록 천적에게 발견되기도 쉽다. 이를테면 수컷의 긴 꼬리는 '비용이 많이 드는 신호(costly signal)'인 셈이다. 사람들의 과소비도 마찬가지다. 경제학에서 과시적 소비라는 개념을 최초로 도입한 미국의 경제학자 소스타인 베블런은 자신이 얼마나 부유한지를 직접적으로 드러내는 수단으로서 과시적 소비가 이루어졌다고 주장했다. 연애에서의 과시적 소비도 같은 맥락으로 이해할 수 있다. 자신이 상대를 얼마나 좋아하는지, 그리고 얼마나 마음을 사고 싶은지를 과시하기 위해 사람들은 선물을 하고 웃고 잘 보이려 노력을 하는 것이다.

그런데 과소비의 절정인 연애의 시대가 지나고 결혼의 시대가 도래하면 소비 패턴은 심각하고 중요한 문제로 대두한다. 일시적으로 잘 보이려는 노력은 결혼 생활에서 사라진다. 각자의 본성과 스타일이 그대로 튀어나온다. 지나치게 인색한 남자는 여자의 숨통을 조이고, 허투루 돈을 쓰는 남자는 여자를 불안하게 한다.

내가 아는 어떤 여자는 남자를 소개 받았는데 얼굴은 배우 김승우를 닮았고 직업은 의사인 데다 키도 키고 마음도 푸근해 보여서 결혼을 했다. 그런데 결혼하고 나서 하루는 마트에 같이 가 슬리퍼를 사려고 하는데, 남자가 집에 멀쩡한 슬리퍼가 있는데 그걸 대체 왜 사려는 거냐고 타박을 하더란다. 여자는 그때부터 돈을 쓸 때마다 남편 눈치가 보였다. 잘 버는 사람이라고 다 돈 쓰는 데 관대한 것은 아니다. 남자들 중에는 신발은 세 켤레만 있으면 된다고 생각하는 사람이 많다. 그런 사람이라면 슬리퍼, 샌들, 부츠, 구두, 운동화 등 종류별로 몇 켤레씩 필요한 여자를 이해하지 못한다. 이해를 못하는 정도로 그치면 다행이지만 살 때마다 눈치 주고, 남편 휴대폰에서 아내 카드 결제 알람 소리가 딩동, 하고 울릴 때마다 확인 전화를 하며 과소비하는 생각 없는 여자로 취급해 버린다면 갈등은 생각보다 심각해진다.

남자의 돈 씀씀이를 보면 그 사람이 지닌 삶의 가치관을 알 수 있다. 그러니 어떤 남자를 만나 사귀기로 마음먹었다면 그 남자가 돈을 어떻게 쓰는지 꼭 알아봐야 한다. 남자의 경제력도 중요하지만, 질적으로 어떻게, 얼마나 잘 쓰느냐가 더 중요하기 때문이다.

그럼 이번에는 생활 속에서 여자의 소비 기술이 높은지 남자의 소비 기술이 높은지 한번 따져 보자. 여자들은 남자보고 술값, 담뱃값 등으로 날리는 돈이 얼마냐며 소비 기술을 탓하고, 남자들은 여자보고 옷이 많은데도 입을 옷이 없다며 옷을 또 사는데 날린 돈이 얼마냐며 여자의 소비 기술을 탓한다.

사실 여자는 생활 전반에 걸쳐 많은 소비를 한다. 쌀도 사고, 반찬거리도 사고, 화장지도 사고, 자신이 쓸 화장품, 남편이 쓸 면도기, 아이들이 쓸 기저귀, 분유, 옷 등등 생활 전반에 필요한 물건을 사야 한다. 그렇게 소비 주체가 되다 보니 과소비와 사치의 주범이 되기도 한다. 그리고 그런 아내가 못마땅해 가계부에서 부식비와 외식비를 체크하고 냉장고를 뒤지며 썩어서 버리는 재료는 없는지 보는 남편이 의외로 많다. 생활비 얘기만 나오면 신발장을 열고 내 신발은 두 켤레인데 네 신발은 열 켤레다, 라며 따지고 드는 남편도 있다. 이런 식으로 시비가 붙는다면 같이 살기 어렵다. 그러니 많이 버는 것도 중요하지만 무엇보다 소비 패턴이 서로 비슷하거나 이해할 수 있어야 하고, 되도록이면 여자에게 소비를 맡기는 쪽인 남자를 골라서 만나야 한다. 이 책을 읽는 현명한 여성이라면, 남자의 경제력을 볼 때 이 부분도 절대 놓치지 않기를 바란다.

연애할 때는 돈도 잘 쓰고 주변에 사람들도 많아 멋있어 보이던 남자가 막상 같이 살아 보니 돈에 대한 개념 없이 사방에 인심이나 쓰고 다니는 것이었다며 가슴을 치는 사람들을 많이 봤다. 월급쟁이 생활이라는 게 박봉이 뻔한데 아파트 전세금을 다 모았더라며 감탄했는데, 막상 같이 살아 보니 가계부는 안 쓰냐며, 생활비 사용에 시시콜콜 간섭하는 남자일 수도 있다. 연애할 때부터 남자의 소비 기술을 잘 체크해야 실수를 줄일 수 있다.

택시비에 대해 다시 생각해 보니, 거스름돈 600원을 받지 않은 내가 헤픈 것 같다. 그리고 여자친구는 헤프지 않은 듯하다. 여자친구는 명품을 1년에 한두 개 사지만 난 거의 날마다 택시를 타고 다니니까. 그리고 그녀는 정해진 가격을 정확히 지불했지만 난 서비스의 대가라기보다 거스름돈을 받기 귀찮아서 그랬던 것 같다. 하루에 네댓 번씩 탈 때는 몇 천 원이 그냥 나갔다. 그러니 결론은, 여자친구는 헤프지 않고 내가 헤프다는 것이다. 여자친구가 무서워서 하는 소리가 절대 아니다. 이렇게 쓰라고 해서 강요받고 쓴 것도 절대 아니다. 그래도 내 말의 논리가 좀 이상하다고? 그냥 그러겠거니 하고 믿으면 된다. 왜냐고? 여자 말이니까.

음식 취향

연출용 콘티 대본을 열심히 만들고 있던 새벽 2시쯤, 휴대폰이 울렸다. 휴대폰에서 흘러나오는 목소리는 술에 잔뜩 취해 울었는지 코맹맹이 소리가 다 되어 있었다.

"오빠 나 이혼하고 싶어. 아니, 이혼할래."

지연이였다. 지연이는 평소 동생처럼 나를 따르던 연기 강사다. 아니, 그런데 결혼한 지 채 한 달도 되지 않은 신혼인데 이혼이라니? 하루만 못 봐도 죽을 것 같다며 연애 여섯 달 만에 득달같이 손 잡고 결혼식장으로 뛰어 들어간 친구가 이혼이라니? 이유가 뭐지? 남자 놈이 혹시 변태? 아니면 빚이 산더미였나? 오만 가지 이혼 사유를 상상하고 있었는데, 홍대까지 바람처럼 날아온 지연이는 이미 신랑과 한바탕 대전투를 치른 뒤라 감정이 날카로워져 있었다.

"이혼하겠다는 이유가 뭐야?"

나는 단도직입적으로 물었고, 지연이도 간단명료하게 대답했다.

"반찬 투정요."

'바……반찬 투정? 이혼 사유가 반찬 투정?'

순간 애가 장난하나, 싶었는데 들으면 들을수록 '점점' 장난이 아니라는 생각이 들었다.

지연이는 남편 입이 짧고 자기와 식성이 많이 다르다는 걸 알고 있었지만 이렇게까지 스트레스가 될 줄은 몰랐다고 했다. 연애 때는 가끔 만나서 식사하는 게 즐겁기만 했는데 결혼하고부터 식탁은 그야말로 전쟁터가 되었다고 했다.

해물탕이며 김치찌개를 나름대로 정성스레 차려 줘도 간이 조금만 안 맞으면 못 먹겠다며 숟가락을 내려놓고 라면을 끓여 먹는 건 기본이고, 이 반찬 해 주면 '이런 거 왜 했냐', 저 반찬 해 주면 '왜 네가 좋아하는 반찬만 만드냐'라고 하는 통에 몇 번이나 싸웠다고 한다.

그렇게 한 달을 반찬 투정에 시달리다가 결국 쇼핑 가서 터져 버렸다고 한다. 식품 매장에서 자기가 물건을 고르는데 신랑 취향의 식품이 아닌 다른 식품들을 많이 구입하자 '장을 10만 원도 넘게 봤는데 내가 좋아하는 음식, 내가 좋아하는 음료수나 라면은 왜 포함되어 있지 않느냐', '내 입에 맞는 음식도 못 먹느냐', '쓸데없이 그런 건 왜 그렇게 많이 사며 낭비하느냐'며 느닷없이 과소비로 몰아가더란다. 화가 난 지연이가 당신이 그런 거만 먹으니까 살도 찌고 건강이 안 좋지, 하고 따지니까 잘 챙겨 주지도 못하면서 남 건강 운운한다면서 누구 닮아 그러냐고 부모까지 거론하더란다. 결국 음식 취향이 다른 것이 과소비 싸움으로 번지고, 건강까지 탓하게 되고, 급기야 성격 탓에서 부모 탓으로까지 이어지는 대형 싸움이 되어 버렸다.

음식에 대해 따지고 지적하면 여자들은 부엌에서 미쳐 버린다. 식욕은 3대 본능 중 하나인데 본능을 가지고 따지기 시작하면 답이 없다. '본능인데 어쩌라고……' '먹는 거 가지고 치사하게……' 이러면 할 말이 없다. 본능은 쉽게 변할 수도, 고칠 수도 없기 때문이다.

이쯤에서 잠시 남자친구의 음식 취향을 떠올려 보자. 육식주의자인지 채식주의자인지, 대식가인지 소식가인지, 맛있는 거라면 어디든지 찾아가는 미식가인지 오직 살기 위해 에너지 충전용으로 사료 먹듯이 먹는 생존형인지, 천천히 1시간 동안 먹는지, 광대역 LTE보다 빠른 초스피드로 먹는지……. 남자친구의 음식 스타일을 체크해 본 뒤에는 혹시 평소에 남자친구의 음식 스타일 때문에 스트레스를 받은 적이 있는지 곰곰이 생각해 보자.

성격이 맞는지, 대화가 잘 통하는지 따져 볼 때만큼이나 음식 스타일이 잘 맞는지도 신중하게 따져 보자. 평화로운 만남을 이어 가려면 대화 수준이나 인생관만큼이나 본능인 식성도 잘 맞아야 한다.

연애 중인 커플이라면 '먹는 거 가지고 뭘 그리 심각하게 따져?' 하고 말할지도 모르겠다. 연애 때는 남자들이 여자에게 잘 보이려고 레스토랑도 직접 예약하고, 분위기 좋은 식당도 직접 알아보고, 알아서 잘한다. 그리고 여자가 먹자는 것은 뭐든지 '그래 그래' 하며 잘 따른다. 자기들 먹고 싶은 거 꾹 참는다. 저녁에 '같이 있어 주기만을' 학수고대하며.

그런데 결혼하면 싹 달라진다. 〈롤러코스터 남녀탐구생활〉에서 시댁 편을 방송한 적이 있다. 결혼한 지 얼마 지나지 않은 정형돈, 정가은 부부가 시댁에 간다. 여자는 평소에 나름대로 남편을 잘 챙겨 먹이려고 노력했다. 그런데도 시어머니는 아들 얼굴을 쓰다듬으며 얼굴이 핼쑥하다는 둥 걱정이 늘어진다. 물색없는 남편이라는 작자는 엄마 밥이 너무 먹고 싶었다며 밥을 두 공기나 비운다. 집에 올 때면 아쉽다고 엄마가 만든 반찬을 잔뜩 싸 가지고 온다. 시댁에서 돌아오는 즉시, 아니 시댁 문을 벗어나자마자 부부 싸움이 날 것은 불을 보듯 뻔하다. 돌아오는 차 안에서 '너희 엄마가 해 준 밥이 그렇게 맛있으면 그냥 엄마랑 계속 살지 그랬냐'며 여자가 남편을 쏘아붙이면, 남편은 자신도 그러고 싶다는 둥 정말 간 큰 소리를 해댄다. 당연히 여자는 기가 막힌다. 많은 부부들이 실제로 겪는 단골 에피소드다.

가뜩이나 남자 만나기도 쉽지 않은데, 더군다나 만난다고 해도 내 맘에 드는 사람 고르기도 쉽지 않은데 음식 취향까지 맞춰 봐야 하냐고 할지도 모르겠다. 하지만 생각해 보라. 사람은 죽을 때까지 하루 세 끼씩을 먹고 산다. 그런데 서로 식성이 맞지 않는 두 사람이 함께 산다고 해 보자. 매끼니가 전쟁 같을 수밖에 없다. 평화로워야 할 식탁이 전쟁터가 되는 것이다.

결혼 생활 50년차에 접어든 어떤 할머니께서 이런 말씀을 하셨다. 자기는 남편 밥 먹는 것만 봐도 체한다고. 식탁에 밥을 차려 놓고 막 앉으려 하면 신랑은 벌써 5분 폭풍 식사를 다 끝내고 숟가락을 놓고 있다. 그래서 평생을 남편이 일어나서 나가고 나면 혼자 식사하셨다고 한다. 그렇게 살다 보니 50년을 살아도 정이 안 붙더란다. 남편은 포털사이트에서 이름을 검색하면 나오면 꽤 유명한 교수님이다.

　음식 준비에는 적잖은 시간과 돈과 노력이 든다. 그리고 아직도 대부분은 여자들이 수고를 한다. 무엇을 해 주면 좋아할까 고민해서 장을 봐 오고 뜨거운 가스 불 앞에서 땀을 흘리며 음식을 하는데, 하는 음식마다 서로 식성이 안 맞아서 다퉈야 한다면 심각한 문제가 아닐 수 없다. 남자들은 자신이 음식을 직접 하지 않고 엄마가 늘상 해 주는 밥을 받아먹고만 살았으니 그게 얼마나 힘든 건지도 모르고, 뭘 대수랴 생각하기 쉽다. 그러니 자기도 모르게 요리 타박, 음식 타박을 예사로 하게 되고 싸움은 걷잡을 수 없이 커지게 된다.

　식탁에서의 대화도 중요하다. 음식만 나오면 전투적으로 먹어 치우느라 바쁜 사람들이 있다. 바로 나다. 난 평소에는 말이 많은 편이다. 그런데 먹을 때만은 이상하게 Only 식사에만 초집중한다. 25년간 촬영 현장에서 '촬영 늦으면 안 되니까 식사는 대충대충 빠르게!'를 외치다 보니 몸에 배어 있다. 집중하다 보면 속도가 빠르다. 속도가 빠르다 보면 후루룩 소리가 난다. 후루룩 소리를 내다 보면 경망스러워 보이고 같이 식사하는 상대는 정신이 사나워진다. 그래서 나의 여자친구는 식사 때마다 '천천히, 소리 내지 말고……'가 잔소리 십팔번이다. 그나마 다행히 음식 투정 안 하고 주는 대로 뭐든 잘 먹는 탓에 겨우겨우 잘 넘어가고 있다. 미식가가 못 되어서 정성스레 준비한 음식에 대한 감탄이 부족하다며 또 한 소리를 듣지만.

　라디오에서 식사 시간에 대한 통계를 들려준 적이 있는데, 남자들의 점심 식사에 소요되는 시간이 10분 이내가 50%, 15분 이내가 81%였다. 남는 점심시간에 뭐하냐고? 잽싸게 당구 치러 가는데, 당구장에 가면 짜장면을 3분 만에 흡입하고 당구 치는 고수들이 또 버티고 있다.

언젠가 스위스에서 세계 코미디 축제가 열렸는데, 당시 만들었던 〈일밤〉 '이경규가 간다' 프로그램을 들고 송창의 PD와 함께 한국 대표로 참석했다. 그때 일주일 스케줄을 보니 점심시간이 항상 두 시간이었다. 외국 참가자들은 아침부터 본 동료들과 무슨 할 말이 그리 남았는지 포도주를 곁들이며 참 많은 시간을 할애해 이야기를 하며 식사를 했다. 반면 나와 송창의 PD는 정말 조용히, 아주 빨리 먹었다. 거기서 우리가 나눈 대화라고는 이게 다였다.

"저 친구들 방금 오전에도 같이 있어 놓고 뭔 할 말이 저리 많아?"

"그렇죠. 참~ 시끄럽죠?"

남자들은 성욕에 있어서는 어떻게든 오래 시간을 끌려고 초상집 생각까지 하며 온갖 피나는 노력을 하면서도, 식욕은 그야말로 해치우기 바쁘다. 많은 남자들에게 먹는 행위는 짐승과 비슷한 의미 정도밖에 없다. 짐승에게 먹는다는 것은 사냥을 위한 에너지를 보충한다는 것을 의미한다. 음식을 필요로 하는 이유가 1차원적인 것이다. 극단적으로 표현하면 사료 개념이다. 하지만 여자에게 먹는다는 것은 문화적인 의미를 지닌다. 좋은 음식을 좋은 이야기와 함께 천천히 먹으며 서로의 마음을 나눈다. 정성스레 차린 음식으로 가족에게 사랑을 표현하고 그 자리에서의 대화로 함께하는 사람들의 마음을 읽는 것이다. 당연히 음식 취향 문제에서는 여자들이 스트레스를 더 많이 받을 수밖에 없다. 따라서 스트레스를 덜 받기 위해서라도 따지고 또 따져야 한다.

테이블 매너도 중요하다. 기껏 예쁘게 밥상을 차려 냈더니 쩝쩝거리며 음식을 흘리고 반찬마다 뒤적거리며 먹는 모습을 보면 오만 정이 다 떨어진다.

누구와 무엇을 어떻게 먹느냐는 문제는 우리가 생각하는 것보다 훨씬 더 심각하고 중요한 문제다. 더구나 먹는 음식은 건강과도 직결된다. 가족이 비슷한 병을 앓는 이유 중 하나가 바로 음식이다. 고기를 자주 해 먹는 집에서는 고기 때문에 생기는 질병에 많이 노출될 수밖에 없다. 그래서 무엇보다 여자의 입맛이 건강해야 한다.

〈화성인 바이러스〉에 마요네즈와 고기만 좋아하는 여자와 슬로푸드를 지향하는 남자가 나온 적이 있다. 연인인 두 사람은 항상 부딪혔는데, 아무리 윽박지르고 타이르며 고치려고 애써도 안 되더란다. 결혼도 하고 2세도 낳아야 하는데 아이가 자신을 닮을까 봐 여자도 고민이라고 했다.

우리 집 앞에 햄버거 가게가 있는데, 몸무게가 대충 100kg은 나갈 것 같은 엄마가 60kg쯤 되어 보이는 초등생 딸의 입에 햄버거를 물리고 자기도 우적우적 씹으며 나오는 광경을 본 적이 있다. 이건 자식에게 죄 짓는 거다.

식성이 서로 다르다고 해서 평생 밥상을 두 개로 나눠 차릴 수도 없는 노릇. 그렇다면 어떻게 하는 것이 좋을까? 여자가 본인의 식성이 올바르다고 자신한다면 여자의 식성에 맞출 수 있는 남자를 찾아야 한다. 아니면 반대로 자신이 남자의 식성에 맞출 수 있으면 맞추든가 둘 중 하나다.

식습관이 복제 후손인 자식의 유전자에까지 영향을 미친다는 걸 고려하면 건성으로 생각할 문제가 아니다. 사람의 생활 습관, 특히나 식습관처럼 본능적인 부분은 고치기가 어려운데 간섭조차 못하게 하고 짜증을 내는 남자라면 영원히 타협하기 어려울지 모른다. 그런 남자라면 과감하게 경고를 날려라. 우리 관계 신중하게 다시 생각해 보겠다고.

앞에서 언급했던 연기 강사 지연이에게 나중에 들은 얘기다. 남편과 둘이서 한의원에 갔는데, 한의사가 한마디로 결론을 내주었단다.

"남편 잘 안 먹죠? 먹는 양도 적고 가리는 음식도 많고. 내버려 두세요. 위가 선천적으로 약합니다. 당기지 않는 음식 억지로 먹으면 바로 탈 날 사람이에요. 자기 먹고 싶은 거 먹겠다면 그냥 두고, 먹지 않겠다고 해도 그냥 두세요. 어쩔 수 없어요."

연애는 탐색의 기간이다. 이런 상황까지 초래하지 않으려면 열심히 그 남자의 입맛까지 탐색해 봐야 한다. 그래야 현명한 선택을 할 수 있다.

사랑의 언어

"저……아무래도 나이 차이 때문에 안 될 것 같아요."

30대 여자가 40대 띠동갑 남자를 만나면서 나한테 하소연한 이야기다. 여자의 직업이 무용수라 몸을 많이 사용하는 편이어서 늘 피곤한데 연애마저 나이 차이 때문에 소통이 안 되어 피곤하니 더 이상 관계를 유지하지 못하겠다고 했다. 나는 약간 의문이 생겼다. 그 남자는 나도 몇 번 같이 본 적이 있는데 이런저런 대화를 나누는 중에 두 사람의 나이 차이는 전혀 느낄 수 없었다. 남자는 여자의 몸이 허약한 것이 걱정되어 늘 직접 도시락을 실어 나를만큼 자상했다. 그 남자를 따로 만나 보니 나름대로 최선을 다하고 있는데도 자꾸 여자가 자기와 안 맞다며 헤어지자는 통에 완전히 기가 죽어 있었다.

소통이 막혀 있었다. 특히 두 사람은 서로 사랑을 표현하는 사랑의 언어가 달랐다. 둘을 같이 불러 놓고 인정하는 말, 함께하기, 선물, 봉사, 그리고 스킨십 이렇게 다섯 가지 사랑의 언어 중에서 가장 중요하다고 생각되는 것 하나만 적으라고 했다. 남자는 '봉사'를 적었고 여자는 '함께하기'를 적었다. 답은 바로 나왔다. 둘은 나이 차이가 아니라 사랑의 언어가 다른 것이 문제였다. 남자는 여자를 사랑하는 마음에 약한 몸이 안쓰러워 틈만 나면 죽어라 영양가 있는 도시락을 챙겨 주었다. 남자가 여자를 향해 뱉은 사랑의 언어는 도시락 챙겨주기 같은 희생과 봉사였다. 그런데 무용수인 여자는 감성적이고 외로움을 많이 타는 사람이었다. 그래서 남자가 늘 옆에 함께 있어 주길 바랐다. 하지만 남자는 사업이 바빠서 주말에도 일을 했다. 여자는 선물이나 말보다 함께 하는 시간을 통해 사랑을 느끼는데, 남자는 늘 바빠서 함께 하지 못하고 대신 도시락을 보내 준 것이다. 둘은 내 말을 듣고 서로를 쳐다봤다. 서로가 자신의 사랑 언어로 열심히 사랑을 표현했음을 깨닫고 미안해했다. '당신은 봉사로써 나를 사랑했구나…….' '당신은 함께하기를 그토록 원했구나…….'

둘은 약속을 했다. 자신의 사랑 언어가 아닌 상대가 원하는 사랑 언어로 사랑을 표현해 보기로. 그 후로 둘은 아무리 바빠도 주말은 함께하기, 챙겨주는 도시락 잘 먹기를 실천했다. 지금 그들은 언제 갈등이 있었냐는 듯, 물론 나이 차이도 전혀 느끼지 않고 정말 잘 지내고 있다.

2001년 출간된 『5가지 사랑의 언어』에서 게리 채프먼 박사는 남녀 사이의 사랑의 언어를 다섯 가지로 나눴다. 이 다섯 가지 종류의 말이 서로에게 잘 전달되어야 하는데, 상대가 바라는 것과 다른 사랑의 언어가 전달될 때 갈등이 생긴다고 한다. 아주 간단하지만 매우 실용적인 테스트라 그 책을 보지 못한 독자들을 위해 다섯 가지 언어와 내용을 간략하게 소개하겠다.

첫째, 인정하는 말이다.

상대가 자신을 인정한다고 느끼면 '저 사람이 나를 사랑하구나' 하고 느낀다. 언젠가 함께 일하던 후배한테 "감독님은 맞다 도사예요"라는 말을 들었다. 다른 사람은 다 자신이 틀렸다며 인정을 안 해 주는데 나는 자기가 무슨 말을 해도 맞다 맞다, 인정을 해 주니 정말 힘이 난다고. 상담할 때 보면, 사실 상담의 반은 자기 스트레스 해소다. 그때 무조건 '니 말이 맞다' 하고 인정을 해 줘야 스트레스가 가라앉는다.

한때 공전의 히트를 기록한 『칭찬은 고래도 춤추게 한다』라는 책이 이 첫 번째 사랑의 언어와 맞닿아 있다. 남자들은 특히 인정에 목말라한다. 경쟁 사회에서 죽기 살기로 버티는 남자들에게, 세상은 쉽게 칭찬을 하지 않는다. 여러 번 이야기했지만, 남자들은 어린아이 같은 구석이 있기 때문에 칭찬에 목마르다. 서로 칭찬 좀 해 줘라. 카이스트 뇌공학과 이광형 교수가 가장 강조하는 캠페인이 칭찬 일기 쓰기, 창찬 릴레이 하기다. 이광형 교수는 칭찬을 받으면 뇌의 쾌락 중추에서 도파민이 분비되고, 그것이 반복되면 뇌세포 회로로 형성되며, 뇌세포 회로가 형성되면 습관으로 이어져 인생을 바꾼다고 강조한다. 칭찬하고 서로의 말에 '맞아' 하고 동조하는 것, 그것이 바로 첫 번째 사랑의 언어다.

여자가 '오늘 네 생일이니까 하루 종일 같이 있어 줄게', 이러면 남자들 기뻐서 죽는다. '정말 날 사랑하는구나' 하고 감동받아 사나이의 뜨거운 눈물을 흘리며 뜨거운 밤을 기대한다. 연인이 밤늦게까지 귀가 델 듯이 뜨거워진 휴대전화를 붙들고 늘어지는 것도 함께하고 싶어서다. 물론 남자는 이왕이면 침대에서 뜨겁게 함께하고 싶어 하지만. 어쨌든 함께하고 싶은 것, 이게 사랑이다.

"감독님 솔직하게 얘기해도 돼요? 전 3번, 선물이에요. 선물을 받으면 그만큼 사랑이 샘솟는 것 같아요."

내가 여러 친구들한테 사랑의 언어에 대해 설문 조사를 해 보는데, 여자 1이 불쑥 내뱉은 말이다. 그러자 여자 2가 옆에서 낄낄 웃으며 '속물'이라고 했다. 속물, 절대 아니다. 사랑의 언어 취향에서 이게 우선 순위가 높은 것일 뿐이다. 여자 1은 남자가 주는 선물이 별로 맘에 안 들고 쓸모가 없어도 '날 위해 애쓰는구나', '내가 사랑받고 있구나' 하고 사랑이 자라는 걸 느낀다고 한다.

언젠가 나도 여자친구에게 '행복해?' 하고 물었더니 '행복은 한데 행복에 겹지는 않아'라고 했다. 그래서 행복에 겨우라고 선물을 하나 사 줬더니 웃는다. 나의 여자친구에게 선물은 몇 번째 사랑의 언어일까? 궁금했다.

내가 아는 매니저 중에 키가 190cm에 머리는 빡빡 깎은 투박한 친구가 하나 있는데, 여자친구가 아주 예쁘다. 헤어 디자이너라 스타일도 좋다. 난 늘 속으로 노심초사했다. 남자가 돈도 별로 못 벌고 좀 '무대뽀'라 잘못하면 여자한테 차이지나 않을까 하고. 그런데 어느 날 그 여자가 "감독님, 우리 오빠가 정말 멋진 선물을 해 줬어요" 하고 행복에 겨워하며 자랑을 하는 것이 아닌가(세상에! 행복에 '겨워'하게 만들기가 얼마나 힘든데…….) 여자가 아침 출근길에 남자친구가 사준 새 신발을 신는데 뭔가 바닥에 밟히는 게 있어 꺼냈단다. 잘 접어 놓은 쪽지였는데, 거기에 적힌 내용이 이랬다.

"지금은 이 신발을 신고 출근하지만 나중에는 꼭 벤츠 타고 출근할 수 있게 해 줄게."

여자친구는 신발보다 그 작은 편지 선물에 더 감동했다고 한다. 그리고 남자를 더욱 사랑하게 되었다고 했다. 형편이 닿는 선에서 할 수 있는 선물에 사랑과 정성이 더해졌기에 감동을 준 것이다. 물론 이런 것에 동요하지 않는 사람도 있다. 최신 핸드백, 옷 등 자신이 원하는 구체적인 물건을 해 주어야만 기뻐하는 경우도 적지 않다. 남자들 힘들다, 정말.

네 번째는 봉사다. 봉사는 상대방을 위해 행동하는 것이다. 위에서 말한 40대 남자의 언어가 봉사였다. 바쁜 와중에도 끼니를 거르는 연인을 위해 5단 도시락을 싼다거나, 밤늦게 퇴근하고 피곤해 죽을 지경인데도 역시나 야근한 여자친구를 픽업해 집에 데려다 주는 것이 봉사다.

다섯째, 스킨십이다.

남자들, 스킨십 좋아한다. 남자는 여자친구만 만나면 손잡고 싶고, 뽀뽀하고 싶고, 안고 싶다. 그런데 재미있는 것은 두 사람이 잠자리를 가진 이후에는 여자가 더 스킨십을 원한다는 사실이다.

남자들은 스킨십 하면 모두 섹스의 전초전으로 생각하기 마련인데, 스킨십의 범위는 그보다 훨씬 폭넓다. 평소에 손을 잡고 팔짱을 끼고 머리를 쓰다듬고 눈을 맞추고 하는 것이 다 스킨십이다. 사랑의 언어가 가장 직접적으로 전달되는 것도 스킨십이다.

이 다섯 가지 사랑의 언어가 남자와 여자 사이를 이어 주는데, 문제는 서로 다른 사랑의 언어를 원할 때 생긴다. 여자가 남자와 많은 시간을 보내고 싶어할 때 남자가 명품백 하나 사주고 휙 가 버리면, 주변 친구들은 네 남자 친구는 명품백도 사 주고 좋겠다고 부러워하겠지만 정작 그 여자는 남자와 제대로 시간을 보내지 못해 우울할 수도 있다. 남자는 이 여자가 만난 지 두 달이 되도록 키스를 허락하지 않아 미칠 노릇인데, 여자는 남자가 자기와 오랜 시간을 보내려고 하는 모습에(그래야 밤을 같이 보낼 기회가 생기지 않을까 해서 그러는 것인데도) 마냥 좋아할 수도 있다. 남자가 불만이 있을 거라고는 아예 생각조차 못한다. 또 어떤 커플은 장거리 연애에 지쳐 헤어지고, 어떤 커플은 장거리 연애라서 더 애틋해서 좋다고도 한다. 각자 가장 소중하게 생각하는 사랑의 언어가 다른 것이다.

서로가 같은 순간에 다른 사랑의 언어를 원할 때 마찰이 생긴다. 그러니 이 다섯 가지 사랑의 언어만 서로 잘 맞춰도 갈등 없이 사랑할 수 있다. 조금이라도 문제가 생긴 것 같다 싶을 때는 한번 상대의 입장에서, 상대가 어떤 사랑의 언어를 원했기 때문에 문제가 생긴 것인지 생각해 본다면 다툼은 잦아들 것이다. 서로가 원하는 것에 대해 정확하고 구체적으로 대화하는 것도 좋다. 상대가 당연히 알아주겠지 하다가 감정이 상한 경험은 누구나 있을 것이다. 그걸 꼭 말로 해야 하냐며 서로 알아주기만 기다리다가는 둘 다 행복할 수 없다. 다이어리 한편에 다섯 가지 사랑의 언어를 꼭 적어 두었다가 수시로 서로 무엇을 원하는지 체크해 보고 대화를 나누어 보기를 권한다.

나도 여자친구와 사랑의 언어를 맞춰 보려고 내가 중요하게 생각하는 사랑의 언어를 순서대로 정성스레 적어 보여 주었다.

나의 첫 번째 사랑의 언어는 인정(정말 모든 남자처럼 인정받고 싶어서 1순위로), 두 번째 사랑의 언어는 함께하기(외로움을 잘 타서 늘 같이 있고 싶은 마음에), 세 번째 사랑의 언어는 스킨십(난 열혈남아니까), 네 번째로 사랑의 언어는 봉사(내가 일 때문에 바쁘면 같이 놀고 싶어도 살짝 참고 챙겨 줬으면 해서), 다섯 번째는 사랑의 언어는 선물(선물은 크게 바라지 않는 마음에 마지막으로 선택했다)이다.

여자친구에게도 적어 보라고 했다. 그랬더니 '첫 번째 사랑 언어는 함께하기, 두 번째는 선물'까지만 적더니 "난 이 정도만……" 하고 펜을 내려놓는 게 아닌가. 헐, 난 스킨십이 몇 번째일지가 제일 궁금했는데…….

MBTI : 사랑성격 맞춰 보기

　연예인들 중 누가 누구와 결혼한다고 발표하면 시청자들도 이러쿵저러쿵 관심이 많지만 이 바닥에 오래 종사한 우리 방송쟁이들도 이런저런 이야기를 많이 한다. 스타들의 연애와 결혼은 역시 모두에게 뜨거운 관심사다. 그런데 우리 방송쟁이들의 이야기가 시청자들과 조금 다른 게 있다면 그들의 스타일을 잘 알고 있다 보니 구체적으로 입방아를 찧는다는 것이다. 예를 들어, '저 둘 성격이 장난이 아닌데……' '저것들 연애하자마자 한 달 안에 바로 헤어질 거야' 하는 경우가 있고, '저 둘은 성격이 정말 좋아 오래갈 거야' 하기도 한다. 그런데 두 사람을 다 알고 하는 소리인데도 절반 이상이 예상을 빗나간다. 성질 사납기로 소문난 커플은 너무나 죽이 맞아 잘 살고, 반면 성격 좋기로 소문난 커플은 결국 서로에게 골병이 들다가 헤어지는 경우를 많이 봤다.

왜 그럴까? 이유인즉슨, 사회 성격과 사랑 성격이 전혀 다르기 때문이다. 사회적으로 성격 좋다는 평판을 듣는 남자도 여자와 단둘이 있을 때의 사랑 성격으로 들어가면 밴댕이인 경우가 많다.

나 스스로를 체크해 봐도 사회 성격과 사랑 성격이 다르다. 사람들을 만나고 일을 할 때면 서글서글하고 성격 좋다는 말을 많이 듣는다. 하지만 여자친구랑 단둘이 있으면 말이 좀 없는 편이다. 사회생활을 할 때는 연출이라는 직업상 위장된 성격으로 활동하다가 남녀가 단둘이 있으면 본능이 나오는 법이니 원래의 내성적인 성격으로 돌아가는 것이다.

나만 그런 게 아니다. 사회생활을 할 때의 성격과 남녀가 사랑할 때의 성격은 전혀 다른 경우가 대부분이다. 10년, 20년 알아 온 친구가, 더구나 평소에는 점잔 빼고 말도 잘 안 하던 친구가 여자친구에게 전화가 걸려 오면 닭살스러운 말투로 '자기야, 오빠가……' 하며 전화를 받는 걸 보고 황당했던 적이 한두 번이 아니다. 남자들끼리 있을 때는 조폭처럼 행동하던 남자도 자기 여자에게는 그렇게 다정할 수가 없다.

얼마 전 사우나에서 있었던 일이다. 등에 호랑이 문신을 한 조폭이 험악한 표정으로 소리를 지르며 전화 통화를 하고 있었다. 나를 포함한 모든 남자가 그 남자를 피해 다녔다. 그런데 전화를 끊고 다른 데로 전화를 하더니 이번에야 말로 소름끼치는 목소리로 통화를 하는 것이다. 호랑이 문신을 한 홀딱 벗은 조폭이 콧소리를 내며 '자기 우리 몇시에 만나? 뭐 먹고 시포? 알았쪄' 이러면서 전화 통화를 하는 것이다. 사회 성격과 사랑 성격이라는 것이 이렇게나 다르다.

연애를 하거나 결혼 생활을 하다 보면 맘에 들지 않는 상대의 사랑 성격을 고칠 수 있을 거라고 생각하는데, 그건 참으로 위험한 오산이다. 성격은 조상의 유전적인 요소도 있고 어릴 때부터 자신이 놓인 환경과 상황 속에 형성된 것이어서 고치기가 힘들다. 따라서 그 사람과 오래 만날 수 있는 현실적인 방법은 상대의 사랑성격을 고치려 하지 말고 정확히 파악하고 이해하는 데 주력하는 것이다. 결국 커플들의 이별의 가장 큰 이유는 성격 차이 때문이니까.

나는 남자를 볼 때 그 사람의 사회 성격과 구분해서 사랑 성격을 따져 보라고 권한다. 연애하고 결혼할 때는 사회 성격이 아닌 사랑 성격 스타일대로 행동하기 때문이다. 키스하는 기간이 6개월이 걸리는 소극적인 남자는 소극적인 성격대로, 사귀자마자 일주일 안에 침대로 향하려는 급한 남자는 급한 성격대로, 남자는 저마다 자신의 사랑 성격에 따라 행동한다. 그리고 이런 사랑 성격의 차이에 따라 남녀 연애사는 확연히 달라진다. 남녀의 연애사는 곧 남녀의 인생사다. 그러니 남자의 사랑 성격은 사회 성격만큼이나, 아니 그보다 더 중요하다.

이제부터 남자의 사랑 성격을 본격적으로 체크해 보자. 그런데 먼저 두 가지 상식은 알고 출발하자. 첫 번째로는 어떤 성격이 좋고 어떤 성격이 안 좋다는 기준은 없다는 것이다. 그러니 당신 남자친구의 사랑 성격이 좋은지 안 좋은지에 초점을 두지 말고 당신과 맞는지 안 맞는지에 초점을 맞춰야 한다. 두 번째로는 성격이란 내성적이거나 외향적이거나 하는 식으로 극단적으로 구분되는 것이 아니라는 점이다. 여기에는 '바넘효과'라는 것이 작용한다. '바넘효과'란 19세기 말 곡예단에서 사람들의 성격을 알아내는 일을 하던 바넘(Barnum)의 이름을 딴 이론이다. 바넘이 '모든 사람에게 뭔가 조금씩은……'이라고 한 말에서 착안했다고 한다. 사람마다 누구나 공통적으로 가지고 있는 특징을 마치 한 개인에게만 해당되는 것처럼 느끼는 것을 함축하는 말이다. 1940년대 말에 심리학자 버트럼 포러가 성격 진단 실험을 통해 바넘효과를 증명했다. 바넘의 말처럼 내성적인 성격도 외향적인 성격도 누구나 가지고 있으며, 다만 어느 기질이 강하느냐에 따라 내성적·외향적 성격이 두드러진다는 것이다.

위 두 가지를 다시 간단히 정리하자면, 누구나 다양한 성격을 지니고 있으며 어떤 성격이 좋다 나쁘다 말하기 힘들다. 다만 당신과 100세까지 살아야 하니 사랑 성격이 서로 맞는지 안 맞는지가 관건이다.

먼저 'MBTI(Myers-Briggs Type Indicator) 사랑 성격 유형'으로 남자의 사랑 성격을 테스트해 보자. MBTI는 칼 융의 심리유형론을 근거로 마이어스와 브릭스가 일상생활에 좀 더 쉽고 유용하게 활용할 수 있도록 고안한 성격검사다. 16가지의 다양한 성격 유형에 따라 각 유형에게 좀 더 어울리는 상대가 어떤 유형이고, 그 상대와 좋은 관계를 형성하고 유지하기 위해서는 어떻게 해야 하는지를 구체적으로 잘 설명해 주고 있다. 이 MBTI 성격 유형을 토대로 알렉산더 아빌라가 수년 간의 광범위한 연구를 덧붙여 만든 사랑 유형 시스템(Love Types system)이 'MBTI 사랑 성격 유형'이다.

MBTI 사랑 성격 역시 16개 유형으로 나눠 분석했는데, 연애와 결혼 생활에서 실제로 활용할 수 있는 좋은 자료다. 이 시스템을 활용한 사람들은 데이트의 질에 있어서 상당한 개선 효과가 있었던 것으로 나타났다. 다음의 사랑 성격 유형 중 당신과 상대의 사랑 성격이 어디에 해당하는지 먼저 찾아보자.

1. 이상주의적 철학자형 ▎**INFP**

내향 직관 감정 인식형: "사랑은 조용하고, 평화롭고, 쾌적한 성채다."

2. 신비감을 주는 작가형 ▎**INFJ**

내향 직관 감정 판단형: "사랑은 나의 마음이요, 가슴이요, 영혼이다."

3. 사회 철학자형 ▎**ENFP**

외향 직관 감정 인식형: "사랑은 신비롭고, 영감을 불러일으키고,

즐거운 것이다."

4. 성장을 돕는 선생님형 ▎**ENFP**

외향 직관 감정 판단형: "사랑은 내가 사랑하는 사람에 의해 소모되는

것이다."

5. 학자형 ▌ INTP

내향 직관 사고 인식형: "사랑은 단지 또 하나의 관념이다."

6. 전문가형 ▌ INTJ

내향 직관 사고 판단형: "사랑은 분석되고 완성될 수 있다."

7. 혁신가형 ▌ ENTP

외향 직관 사고 인식형: "나는 먼저 내 마음속에 사랑을 만들어 낸다."

8. 장군형 ▌ ENTJ

외향 직관 사고 판단형: "사랑은 힘과 영향력, 성취에 의해 강화된다."

9. 돌보는 사람형 ▌ ISFJ

내향 감각 감정 판단형: "사랑은 그것을 위해 희생할 만한 가치가 있는 목표다."

10. 관리자형 ▌ ISTJ

내향 감각 사고 판단형: "사랑은 의무와 책임에 기초한다."

11. 성실한 주인형 ▌ ESFJ

외향 감각 감정 판단형: "사랑은 다른 사람들을 섬기는 것에 기초한다."

12. 전통주의자형 ▮ **ESTJ**

외향 감각 사고 판단형: "사랑은 가족과 전통, 충성이라는 확고한

가치들을 토대로 한다."

13. 친절한 예술가형 ▮ **ISFP**

내향 감각 감정 인식형: "사랑은 친절, 자연스러움, 헌신이다."

14. 장인형 ▮ **ISTP**

내향 감각 사고 인식형: "사랑은 행동이다."

15. 연예인형 ▮ **ESFP**

외향 감각 감정 인식형: "사랑은 현재의 열정을 음미하고 즐기는 것이다."

16. 활동가형 ▮ **ESTP**

외향 감각 사고 인식형: "사랑은 항상 흥미진진하고 자극적이어야만 한다."

이제 당신의 사랑 성격 유형과 맞는 남자의 사랑 성격을 대입한 것을 참고해서 자신과 가장 잘 맞는 미래의 연인을 찾아보기 바란다.

(MBTI 사랑 성격 유형은 여자 기준과 남자 기준에 따라 조금은 차이가 있으나 거의 90%는 일치한다. 그러니 남자들도 참고로 맞추어 보길 바란다.)

나의 사랑 성격 (여자)	나와 맞는 사랑 성격(남자)
INFP 이상주의적 철학자형	이상주의적 철학자형 (**INFP**) 사회 철학자형 (**ENFP**) 성장을 돕는 선생님형 (**ENFJ**) 신비감을 주는 작가형 (**INFJ**)
INFJ 신비감을 주는 작가형	신비감을 주는 작가형 (**INFJ**) 이상주의적 철학자형 (**INFP**) 학자형 (**INTP**) 활동가형 (**ESTP**)
ENFP 사회 철학자형	사회 철학자형 (**ENFP**) 성장을 돕는 선생님형 (**ENFJ**) 판단형(**J**)이 그리 강하지 않은 성장을 돕는 선생님형
ENFJ 성장을 돕는 선생님형	성장을 돕는 선생님형 (**ENFJ**) 장인형 (**ISTP**)
INTP 학자형	전문가형 (**INTJ**) 장군형 (**ENTJ**) 혁신가형 (**ENTP**)
INTJ 전문가형	전문가형 (**INTJ**) 전통주의자형 (**ESTJ**) 감각형(**S**)이 강하지 않은 전통주의자형
ENTP 혁신가형	장군형 (**ENTJ**) 활동가형(**ESTP**)
ENTJ 장군형	장군형(**ENTJ**) 전통주의자형(**ESTJ**) 감각형(**S**)이 강하지 않은 전통주의자형

나의 사랑 성격 (여자)	나와 맞는 사랑 성격(남자)
ISFJ 돌보는 사람형	돌보는 사람형 (**ISFJ**) 성실한 주인형 (**ESFJ**) 관리자형 (**ISTJ**)
ISTJ 관리자형	돌보는 사람형 (**ISFJ**) 관리자형 (**ISTJ**) 전통주의자형 (**ESTJ**)
ESFJ 성실한 주인형	성실한 주인형 (**ESFJ**) 전통주의자형 (**ESTJ**)
ESTJ 전통주의자형	전통주의자형 (**ESTJ**) 장군형 (**ENTJ**) 직관형(**N**)이 강하지 않은 장군형
ISFP 친절한 예술가형	친절한 예술가형 (**ISFP**) 연예인형 (**ESFP**) 활동가형 (**ESTP**) 장인형 (**ISTP**)
ISTP 장인형	장인형 (**ISTP**) 활동가형 (**ESTP**) 성장을 돕는 선생님형 (**ENFJ**)
ESTP 연예인형	연예인형 (**ESFP**) 활동가형 (**ESTP**)
ESTP 활동가형	활동가형 (**ESTP**) 혁신가형 (**ENTP**) 직관형(**N**)이 강하지 않은 혁신가형

젊은 심리학자이자 인류학자인 대니얼 네틀의 '5대 성격 특성'도 흥미롭다. 네틀은 『성격의 탄생』에서 성격을 크게 다섯 가지로 나눠 연애와 결혼 생활을 예측했는데, '5대 성격 특성'을 '5대 성격 요인 모델' 또는 '빅 파이브'라고도 한다.

이에 따르면 인간의 성격은 외향성(extravertion), 신경성(neuroticism. 신경증 또는 신경과민을 말한다), 성실성(consientiousness), 친화성(agreeableness), 개방성(openness) 이라는 다섯 가지 특성으로 결정된다. 모든 사람은 이 다섯 가지로 성격 점수를 매길 수 있고, 이 성격 수치로 결혼 생활을 예측할 수 있다고 한다.

성격 특성	수치가 높은 사람	수치가 낮은 사람
외향성	사람들과 잘 어울리며 열정적임	사람들과 어울리지 않고 조용함
신경성	스트레스를 잘 받고 걱정을 많이 함	감정적으로 안정됨
성실성	체계적이며 자발적임	충동적이며 부주의함
친화성	잘 믿고 감정이입을 잘함	비협조적이고 적대적임
개방성	창조적이고 독창적임	실용적이고 보수적임

신경성 수치가 높은 경우 이혼할 가능성이 훨씬 높았고, 이혼하지 않고 같이 살더라도 결혼 생활이 그다지 행복하지 않았다. 높은 신경성 수치를 보이는 사람이 쉽게 빠져드는 부정적인 감정이 결국에는 실제 삶에도 영향을 미쳤던 것이다.

남자의 성실성 수치로 이혼을 예측할 수도 있는데, 성실성 수치가 낮을수록 이혼 가능성은 더 높았다. 이들 중 어떤 이는 술주정뱅이였고, 또 어떤 이는 경제적으로 무책임했으며, 두 경우 모두에 속한 사람도 있었다.

외향성과 친화성의 정도에 따라서도 결혼 생활에 차이가 나타난다. 외향성과 친화성이 높을수록 불행한 결혼을 유지하기보다는 이혼할 가능성이 크다. 외향적인 사람은 사람을 만나는 데 능숙하고, 따라서 새 애인을 만나 부인과 이혼할 가능성이 높다. 친화성이 높아 감정 이입을 잘하고 공감을 잘하는 사람은 두 사람의 관계가 악화되고 있음을 잘 감지하고, 그런 상황에서 벗어나기 위해 이런저런 시도를 하기 때문에 이혼할 가능성이 크다.

지금까지 사랑 성격 유형을 실용적으로 알 수 있는 두 가지 이론을 제시했는데, 사랑 성격은 여자들이 남자의 조건 중에서 중요하게 꼽는 요소인 만큼 위에 소개한 이론과 당신의 체험을 바탕으로 남자친구의 성향을 정말 꼼꼼히 체크해 보기 바란다. 그 과정에서는 '좋은 사랑 성격'을 찾으려 들지 말고, 처음에 예를 든 연예인 이야기에서 알 수 있듯이 '자신과 맞는 사랑 성격'을 찾아야 한다. 세상 어디에도 성격이 완벽한 남자는 존재하지 않는다. 모든 성격에는 그 성격에 맞는 혜택과 비용이 있다. 그리고 인생이란 자신의 성격에 맞게 사는 것이다. 세상에 맞춰 산다지만 결국은 자기 성격대로 간다. 결국 연애와 결혼이란 당신의 사랑 성격에 맞는 상대를 찾아 나가는 과정이다.

별자리 운세와 혈액형별 성격, 타로점을 보는데 시간을 쓰기보다 둘이서 다정히 머리 맞대고 앉아 MBTI검사를 해 본다면 서로를 이해하는 데 더 도움이 될 것을 확신한다.

마지막 잔소리. 사회 성격과 사랑 성격은 확연히 다르다는 것, 절대 잊지 말기!

음양오행

내가 또순이라는 별명을 지어준 탤런트 신이는 나를 만나기만 하면 신이 난다고 한다. 나도 신이 나서 그 이유를 물어보았다.

"감독님만 만나면 기가 충만해져서요. 그리고 또……"
"그리고 또?"
"항상 맛있는 것을 사 주니까요."

흠…… '그리고 또?'라고는 물어보지 말 걸. 그 뒤로는 밥을 먹으면서도 나를 만나는 이유가 첫 번째일까, 두 번째일까…… 내심 쪼잔해진다.

기를 살린다, 혹은 기를 죽인다는 말을 많이 한다. 기(氣)를 영어로는 에너지라고 한다. 그런데 에너지는 소모되지 않고 다만 변하고 흐를 뿐이다. 이것을 에너지 보존의 법칙이라고 한다.

남녀 사이에도 이 에너지 보존의 법칙이 그대로 성립된다. 남녀 사이에서 에너지가 보존된다는 것은 서로가 주고받는다는 것인데, 좀 나쁜 시각으로 보면 한쪽이 한쪽에게 기를 주거나 빼앗기는 것이다. '감독님, 나 그 사람과 같이 있기만 해도 기가 다 빠져나가요.' 남녀 문제를 상담하다 보면 이런 얘기를 곧잘 듣는데, 바로 이런 맥락에서 나온 말이다.

카이스트 동기인 부산 문화방송의 이성규 PD가 허영만의 『꼴』이라는 만화를 토대로 〈꼴〉이라는 다큐 프로그램를 만들었다며 평을 부탁해 왔다. 발상이 재미있었다. 인간관계에서 서로 기를 살려 주는 상생팀과 서로 기를 죽이는 상극팀으로 나눠 실험을 한 방송 프로그램이다. 상생(相生)과 상극(相克)이란 단어는 음양오행에 나오는 말이다. 실험 결과 상생팀은 서로 의견도 잘 맞고 도와 가면서 프로젝트를 진행했는데, 상극팀은 어떤 프로젝트를 시켜도 진행이 안 되더란다. 서로가 서로의 기를 다 빼는 것이다.

대대수 사람들이 음양오행 하면 길흉화복을 점치는 명리학을 떠올리는데, 음양오행설은 동양의 긴 역사 속에서 선인들의 노고와 지혜가 깃든 고대 동양의 철학 사상이다. 자연계의 모든 현상을 해석하는 데 널리 이용되었을 뿐 아니라 동양 의학에도 깊은 영향을 주었다.

그러나 불행히도 '음양오행'이라는 말이 오늘날까지 미신으로 취급받다가 요즘 들어 뉴턴의 기계적 물리학 개념이 깨지고 양자역학 이론이 나타나면서 과학적 접근이 시도되고 있다. 기초과학이나 의학을 포함한 응용 과학에서 큰 비중을 차지하는 양자 역학적인 관점이 바로 음양론의 관점과 같다는 것을 알게 된다면 결코 음양오행설을 비과학적이라고 치부할 수는 없을 것이다.

스티븐 호킹은 "양자 역학이 지금까지 해 놓은 것은 동양 철학의 기본 개념—음양, 태극, 색즉시공—을 과학적으로 증명한 것에 지나지 않는다"고 실토했으며, 양자 역학의 아버지라 불리는 닐스 보어는 『역경』을 읽고 양성자, 전자, 중성자로 이루어진 원자 모델을 발표했다. 또 아인슈타인은 『역경』의 음양의 상대적 관점으로 물질을 이해한 이론인 상대성 이론을 발표했다. 20세기 최대의 발명품으로 꼽히는 컴퓨터의 계산 원리인 이진법도 이원론에 심취해 있던 독일의 철학자 라이프니츠가 주역 이론에 이진법이 함축되어 있는 것을 보고 체계를 정립한 것이다.

최근에는 과학계의 뜨거운 화두인 복잡계도 음양오행설과 연결시키면서 심도 깊은 과학적 연구가 진행되고 있다. 신과학 복잡계의 입맞춤으로 그동안 잠들었던 동양 사상이 깨어나고 있는 것이다. 따라서 우리 문화와 사고의 틀을 이루며 한의학, 특히 사상 의학을 비롯해서 기초 과학이나 공학 등 광범위한 응용 과학의 바탕이 되는 음양오행을 올바로 이해할 필요가 있다.

음양오행 학설을 단순하게 설명하면 이렇다. 우주의 모든 이치나 사물은 음양으로 이루어져 있다. 예를 들면 낮은 양이고 밤은 음이다. 또 낮에서도 오전은 양이고 오후는 음이다. 이런 식으로 양 안에 음양이 있고, 음에도 그 안에 또 음양이 있다. 양자 역학에서 파동이기도 하고 입자이기도 한 것,

디지털 신호가 0이기도 했다가 1이기도 한 것과 같은 이치다. 그리고 사물은 잠시도 쉬지 않고 다섯 단계를 거쳐 변화하는데 이를 오행이라 한다.

오행은 목, 화, 토, 금, 수, 다섯 가지 물질의 운동을 말하는데 각각 다른 특성이 있다. 오행의 특성은 다음과 같다. 목(木)은 나무의 성장 형태를 가리키므로 자기 성장형 성질을 가진다. 화(火)는 화가 지닌 온열, 상승의 기질로 다혈질 성질을 가진다. 토(土)는 모든 걸 거둬 들이는 추수의 역할을 하므로 수용형 성질을 가진다. 금(金)은 천년 바위에서 깨끗한 물이 나오듯이 묵묵한 수련형 성질을 가진다. 수(水)는 물길 따라 잘 적응하며 가는 지혜형 성질을 가진다.

오행 사이에는 상생과 상극의 관계가 있다. 오행의 상생 순서는 목생화, 화생토, 토생금, 금생수, 수생목이다. 이를 쉽게 풀이하면 이렇다. '목은 화를 낳고 화는 토를 낳고 토는 금을 낳고 금은 수를 낳고 수는 목을 낳는다.' 그러므로 오행 상생의 관계를 '모자 관계'라고도 한다. 화(火)로 예를 들면, 목은 불을 일으킬 수 있으므로 목은 화의 어머니이고, 불이 탄 후 흙이 되므로 토는 화의 자식인 것이다. 이를 남녀의 에너지 관계에 대입해 보면 목의 남자는 화의 여자에게 어머니 같은 기를 주고 토의 남자는 화의 여자에게서 자식처럼 기를 빼앗는다는 것이다. 그러므로 화의 여자는 토 같은 기를 가진 남자보다 목 같은 기를 가진 남자를 만나면 좋다는 이야기다.

오행 사이에서 상극의 순서는 목극토, 토극수, 수극화, 화극금, 금극목이다. 목은 토를 억제하고 토는 수를 억제하고 수는 화를 억제하고 화는 금을 억제하고 금은 목을 억제한다. 이를 쉽게 풀이하면 목극토는 나무가 흙의 토양분을 빼앗는 관계이고, 토극수는 흙이 물을 흡수해 버리는 관계이며,

수극화는 물이 불을 꺼 버리는 관계다. 화극금은 불이 금을 녹여 버리는 관계이고, 금극목은 금속이 나무를 치는 관계다. 즉, 극은 상대의 기를 빼앗는 것이다. 그러니 토의 에너지를 가진 여자는 자신의 영양분을 가져가고 억제하는 목의 에너지를 가진 남자를 만나면 힘들다는 이야기다

가수 이승철이 SBS의 〈힐링캠프, 기쁘지 아니한가〉에 출연해 지금 아내와 결혼한 이유를 이렇게 밝혔다. "음양오행으로 아내가 물인데 나는 큰 산이었다. 명리학자가 예전에는 아내에게 혼자 살라고 했는데 물을 가둘 수 있는 큰 산이 이 사람이니까 무조건 결혼하라고 했다. 그래서 잠깐 헤어졌다가 다시 만나서 3개월 만에 결혼하자고 했다."

이제부터 남자의 기 성향을 파악해야 하는데 사랑 성격에서 언급했듯이 에너지 성향에도 '바넘효과'가 있다. 즉, 모든 사람에게 뭔가 조금씩은 공통점이 있다는 것이다. 그러니 누구나 여러 가지 특성을 지니고 있겠지만 그중에서도 가장 두드러진 것을 선택해서 체크해 보자. 먼저 당신의 성향이 목, 화, 토, 금, 수 중에서 무엇인지 파악한 후 상대의 에너지형을 살펴 대입해 보자. 그러면 당신과 상대의 에너지 상호 작용을 알 수 있을 것이다.

아래에 알기 쉽게 요약한 도표로 만들었으니 당신의 사랑 에너지 스타일을 대입해서 체크해 보기 바란다.

음양오행에 의한 나의 에너지형이나 상대의 에너지형을 판단할 때 명리학 사주로 판단하는 방법도 있지만 앞에서 설명한 오행의 특성, 즉 목(木)은 자기성장형 성질, 화(火)는 화가 지닌 다혈질 성질, 토(土)는 모든 걸 받아 주는 수용형 성질, 금(金)는 바위같은 묵묵한 수련형 성질, 수(水)는 잘 적응하며 가는 지혜형 성질로 판단해도 크게 무리가 없다. 더 깊고 상세히 파악하고 싶으면 음양오행에 관한 기초 서적만 봐도 된다. 그러나 이 정도 요약본으로도 큰 무리가 없을 것으로 생각한다.

나의 에너지 형	상대 에너지 형	에너지 상호 작용
목 (자기성장형)	화	내가 상대에게 에너지를 주어 상대의 기를 살려 준다. ▶내가 살짝 희생당하는 편이다.
	토	내가 상대의 에너지를 빼앗는다. ▶내가 상대를 괴롭히는 편이다. 목(나무)이 토(흙)의 양분을 빼앗기 때문에 토 입장에서는 힘들다. 나 스스로 괜찮은 사람이라고 생각하는데 상대가 나를 나쁜 사람으로 보는 경우가 바로 이런 이유다.
	금	상대가 나의 에너지를 빼앗는다. ▶나에게 가장 좋지 않은 형이다. 단, 나의 에너지가 너무 센 경우 기를 빼주는 순기능 역할도 있다.
	수	나에게 에너지를 주는 스타일이다 ▶나에게 가장 좋은 형이다.

나의 에너지 형	상대 에너지 형	에너지 상호 작용
화 (다혈질형)	토	내가 상대에게 에너지를 주어 상대의 기를 살려 준다. ▶ 내가 살짝 희생당하는 편이다.
	금	상대가 나의 에너지를 빼앗는다. ▶ 나에게 가장 좋지 않은 형이다. 단, 나의 에너지가 너무 센 경우 기를 빼주는 순기능 역할도 있다.
	수	상대가 나의 에너지를 빼앗는다. ▶ 나에게 가장 좋지 않은 형이다. 단, 나의 에너지가 너무 센 경우 기를 빼주는 순기능 역할도 있다.
	목	나에게 에너지를 주는 스타일이다 ▶ 나에게 가장 좋은 형이다.
토 (수용형)	금	내가 상대에게 에너지를 주어 상대의 기를 살려준다. ▶ 내가 살짝 희생당하는 편이다
	수	내가 상대의 에너지를 빼앗는다. ▶ 내가 상대를 괴롭히는 편이다. 토(흙)가 수(물)를 다 흡수해버리기 때문에 수 입장에서는 힘들다. 나 스스로 괜찮은 사람이라고 생각하는데 상대가 나를 나쁜 사람으로 보는 경우가 바로 이런 이유다.
	목	상대가 나의 에너지를 빼앗는다. ▶ 나에게 가장 좋지 않은 형이다. 단, 나의 에너지가 너무 센 경우 기를 빼주는 순기능 역할도 있다.
	화	나에게 에너지를 주는 스타일이다 ▶ 나에게 가장 좋은 형이다.

나의 에너지 형	상대 에너지 형	에너지 상호 작용
금 (묵묵수련형)	수	내가 상대에게 에너지를 주어 상대의 기를 살려준다. ▶내가 살짝 희생당하는 편이다.
	목	내가 상대의 에너지를 빼앗는다. ▶내가 상대를 괴롭히는 편이다. 금(금속)이 목(나무)를 베어버리기 때문에 목 입장에서는 힘들다. 나 스스로 괜찮은 사람이라고 생각하는데 상대가 나를 나쁜 사람으로 보는 경우가 바로 이런 이유다
	화	상대가 나의 에너지를 빼앗는다. ▶나에게 가장 좋지 않은 형이다. 단, 나의 에너지가 너무 센 경우 기를 빼주는 순기능 역할도 있다.
	토	나에게 에너지를 주는 스타일이다 ▶나에게 가장 좋은 형이다.
수 (적응지혜형)	목	내가 상대에게 에너지를 주어 상대의 기를 살려준다. ▶내가 살짝 희생당하는 편이다.
	화	내가 상대의 에너지를 빼앗는다. ▶내가 상대를 괴롭히는 편이다. 수(물)가 화(불)를 꺼버리기 때문에 화 입장에서는 힘들다. 나 스스로 괜찮은 사람이라고 생각하는데 상대가 나를 나쁜 사람으로 보는 경우가 바로 이런 이유다.
	토	상대가 나의 에너지를 빼앗는다. ▶나에게 가장 좋지 않은 형이다. 단, 나의 에너지가 너무 센 경우 기를 빼주는 순기능 역할도 있다.
	금	나에게 에너지를 주는 스타일이다 ▶나에게 가장 좋은 형이다.

이처럼 사랑에서도 기를 주는 남자, 기를 빼앗는 남자가 있다. 기를 너무 빼서 아예 진을 빼 버리는 남자도 있다.

열은 높은 곳에서 낮은 곳으로 이동한다. 그런데 에어컨과 냉장고의 작동 원리인 히트 펌프는 이와 반대로 온도가 낮은 곳에서 온도가 높은 곳으로 열을 이동시켜 우리를 시원하게 해 준다. 당신의 남자는 히프 펌프처럼 당신에게 기를 주는 남자인지 만나기만 하면 '남자는 여자를 귀찮게 해'라는 노래 가사처럼 '밥 달라 사랑 달라' 보채며 당신의 기를 빼앗는 타입인지 잘 체크해 보자. 한평생 기를 빼앗기며 살기는 힘들지 않은가.

그 남자는
30여 년을 당신의 도움 없이도
멀쩡히 살아 왔다.
그런데 자기가 없으면
그 남자가 죽거나 크게 잘못될 거라고
착각하며 용맹하게 나서는
여성 독립투사들이 있다.

결혼은 사랑으로
하는 것이 아니다

죽어도 극복할 수 없는
남자의 3대 재앙

"그런 남자는 무조건 안 돼."

남자친구의 술버릇이 안 좋다며 벌써 세 번째 상담하러 온 후배에게 한 말이다.

사회가 발전하면서 그 대가로 리스크도 대형화되어 간다. 일본 후쿠시마 원전 사고와 같은 대형 사고가 터지면 전 세계가 긴장한다. 현대 사회 리스크의 특징은 규모가 클 뿐만 아니라 비가측성, 즉 예측할 수 없다는 것이다. 결혼 생활도 마찬가지다. 대형 사고일수록 예측이 어렵고 리스크도 엄청나다. 그래서 결혼하기 전에 조금은 가늠을 해 두는 편이 좋다. 강력한 리스크로 작용할 확실한 요소가 그 사람에게 있는지. 대형 리스크를 가져올 단점이 있다면 고민할 게 아니라 그냥 결혼하는 것을 포기하는 것이 옳다.

그렇다면 사랑으로도 절대 극복할 수 없는 남자의 3대 리스크는 무엇일까? 바로 주사, 폭력, 도박이다.

결혼을 전제로 만났더라도, 아니 결혼 날짜를 잡고 청첩장까지 찍었더라도 3대 리스크가 발견되었다면 묻지도 따지지도 말고 나가던 진도를 당장 멈춰야 한다. 재앙과도 같은 3대 리스크를 가진 남자는 브레이크가 고장난 채 고속 도로를 달리는 차다.

중고차 한 대를 사야 한다고 가정하자. 사고가 났던 차인지 아닌지, 수리는 어디 어디를 받았는지, 몇 킬로미터나 주행한 차인지 꼼꼼히 살펴야 한다. 그리고 교통사고가 크게 난 이력이 있거나 침수되었던 차라면 중고차의 최대 리스크이기 때문에 사는 것을 보류해야 한다. 중고차를 살 때도 그러한데 남자를 고를 때는 얼마나 더 제대로 알고 고민해야 하겠는가.

그런데 평생 함께해야 할 남자를 고를 때는 갑자기 독립투사라도 된 양, '저 고장난 남자를 내가 어떻게든 고쳐서 데리고 살겠어요' 하고 덤비는 경우가 적지 않다. 그런 여자들의 대전제는 바로 이것이다 '저 남자는 나 아니면 안 돼.'

이해가 안 간다. 특히 똑똑한 여자들이 이런 실수를 많이 저지른다. 왜 희생하지? 희생하고 싶어 결혼하나? 그 남자는 30여 년을 그 여자의 도움 없이도 멀쩡히 살아왔다. 그런데 갑자기 자기가 아니면 그 남자가 죽기라도 하거나 크게 잘못될 것처럼 생각하고 희생의 아이콘으로 빙의하여 덤벼드는 것이다. 그런 여자들에게 꼭 말해 주고 싶다.

"정신 못 차리시는 독립투사 여성분, 잘 들으세요. 결혼은 연애처럼 이상적이지 않습니다. 아주 현실적이고도 물리적입니다. 결혼하면 부부 싸움을 하더라도 한 공간에 있어야 합니다. 친정에도 못 갑니다. 처음에 한두 번은 갈지 몰라도. 친구한테도 말 못합니다. 창피해서. 그다음은 어떻게 되냐고요? 혼자 서서히 골병 들어가기 시작하지요. 남자 치료하려다가 본인이 먼저 병드는 겁니다."

김해 공항에 내리면 다 그 사람 땅이라는, 지역 유지가 있다. 편의상 준재벌 씨라고 하자. 준재벌 씨는 평소에 워낙 얌전한 사람인데 결혼 10년 만에 이혼을 당했다. 알고 보니 술만 먹으면 주사가 나오는데, 술버릇 레퍼토리가 의처증이라고 했다. 술을 마시고 집에 들어오면 이따금 자고 있는 아내의 옷을 걷고 키스 자국이 있는지 살폈다. 아내 입장에서 신혼 때 두어 번은 자기를 너무 사랑해서 그러나, 하고 넘어갔다. 그런데 해가 갈수록 심해졌다. 5~6년이 지나면서는 술만 먹고 들어오면 무조건 키스 자국을 찾고야 말겠다며 제 분에 못 이겨 씩씩대는 것이었다. 아내는 술 취한 남편의 눈동자만 봐도 소름이 끼치고 술 먹고 집에 들어오는 남편의 발소리만 들어도 심장이 덜컥 내려앉았다. 남편은 술이 깨고 나면 싹싹 빌고 사과했지만 술에 취하면 또다시 무한 반복이었다. 아내는 시댁에 가서 하소연까지 했는데 놀라운 것은 그 술버릇을 식구들은 이미 알고 있었다는 사실이다. 그동안 숨겨 왔던 술버릇을 이제야 들켰구나, 하는 식이었다. 아내는 결국 10년만에 이혼을 결심했다. 남편이 100억대 자산가인데도 아내는 전셋집 하나 받지 않고 아이 셋 데리고 무조건 나와 버렸다. 도저히 견딜 수가 없었기 때문이다.

　내 동생도 술만 먹으면 괜히 들뜬 기분에 밤 12시가 넘었든 어떻든 간에 아무 데나 전화를 거는 버릇이 있다. 본인은 기분이 좋아서 한다지만 깊은 밤 전화벨 소리에 깨서 횡설수설 하는 술주정을 들어야 하는 사람은 고통스럽다. 그렇게 고쳐 보라고 타일러도 도무지 나아지지 않았다. 그래서 나는 동생이 결혼할 때 독한 처방을 내리기로 결심했다. 당시 우리 집은 아버지가 돌아가신 후라 내가 가장 노릇을 하며 집도 얻어 주고 결혼식도 다 준비해 줬는데 결혼식 당일날 식장에 들어가지 않았다. 식장 밖에 있었다. 버릇을 고쳐 보겠다고 내 딴에는 특단의 조치를 취한 셈인데, 다시는 안 그러겠으니 결혼식장에만 들어가 달라고 매달리던 동생은 10년이 지난 지금도 새벽 2시든 3시든 "행님, 술 한잔 하입시더" 하고 전화를 해 댄다. 열한 살 난 자기 아들한테 술버릇 고치라며 야단맞고부터는 좀 나아졌지만.

　그게 술버릇이다. 좀처럼 고쳐지지 않는다. 작은 술버릇이라도 상대는 피곤하고 사회적으로 신뢰를 잃을 수 있다. 너무나 사랑해서 그 사람을 위해 희생하고 싶다는 마음은 아름답다. 하지만 그 사람의 술버릇은 절대 이해해서도 용서해서도 안 된다. 희생을 하려면 그만한 가치가 있는 것에 희생해야 한다. 술주정뱅이에게 필요한 것은 의사와 상담사이지 당신이 아니다. 주사는 정서적 문제가 아니라 병이기 때문이다. 남자의 3대 리스크. 그 첫 번째! 사랑해도 술버릇은 안 된다. 절대.

　한편, 남자친구가 술버릇은 괜찮은데 술을 너무 많이 마시는 게 걱정이라는 여자들도 많다. 저렇게 마셔대다가 건강을 해치지는 않을까, 알코올 중독이 되지는 않을까, 하고. 한국 남자들 정말 술 많이 마신다. 러시아 다음으로 많이 마신다고 한다. 놀이 문화를 느긋하게 즐기지 못하는 한국 문화의 습성 때문이기도 하고, 경제적으로 어려운 탓에 가장 싼 비용으로 가장 빠르고 쉽게 스트레스를 풀 수 있는 수단이 술이기 때문이기도 하다.

나도 직업상 술을 자주 마시는 편이다. 대체로 프로그램에 섭외하고 싶은 연기자들과 술을 마시는데, 맨정신에 연기자 섭외하려면 참 힘들다. 작품성 따지고 캐릭터 따지고 스케줄 따지고 까탈스럽기가 이를 데 없다. 그런데 술 한잔 하다 보면 금방 형님 동생, 오빠 동생이 된다. 그러면 김보성이 단골로 외치는 '의리'로 뭉쳐 섭외가 성사될 때가 많다. 이렇게 술에는 좋은 점도 있다. 그리고 선천적으로 알코올 분해가 잘 되는 사람도 있다. 나와 형님 동생 하며 15년을 지낸 영화사 대표인 김현철 사장은 소주 몇 병을 마셔도 끄덕없다. 알코올 측정기를 갖다 대고 불어도 알코올 농도가 거의 나오지 않는다. 술을 바로바로 해독시키는 놀라운 체질이다. 그런데 한 모금만 마셔도 목까지 빨개지는 친구도 있다. 자기가 소화할 수 있는 체질 범위 내에서 마시는 것은 괜찮다고 생각한다. 그런데 이기지 못할 만큼 마시는 건 절대 안 된다. 쉬운 예로 필름이 끊기는 수준까지 마시는 사람들이 있다. 가끔 이걸 무용담이라도 되는 양 말하는 남자들도 있는데, 이건 바로 경고감이다.

술에는 장사 없다. 지나친 술은 반드시 건강에 적신호를 보낸다. 평범하지만 아주 섬뜩한 진실이 있다. '건강이 없으면 아무 것도 없다.' 건강이 없으면 당신 남자와의 사랑도 없다. 당신보다 술을 더 사랑하는 남자라면, 주사가 없으니 괜찮다며 매일같이 술을 마시는 사람이라면 심각하게 고민해 보기를 바란다. 스스로 제어가 안 될만큼 술을 마시는 술고래와 평생을 사는 건 생각보다 훨씬 힘든 일이다.

　그 다음 리스크는 폭력성이다. 평소 화가 나면 뭔가를 걷어찬다거나 벽을 친다거나 병을 깬다거가 하는 일이 두세 번 반복되었으면 의심해 봐야 한다. 너무 화가 나서겠지, 어쩌다 한 번이겠지, 하고 넘어갔다가는 그 주먹에 당신이 맞을 수도 있다는 걸 명심해야 한다.

　폭력성은 여자보다 남자에게 두드러지며, 아버지의 난폭함이 아들에게만 유전된다는 연구 결과도 있다. 미국 플로리다 주립대학에서 사회생물학적 범죄학을 연구하는 케빈 비버 교수는 미국 국립 청소년 보건 연구에 참여한 남자 청소년 2,500명 이상의 DNA 자료와 생활 모습을 조사했다. 그 결과 'MAOA(Monoamine oxidase A)'라 불리는 유전자를 갖고 있는 남자 청소년은 미래에 폭력 조직에 가입할 가능성이 더 높은 것으로 드러났다. 이 유전자는 자식에게 모두 대물림되지만 딸에게서는 발현되지 않고 아들에게서만 드러난다고 한다. 여자는 MAOA 유전자를 가지고 있어도 여성 호르몬이 유전자의 발현을 억제하기 때문이다.

　이 연구를 통해 폭력은 사회적 영향 뿐만 아니라 생물학적 요인도 작용한다는 것이 밝혀졌다. 선천적으로 사납고 폭력을 잘 쓰는 성격이 있다는 것이다. 그러나 후천적 요인 즉, 본인의 의지나 환경에 따라 폭력의 유전성이 억제되기도 한다. 내가 아는 삼형제가 있는데 그중 장남이 항상 걱정하는 게 있었다. 어릴 적부터 아버지의 폭력을 보며 자랐기 때문에 혹시 형제들이 커서 그 영향을 받지나 않을까…… 하는 것이었다. 그래서 그 형제는 도원결의하듯이 약속했다고 한다. 자신들은 절대 폭력을 쓰지 말자고. 다행히 지금까지 30년이 지나도록 형제들이 가정에서 폭력을 사용한 적은 없다고 한다.

그런데 다른 남자가 폭력을 쓰면 기겁을 하면서도 정작 자기의 남자친구나 남편의 폭력성은 이상하게 합리화하고 받아들이는 여자들이 의외로 많다. 폭력적인 모습에 깜짝 놀라다가도 상대가 돌변해 다정하게 굴면 '아! 이 사람은 본래 다정한 사람이었고 잠시 화가 난 것 뿐이야'라고 믿어 버리는 것이다. 그리고 말한다.

"내가 곁에 있다면 이 남자는 달라질 거야."

"이 사람은 내가 없으면 안 돼."

"불쌍한 사람, 이 사람은 나를 너무 사랑해서 화가 많이 났던 거야."

그 밖에 너무 남자다워서, 그럴만한 이유가 있어서, 자기도 모르게 그만 등등의 이유를 갖다 붙이며 이해하려 한다. 하지만 꼭 알아야 하는 것은 아무리 똑똑하고 참을성이 많은 여자라도 남자의 폭력성을 교정할 수는 없다. 폭력성이라는 것은 어릴 때부터 새겨지고 쌓인 속성이라 쉽게 달라지기 어렵다. 그러다가 결국 자신이 크게 다치고서야 후회하는 것이다. 연애 때는 벽을 때리던 주먹이 결혼을 하고 나니 자신에게 향하더라는, 한숨 섞인 후회를 하며 이혼을 결심하는 여자들을 적잖이 봐 왔다. 제아무리 똑똑하고 참을성 많은 여자도 남자의 폭력성을 바꿀 수는 없다는 사실을 꼭 알아야 한다. 사랑해도 결코 폭력은 안 된다. 절대.

마지막은 도박이다. 방송사 앵커로 잘나가는 친구에게서 들은 이야기다. 여동생이 하나 있는데, 서른 아홉이 되도록 결혼을 안 했다고 한다. 선을 수백 번 봤는데 전부 맘에 안 들어했다. 그런데 어느 날 체육대학을 나오고 골프 강사에 집안도 탄탄하고 성품도 괜찮은 남자를 소개 받았다. 서로 워낙 잘 맞아서 만난 첫날부터 술 내기까지 하며 늦도록 함께 시간을 보내더니 거의 매일 데이트를 했고 이내 결혼 이야기가 오갔다. 그런데 알고 보니 남자에게 빚이 조금 있더란다. 아파트를 구입하면서 담보 대출을 받았나 했는데 그게 아니었다. 친구들과 도박을 하다가 판이 커지는 바람에 돈을 제법 잃었고 그걸 갚느라 대출을 받은 것이었다. 남자는 초반에 몇 천만 원을 따다 보니 이내 도박에 재미를 붙였다. 그런데 점점 돈을 잃기 시작하더니 급기야 아파트까지 담보로 잡혀 1억이나 날린 것이다. 돈을 잃은 뒤로는 다시 돈을 찾겠다는 일념으로 도박을 계속했던 것이고 절대 상습 도박꾼은 아니라고, 돈만 다 찾으면 다시는 도박을 하지 않을 것이라고 했다.

손가락을 끊으면 발가락으로라도 하는 게 도박이라고 하니 친구와 동생은 걱정이 되었다. 하지만 동생은 힘들게 만난 마음 맞는 남자라 쉽게 포기할 수 없었고 대신 남자에게 서약서를 받기로 결정했다. 다시는 도박을 하지 않겠다는 서약서. 하지만 한 달여 만에 남자는 다시 도박에 손을 댔고 이를 친구의 동생이 알게 되면서 결국 헤어졌다. 나중에 여자는 아쉬움이 남아 그 남자의 뒷조사를 했는데, 여전히 도박을 하고 있어 크게 실망하고 완전히 마음을 접었다고 한다.

누구나 처음부터 바로 도박으로 시작하지는 않는다. 하지만 스트레스를 받을 때 화투나 카드 게임 같은 도박성 게임으로 스트레스를 푸는 걸 좋아한다거나, 평소에 온화한 성격인데 돈 내기를 하면 무서우리만치 승부욕을 불태우는 남자라면 의심해 볼 만하다. 회사에서 MT를 가서 카드 게임을 하다 만 원을 잃었는데, 그 잃은 만 원 다시 찾느라 밤새워 카드를 했다, 이런 남자라면 위험하다. 아무리 사랑하는 남자라도 도박에 빠졌거나 빠질 것 같다면 그만 헤어지는 편이 좋다. 사랑에도 도박은 안 된다. 절대.

위의 3대 리스크가 있는 남자는 옐로카드도 필요 없다. 가차 없이 레드카드를 날려 주고 새 남자를 찾기 바란다. 아직 초기라고 해서 가벼이 여기거나 마음이 힘들어서, 안정이 안 되어서 그런 거라 생각하고 당신이 옆에서 잘 도와주면 괜찮을 거라고 생각했다가는 큰코다친다. EBS 〈다큐프라임─남편이 달라졌어요〉 프로그램의 작가 친구들에게 들어 봐도 마찬가지였다. 폭력성, 술버릇, 도박으로 문제를 일으키는 남편들은 정말 치료가 힘들다고 한다. 치료되는 건 거의 기적이고(그래서 감동하는 거다), 정말 괜찮아지는 경우는 1~2%나 될지 모르겠단다.

친오빠의 마음으로 조언한다.
'난 네가 결혼해서 잘 살기를 바라. 희생하는 거 원하지 않아. 1~2%의 가능성에 매달려 기적을 바라는 그런 결혼은 안 돼. 난 네가 잘 먹고 잘 살았으면 좋겠어. 똑바른 남자 만나길 바라. 고장 난 남자 만나면 절대 안 돼. 정신 단단히 차려.'

내 남자의 트라우마

"그 남자 이상해요, 별것도 아닌데 혼자 버럭하고 오버해요. 사이코 같아요."

"뭔가를 건드린 거야, 네가 모르는 남자의 그것을."

"그게 뭐예요?"

"앵커."

"앵커? 손석희 앵커?"

"흠…… 하여튼 그건 건드리면 안 돼."

"리스크 같은 거예요?"

"리스크랑은 달라."

anchor. 닻. 사전적 정의는, 바닥에 딱 박혀 파도와 바람에도 배가 못 움직이게 하는 것. 그런데 사람에게도 앵커가 있다. 그 사람을 움직이지 못하게, 무기력하게 하는 앵커. 그것은 사람의 과거의 상처와 알레르기다. 트라우마라고도 하고 아킬레스건이라고도 하는데, 나는 주로 앵커라고 표현한다. 한 번 박히면 뽑아내기가 어렵기 때문이다. 이런 부분은 평소에는 드러나지 않는다. 그런데 사귀던 중에 이 부분을 건드리면 자기도 모르게 폭발해 관계에 심각한 문제가 생기곤 한다.

중국도 3T(타이완, 티벳, 천안문을 영어로 하면 앞이 다 T자다) 앵커가 있다. 그래서 외교 석상에서 3T 얘기만 나오면 그 회담은 물 건너 갔다고 봐야 한다. 이렇게 건드리기만 해도 되돌릴 수 없을 만큼 관계를 악화시키는 것이 앵커다. 이 앵커는 쉽게 극복하거나 나아질 수 있는 것이 아니다. 마음속 깊숙이 각인되어 있기 때문이다.

조금 창피한 이야기인데 동네 사람들이 우리 어머니에게 붙여 준 별명이 '양아치 할매'다. 여든이 넘으신 어머니는 일흔 다섯 살까지 음주가무가 동네 노인정에서 가장 출중했고 담배까지 늘 물고 다니셨다. 게다가 노인회장 할아버지와 모텔에 갔다가 들키기도 했으니…… 가히 양아치 할매다.

〈세친구〉, 〈남자셋 여자셋〉에 나오는 반효정, 김용림 선배의 캐릭터 모델이 우리 어머니다. 이 말을 듣는 사람은 늘 재미있다고 웃는데 당사자인 나는 미칠 노릇이다. 술고래에 골초인 어머니 때문에 부모님의 갈등이 이만저만이 아니었기 때문이다. 그 과정을 지겹도록 지켜본 나는 여자의 음주와 흡연에 저항감이 생겼다. 저항감은 점점 단단하게 굳어서 앵커가 됐다. 나는 어른이 돼서도 술, 담배를 멀리했다. 술과 담배에 '질려서', 정말 너무 질려서. 나는 마흔이 넘어서야 술을 배웠고 담배는 지금까지도 피우지 않는다.

사람들은 예술하는 사람이 왜 술, 담배를 안 하느냐, 방송일이 스트레스가 많은데 어떻게 해결하느냐고 종종 묻는다. 내 가족사까지 말하고 싶지 않아서 대충 건강을 생각해서라고 둘러댄다. 같이 일하는 동료인 여자 작가들이 담배를 피우거나 술을 마시는 것에는 별다른 저항감이 없다. 하지만 내 여자만은 안 된다. 내 여자에게는 앵커가 발동되는 것이다. 주변 사람들이 감독님은 개방적인 스타일이지 않냐며 의외라고 하는데 그것이 나의 앵커이다보니 좀처럼 극복되지 않는다. 같이 일하던 여자 연기자가 촬영 끝나고 회식을 하는데 작은—남들 눈에는 귀여운—술주정이 시작됐다. 그걸 본 내가 매니저보고 빨리 데려가라고 했더니, 그 연기자는 "감독님께서는 제가 싫으신가 봐요. 다른 사람들은 저 술 마시면 귀엽다는데" 하며 투정을 부렸다. 나는 아무리 예쁜 여자라도 술주정을 부리면 절대 귀엽지 않다. 네버.

최근 몇 년 사이에 나온 발표를 보면 이러한 앵커들, 혹은 트라우마를 지울 수 있는 방법이 적극적으로 연구되고 있는 듯하다. 서울대 연구진이 발표해《미국국립과학원회보(PNAS)》에도 실린 연구 결과에는 뇌신경세포의 연결 부위인 시냅스에서 기억을 어떻게 떠올리고 다시 저장하는지 그 메커니즘을 규명했다. 간단히 설명하면 이렇다. 우리 기억은 단기 기억과 장기 기억으로 나뉜다. 그중 장기 기억은 한 번 만들어진 후에 반복적으로 떠올리고 다시 저장하면서 각인된다. 첫 기억은 뇌 안에서 특정한 단백질이 합성되어서 시냅스의 구조가 단단해질 때 만들어진다고 한다. 그리고 이 기억을 떠올리려면 반대로 시냅스를 단단하게 만든 단백질을 분해하는 과정이 필요하다. 그리고 떠올린 기억을 다시 저장하려면 단백질이 재합성되어야 한다. 그러니까 이 단백질의 재합성 과정을 차단하면 기억이 저장되지 않고 이로 인해 트라우마도 머릿속에 저장되지 않는다는 것이다. 아직은 신경 체계가 단순한 바다달팽이를 이용한 실험에 머물러 있지만, 앞으로 연구를 거듭한다면 얼마든지 트라우마나 앵커가 될 만한 기억들을 흐릿하게 만들 수도 있을 듯하다.

이 기회에 독자들도 자신의 앵커에 대해 파악해 보았으면 한다. 그리고 남자친구에게 이러저러한 말에는 특히 크게 상처를 받으니 건드리지 말아 달라고, 그리고 행여 순간 버럭, 하는 반응을 보이더라도 이해해 달라고 이야기하길 권한다. 단, 본인의 앵커 중에서 연애 상처에 대한 앵커는 절대 말하면 안 된다. 이건 이해의 폭이 넓어지는 것이 아니라 분란을 일으키기 십상이다. 남자들의 질투는 여자들이 상상하는 것보다 훨씬 심하다.

남자들의 치명적인 3대 리스크인 술버릇, 폭력, 도박과는 달리 앵커는 인간이라면 누구나 한두 가지쯤은 있을 수밖에 없다. 그러니 앵커에 대해서만큼은 서로 허심탄회하게 이야기하고, 고치려 들기보다 받아들이며 서로 이해해가는 것이 중요하다. 그 앵커가 '닻'에서 나아가 '덫'이 되어 상대를 괴롭히지 않도록 배려해야 한다.

“상처 없는 영혼이 어디 있으랴.”

프랑스 시인 랭보의 시 「지옥에서 보낸 한철」의 ‘굶주림’ 편에 나오는 구절이다. 정말 상처 없는 영혼이 세상 어디에 있겠는가. 그것을 함께 껴안고 세상을 헤쳐 가는 것, 바로 그것이 바로 사랑의 힘일 것이다.

그나저나 우리 양아치 할매는 이 책을 안 보겠지?

노인정 할아버지 사건 절대 소문내지 말라고 했는데.

내 남자 어떻게 질투하나?

"소리 없이 강하다."

자동차 광고 문구냐고? 아니다. 남자의 질투를 한 줄로 표현한 것이다. 일반적으로 남자는 이성적이고 여자는 감정적이라고 한다. 그러나 질투 앞에서만큼은 이야기가 달라진다. 평소 포커페이스에다 냉정하고 무심한 모습으로 지내는 남자들이 연애 앞에서는, 정확히 말해 질투 앞에서는 무너지고 화내고 괴로워한다. 남자의 이런 모습에 여자들은 '아, 날 많이 좋아해서 저렇게 감정이 폭발하나 보다' 하며 내심 좋아하기도 하고 '왜 저래, 남자가' 하고 등을 돌리기도 한다.

내가 사귀지 않는 세상의 모든 남자들은 마음이 넓고 잘 이해해 주는 것 같은데, 왜 내가 사귀는 남자는 사귀면 사귈수록 더 감정적이고 질투심도 강한 걸까? 남자의 포커페이스는 사회적 성공을 위한 이성적 판단의 힘이다. 하지만 사적인 영역인 여자친구나 부인에게는 본심, 감정적인 상태가 그대로 드러나기 때문에 내 남자는 언제나 마음이 좁고 질투도 심하다고 느껴지는 것이다.

과학적으로 보았을 때도 남자가 여자보다 더 감정적이라고 한다. 2008년 《스칸디나비안 심리학 저널(Scandinavian Journal of Psychology)》에 실린 논문을 보면 남자가 여자보다 덜 감정적이라는 건 잘못된 편견이라고 한다. 이 논문을 발표한 스웨덴 룬드대학 연구진에 따르면, 남자가 감정적이라는 사실은 남녀 어린이의 표정 관찰에서 드러나는데, 남자 어린이가 더 쉽게 감정을 얼굴에 드러내고 이러한 현상은 어른이 되어서도 마찬가지라고 한다. 단, 성인 남자의 경우 자신이 감정적 상태가 되었다는 사실을 인식하는 순간부터 감정을 감추기 위해 노력한다. 이는 성장 과정에서 '남자는 감정을 드러내 보이면 지는 것'이라는 교육을 받았기 때문이기도 하고, 동시에 '싸울지 도망갈지'를 결정해야 하는 상황에 자주 놓이기 때문이기도 하다.

남자는 싸워서 이기게끔, 혹은 가장 적절한 타이밍에 도망을 가게끔 진화해 왔다. 그렇기 때문에 우선 표정으로 상황을 냉정하게 본다는 것을 표현하고 그동안 자신의 입장을 정리하며, 그 후 싸우기로 했다면 더욱 감정적으로 자신의 감정 상태를 폭발시킨다는 설명이다. 도망을 갈 때는 냉정한 표정을 그대로 유지함으로써 자신이 상황에 굴복하지 않았다는 것을 합리화하는 것일 수도 있겠다.

자신이 질 상황과 이길 상황 모두에 대해 감정 조련을 하는 남자들이기에 이성적인 상황인 직장 생활이나 사회 생활에서는 자신의 감정을 조절하며 지낸다. 그러나 남녀 관계는 개인적 영역, 즉 남들이 모르는 개인사이며 이기고 지고와는 다른 차원의 상황이기 때문에 남자의 속성 그대로 감정적이 되는 경우가 많다.

보통 '질투'라고 하면 여자의 감정이라고 생각하기 쉽지만 실은 남자가 내면적으로 더 질투를 많이 한다. 적어도 사랑 앞에서는. 일례로, 아무리 질투심이 많은 여자라도 남자가 바람을 피우면 대개 한 번은 용서해 준다. 그러나 여자가 바람을 피우면 남자들은 거의 용서를 하지 못한다. 속이 밴댕이라서 그런 게 아니라 바로 질투 때문이다. 왜 그럴까?

진화심리학에서는 이렇게 설명한다. 남자와 여자는 심리적으로 다르게 진화했다. 여자는 정신적 불륜과 육체적 불륜 중에서 전자에 더 강한 질투심을 느낀다. 남편의 정신적 불륜을 막아 자신이 얻을 수 있는 자원을 다른 여성에게 빼앗기는 것을 차단해야 하기 때문이다. 반면 남성은 정신적 불륜과 육체적 불륜 중에서 후자에 더 강한 질투심을 느낀다. 남성은 부인의 육체적 불륜을 막아 자녀가 친자임을 확실히 할 필요가 있기 때문이다.

남자의 질투 심리를 사회적인 측면에서 보자. 남자에게 경제력이든 외모든 능력이든 모든 게 매우 중요한 이슈인데, 그것은 사랑하는 사람에게 자신의 능력을 인정받고 싶어 하기 때문이다. 그런데 아내 주위의 다른 남자가 자기보다 잘났다고 생각되면 자책감에서 오는 질투심이 매우 커진다. 남자는 사랑하는 사람에게 최고의 남자로 인정받고 싶어하는 욕구가 매우 강하기 때문이다.

〈롤러코스터〉의 '총 맞은 것처럼' 코너는 처음에는 총 맞은 것처럼 가슴
이 찢어지는 남자의 질투심을 그리려고 기획한 것이다. 남자의 질투심을
가장 적나라하게 그려 낸 로브그리예의 『질투』라는 책을 읽다가 남자의 질
투를 코믹하게 그려 보고 싶었다. 이 책에서는 남자의 질투에 대해 이렇게
말한다. "남자가 질투하면 질투하는 자신을 돌아볼 겨를이 없고 오로지 의
심에 찬 눈으로 상대를 관찰함으로써 스스로도 괴롭힌다." 이처럼 질투는
상대도 괴롭지만 자기 스스로도 괴롭히는 무서운 자학병이다.

남자들 동창 모임에 갔는데 자기보다 못한 놈이 외제 차 키를 돌리며 예
쁜 여자를 데리고 들어오면 정말 총 맞은 기분이다. 시트콤 〈세친구〉에서
남자의 이런 질투를 많이 다루었다. 박상면이 괜찮은 여자를 만나자 윤다
훈은 질투가 난다. 그래서 나름 지원 사격을 해 주겠다고 따라가서는 상면
이 화장실 간 1분 사이에 그 여자를 유혹해 버린다. 또 다른 에피소드에서
는 윤다훈이 예쁜 여자를 만나자 질투가 난 박상면은 여자에게 진실을 말
해 줘야 한다며 여자를 몰래 만난다. 그리고 여자에게 '다훈이가 과거 간통
죄 경력이 있는데 그걸 말 못해서 괴로워하니 지난 과거를 잘 이해해 달라'
며 친구의 진심 어린 부탁을 가장하여 질투심을 폭발시킨다. 남자에게 지
난 연애의 앵커에 대해 잘못 이야기했다가는 만나는 내내 약점마냥 질투하
고 스트레스를 줄지 모른다.

질투는 삶의 에너지이며 사랑에도 꼭 필요한 요소라고 하지만, 그것이

심할 때는 남자의 3대 리스크(폭력, 도박, 폭음) 못지 않게 위험한 요인이 된다. 그래서 남자가 질투할 때 나오는 행동을 잘 살펴볼 필요가 있다. 질투에 애교 섞인 질투로 복수하는 남자는 괜찮다. 이런 경우는 좀 유치하지만 장난기 많은 남자들이 자주 하는 행동이다. 여자친구가 질투를 일으킬 만한 행동을 했을 때 자기도 똑같이 갚아 주며 투정을 부리는 것이다.

"네가 저번에 회사 동기 모임 있을 때 너만 여자였다며. 그래서 나도 오늘은 회사 여직원들이 초대해서 모임에 참석하러 간다~.' 이렇게 말하며 진짜 모임에 가버린 그. 처음에는 황당했지만, 이제는 좀 익숙해져서 그런지 괜찮은 것 같아요. 왜냐하면 복수하는 척 그런 자리에 참석하면서도 늘 문자 메시지로 저를 챙겨 주거든요. '봐, 너두 내가 여자들이랑만 노니까 심술 나지? ㅎㅎ 나도 그때 그랬다구. 내 사랑 누가 뺏어 갈까 봐 걱정됐다구.' '아…… 역시 네가 최고야. 아무리 여자가 많아도 너 없으니까 너무 재미없다.' 이런 식으로 문자를 보내 주는 그를 보면 정말 사랑스러워요."

질투에 질투로 복수하고 삐치기도 하는 이런 행동들은 귀여운 편이다. 그런데 1분 1초도 떨어지기 싫어 시도 때도 없이 수시로 전화를 하거나 상대방의 일거수일투족을 모두 알고 싶어 한다면 문제다. 연애 초기에는 '낭만적이고 나밖에 모르는 사람'이라고 생각할 수도 있지만 나중에는 숨이 막히고 답답하게 느껴질 것이다. 도를 넘어선 질투는 사랑이 아닌 집착이다. 당신에 대한 열렬한 관심은 곧 감시로 변해서 궁극적으로는 자기 지배하에 두려고 할 것이다. 그는 친구들에게 자기가 당신을 얼마나 잘 통제하고 있는지 과시하려고 할 것이다. 이러한 행동은 소유욕이지 사랑이 아니다.

남자의 질투가 심각한 사례를 하나 소개하겠다. 털털하고 정말 '남자다운' 남자였다. 역사학을 전공한 전임 강사에 집안도 좋았다. 남자는 여자를 세상에서 제일 예쁘다고 하며 열렬히 구애했다. 여자는 당연히 기뻤다. 그런데 그 남자는 여자가 일 때문이든 무엇 때문이든 다른 남자와 이야기만 해도 싫어하더란다. 여자는 남자가 자신을 너무 사랑해서 그러는 것이겠거니, 하고 예사로 넘기고 결혼을 했다.

털털하고 과묵한 그 남자는 결혼 초기에는 별 문제가 없었다. 그런데 조금 시간이 지나자 여자가 외출하는 것을 노골적으로 싫어했다. 카톡이든 메시지든 전화든, 울리기만 하면 누구에게서 온 것인지를 물었고 급기야는 여자가 휴대전화를 두고 잠시 자리를 비운 사이에 전화기 속 연락처를 뒤져 남자 이름을 확인하였다. 문자 메시지, 페이스북까지 다 뒤지고 급기야는 술을 먹고 와서는 여자를 밤새 자지 못하게 하고 남자 관계를 캐물으며 괴롭혔다. 그 남자의 질투심은 의처증으로까지 발전했고, 결국은 결혼 1년 만에 이혼을 했다. 그 남자는 여자를 너무 사랑해서 질투했다고 하지만 내 생각은 그렇지 않다. 그 남자는 환자였다. 그것도 중증 환자.

사랑할 때는 남자의 질투가 자랑거리가 될 수도 있다. 그가 당신을 미친 듯 사랑해서 그토록 강렬하게 당신을 원하는 것이라 생각하여 기분이 좋아질 수도 있다. 그러나 선을 넘은 질투는 집착이고, 집착은 분노를 낳고, 폭력으로까지 이어질 수 있다. 그리고 마침내 그의 지속적인 감시에 질식당하는 기분이 들 것이다.

집착은 병이다. 당신은 당신의 자유를 포기하고 그의 지나친, 질투를 넘어선 집착까지도 받아들일 것인가? 당신 남자의 질투는 어느 정도인지, 질투심을 표현할 때 그 모습이 어이없으면서도 귀여워 웃음이 나오는 정도인지, 아니면 답답하고 짜증나다 못해 가끔 무서운 생각이 들 정도인지, 그리고 당신은 그것을 어느 선까지 감당할 수 있을지 꼭 체크해 보기 바란다.

부모

연애할 때는 그 사람 한 명만 보면 된다. 하지만 결혼을 결정할 때는 반드시 부모를 체크해야 한다. 결혼은 당신과 그 남자가 서로의 가족에게 포함되는 것이기 때문이다. 가족력이나 가정 환경, 당신의 남자친구를 대할 때의 부모님의 태도 등을 폭넓게 살펴보아야 한다.

체질과 성격은 부모로부터 유전자로 이어진다. 먼저 체질부터 체크해보자. 흔히 아버지가 술을 마시면 자식들도 술을 잘 마신다. 알코올을 잘 분해시키는 유전자를 이어받았기 때문이다.

친한 선배의 집안은 고혈압이 가족력이었다. 가족 모두가 고혈압이다. 그리고 불행히도 세 형제가 모두 고혈압으로 예순을 넘기지 못했다. 첫째 형은 뚱뚱하고 덩치도 컸는데 예순이 못 되어서 화장실에서 혈압이 올라

죽었다. 둘째 형은 한의사라서 자기 몸 하나는 정말 잘 챙겼다고 한다. 하지만 마른 몸이었는데도 결국 예순을 넘기지 못하고 혈압이 갑자기 나빠져서 돌아가셨다. 막내 형도 마찬가지라고 했다. 주변을 둘러보면 이런 경우를 어렵지 않게 볼 수 있다. 타고난 체질은 무시할 수 없다.

나도 우리 부모를 닮아 키가 작고 개성 있게 생겼다('못생겼다'는 말은 차마 내 입으로 못하겠다). 10대 때 내 고민의 전부는 외모였다. 남자인데도 우리 부모는 왜 이렇게 나를 작게, 못나게 낳았을까, 열성 유전자만 물려받은 것 같아 많이도 원망했다. 그러다가 서른이 넘어서야 그 원망을 조금 덜하게 되었다. 어느 날 머리를 빡빡 밀고 나타났더니 다들 머리 두상이 너무 예쁘다고 하는 게 아닌가! 처음 듣는 예쁘다는 소리에 정말 감개무량했다. 그리고 엉덩이도 쭉 올라간 게 제법 섹시하다고 했다. 섹시까지? 난 거울로 나의 섹시한 뒤태를 보려고 노력했지만 확실하게 볼 수는 없었다.

누구나 알게 모르게 부모로부터 물려받는 것들이 의외로 많다. 그러니 여자들, 남자친구의 부모가 건강 체질인지 약골 체질인지 꼭 체크해 보길 바란다. 물려받은 외모 자체는 너무 따지지 말고. 나 같은 사람 정말 서럽다.

성격은 환경에 따라 많이 바뀌는 것 같다. 부모의 성격을 그대로 물려받기도 하지만 환경이나 노력을 통해 성격이 달라지기도 한다. 그렇다 보니 유전과 환경 중 어느 것이 한 개인의 개성을 결정짓느냐는 문제, 이른바 '본성이냐 양육이냐(Nature vs. Nurture)'라는 문제가 과학계에서는 여전히 쉽게 풀리지 않는 논쟁으로 남아 있다. 카이스트 뇌공학과 정재승 교수는 선천적인 것을 많이 강조한다. 그래서 유전자에 집중한다. 우리의 모습이나 성격의 51%쯤은 유전자의 영향으로 결정된다고 주장한다. 반면 카이스트 뇌공학과 이광형 교수는 후천적인 것을 강조한다. 교육을 받고 칭찬을 하면 도파민이 나오고, 그에 반응하여 습관이 바뀌면 후성 유전자 변형으로 개성이 바뀐다는 것이다. '선천적이냐, 후천적이냐' 논쟁은 이렇게 수백 년간 이어져 오고 있다. 그래도 부모 성격을 꼭 보라. 유전적인 요인이라는 선천적 요인은 물론이고, 성장 배경이라는 후천적 요인도 부모에게 크게 의존하기 때문이다. 다혈질인지, 소심이 인지. 그리고 나와 맞는 쪽은 어느 쪽인지 꼭 파악해 보라.

그리고 자기의 부모를 바라보는 남자의 시각 또한 중요하다. 부모를 롤모델로 삼는 사람인지 아닌지도 파악해야 한다. 아버지와 어머니의 어떤 부분을 닮고 싶다는 것은 가정의 분위기가 좋았다는 것을 방증한다. 반대로 격렬하게 거부하는 모습을 보인다면 집안 분위기가 좋지 않았거나 부모 중 어느 한쪽과 마찰이 심했을 가능성이 높다. 그다음으로, 그 부분이 이 사람의 성격에 어떤 영향을 끼쳤을지를 가늠해 보아야 한다. 평소에는 씩씩하고 밝은 사람이었다고 해도 어릴 때부터 가정 환경에 대한 트라우마가 있다면 언제 그 부분이 문제가 될지 모른다. 열심히 극복했다고 해도 반대로 지나치게 그 부분에 집착하는 성격이 되었을 수도 있다. 이를테면, 화목한 가정에서 자라지 못해 화목한 가정을 최고의 가치로 삼는 사람이라면 지나치게 가족 사이의 유대 관계를 강조하여 오히려 서로를 너무 얽맬 수도 있다. 또는 가족지상주의에 빠져 자기 가족 외에 사회에는 지나치게 무심하거나 타인을 배려 없이 함부로 대할 우려가 있다. 그러니 지금 결혼을 고민하고 있다면, 그 남자의 집안을 반드시 정확하게 파악해야 한다.

그리고 너무나 현실적인 체크 사항이라 살짝 비난받을지 몰라도, 나는 남자 아버지의 재산이나 능력도 살펴보라고 하고 싶다. 그대들에게는 정말 현실이니까. 언젠가 신문을 보니 평범한 사람이 물만 마시고 60년 넘게 모아야 강남에 아파트 한 채를 간신히 살 수 있다고 한다. 현재 우리나라 현실이 그렇다. 나도 20대에는 가난 때문에 부모 원망을 많이 했다. '수려한 외모 유전자를 물려주지 못했으면 재산이라도 좀 물려주지'라며 참 많이 원망했다. 돈이 없는 탓에 늘 싼 학비로 공부하는 학교만 찾아다녀야 했다. 그런 사정으로 나는 학비가 제일 싼 국립 학교만 평생 다녔다. 초등학교는 당연히 국립이고, 중학교는 국가검정고시로 통과했으니 국립이고, 고등학교는 3년 전액 장학금 준다길래 세계기능올림픽 최다 금메달을 자랑하는 국립부산기계공고를 나왔고(우습게도 난 기계치다), 대학은 국가독학사로 통과했으니 국립이고, 대학원도 학비가 한 학기당 200만 원밖에 안 하는 한국예술종합학교를 나왔으니 이 또한 국립이고, 지금 다니는 카이스트 대학원도 국립이다. 사람들은 대단하다고 칭찬하는데 난 대단하기도 싫고 칭찬받기도 싫다. 그냥 고생이 너무 심했다. 돈 없으면 너무 고생이다. 젊을 때 고생은 사서도 한다지만 너무 일찍 많은 고생을 해 본 나로서는 부모에게 도움을 살짝 받는 것도 좋다고 생각한다. 너무 기대는 것은 안 좋지만. 어쨌든 남자 쪽 집안에 재산이 얼마나 있는지, 아버지가 얼마나 능력 있는지 살짝 알아보자. 속물 같아 보여도 어쩔 수 없다. 물만 먹고 살 순 없는 세상 아닌가.

　우리 일상 속의 낯익은 기술들이 자연을 보고 모방한 것이라는 사실을 알고 있는가? 자연을 보고 모방하는 기술이 바로 나노 모사 기술이다. 쉬운 예로 바닷속을 매끄럽게 헤엄쳐 다니는 상어의 피부 돌기를 보고 물 저항이 가장 적은 수영복을 만들었고, 진주의 단단한 미세 구조를 보고 인공 뼈를 만들어 냈다. 1991년 독일의 식물학자 빌헬름 바르트로트 교수는 연꽃의 잎사귀가 물을 잘 흘려 보내는 친소성 덕분에 진흙과 같은 불순물에 대해 표면을 깨끗하게 유지하는 현상을 밝혀냈다. 이 연꽃잎의 자기세정(selfcleaning)을 모방해 만든 자동차 유리 세척제와 같은 코팅 시장의 규모는 세계적으로 100억 달러를 넘어설 정도로 크게 히트했다. 자연을 보고 새로운 기술을 유추해 내듯이 부모를 보면 그 남자가 보인다. 특히 아버지를 보면 그 남자의 반 정도는 알 수 있다. 어색하고 꺼려지더라도 남자친구 집에 찾아가서 아버지에게 사교성 있게 애교도 떨며 식사도 하고 대화도 나누어 보자. 내 남자의 부모를 파악하려면 현장 확인만한 것이 없으니까.

친구분, 친구놈, 친구XX

'왜 같이 만나?'

'앞으로 같이 만나기 싫어. 이상해.'

집 근처 카페에서 다음 날 촬영할 대본을 열심히 손보고 있는데 옆 테이블에서 짜증 섞인 목소리가 날카롭게 날아들었다. 돌아보니 조금 떨어진 두 개의 테이블에 각각 커플이 앉아서는 똑같이 미간을 찌푸린 채 한숨을 쉬고 있다. '왜 같이 만나?'는 오른편 테이블의 남자가 여자친구에게 자기 남자친구들과 같이 만나서 놀자고 하니까, 여자친구가 가기 싫다고 짜증내는 소리였다. '앞으로 같이 만나기 싫어. 이상해'는 그 옆 테이블의 여자가 남자친구의 친구들을 만나고 와서 짜증을 내는 소리였다. 카페에 몇 시간 있다 보면 커플들의 이런 다툼을 심심찮게 볼 수 있다. 여러분도 종종 본 적

"

이 있을 것이다. 그렇게 다투기도 해 보았을 테고.

나는 연애 초기의 여자들에게 강력하게 권한다. 남자친구의 친구들을 반드시, 많이 만나 보라고. 연애 초반에, 남자친구의 친구들을 되도록 많이 만나되 만나는 장소는 그들이 단체로 자주 모이는 곳일 것! 이것이 핵심이다.

남자친구의 친구들을 살펴보는 건 연애 초기의 필수 체크 사항이다. 연애 초기에는 당연히 오붓하게 둘이 알콩달콩 데이트하고 싶을 것이다. 그래서 남자친구가 친구들과 함께 보자고 하면 짜증이 나는 게 당연하다. 하지만 그렇게만 생각할 것이 아니다. 오히려 적(?)을 알기에 더없이 좋은 기회일 수 있다.

꼭 같이 만나 보기 바란다. 그리고 그 자리에서 남자친구가 어떤 친구분을 만나는지, 혹은 어떤 친구놈을 만나 음주가무를 즐기는지, 어떤 친구××를 만나 어디 룸살롱 물이 어떻고 나이트 부킹이 어떻고 떠들지는 않는지 철저하게 탐색해야 한다.

연애 초기에 정 주고 마음 주고 사랑도 다 주었다. 그런데 뒤늦게 남자친구의 친구들을 만나 보니 모조리 다 이상하다, 마음에 안 든다, 그 친구들을 통해 미처 몰랐던 남자친구의 안 좋은 모습도 비로소 알게 됐다, 이러면 이미 때는 늦다.

남자친구의 친구들을 많이 만나 보라는 이유는, 다음의 레토릭(rhetoric)으로 설명하면 쉬울 것 같다. "당신이 어떤 친구를 만나는지 말해 주면, 당신이 누구인지 알려 주겠다." 그 사람, 특히 남자를 아는 가장 좋은 방법은 친구를 보는 것이다. 이 말은 주변에서 흔히 들을 수 있는 레토릭이기도 하고 가장 공감 가는 표현이기도 하다. 남자친구의 친구들을 만나다 보면 남자친구는 참 괜찮은 사람인데 그 친구들이 별로인 경우가 있다. 이럴 때는 매의 눈으로, 내가 만나는 그 남자의 진정성에 대해 살짝 의심해야 한다. 한편 남자친구는 긴가민가 좀 의심스러운데 그 친구들을 만나 보니 다들 좋은 경우도 있다. 그러면 조금은 안심하고 진지하게 만나는 것을 생각해도 좋다. 유유상종이니까.

남자들은 여자들보다 유대 관계가 더 끈끈한 편이라 친구가 곤경에 처하면 마치 제 일처럼 나서서 도와준다. 여자친구와 데이트를 하다가도 친구가 이사를 한다고 하면 바로 날아가서 이삿짐 나르는 것을 돕는다. 이런 이유로 싸우는 연인들도 많다. 어쩌다가 교통사고가 나서 구원 요청을 하면 흥분해서 같이 싸워 주기도 하고, '경찰에 아는 사람 있어? 검찰에 아는 사람 있어? 하고 온 동네방네 전화를 걸어대기도 한다. 비록 해결하는 데는 전혀 도움이 안 되더라도. 내 친구 하나는 며칠 뒤 외국 출장을 가야 하는데 여자친구가 갑자기 아픈 바람에 병원에 입원을 시켰다. 그런데 수술 일정이 너무 늦어 수술도 못 보고 출장을 가야 하는 상황이었다. 그러자 친구들이 이리저리 뛰어다니더니 여자친구의 수술 날짜를 옮겨 출장 전에 수술을 할 수 있게 손을 썼다. 여자는 당연히 감동을 받았다. 의리 있고 능력 있는(?) 남자친구의 친구들 덕분에. 그날 이후 여자친구는 남자친구의 친구들을 '대견이들'로 칭하며 아주 잘 지냈고, 결혼까지 골인해서 지금까지 잘 먹고 잘 살고 있단다.

　남자친구의 친구들을 만날 때 그 무리들이 잘 다니는 곳에서 만나야 하는 이유는 단골 아지트가 어디인지, 분위기는 어떤지를 살펴보는 것이 남자친구의 성향 파악에 크게 도움이 되기 때문이다. 당구장도 따라가 보라. 짜장면 폭풍 흡입하고 당구를 치면서 무슨 이야기를 하는지, 레이더를 켜고 들어라. 적당히 농담도 받아 주고 맞장구도 쳐주면서 어울려라. 그러면 남자들이 편해져서 평소에 하던 말투, 이야기가 다 나온다. 친구들과 이야기할 때의 말버릇, 술 마실 때의 술버릇이 파악되면 그 사람의 본모습이 조금씩 보인다.

　미국의 심리학자 스탠리 밀그램의 6단계 분리 이론에 대해서는 많이들 들어 봤을 것이다. 1967년도에 나온 이론으로, 모든 사람들은 여섯 단계만 거치면 모두가 아는 사이라는 논리이다. 사회적인 인맥, 우리 몸의 혈관도, 뇌의 시냅스도 다 네트워크다. 전염병과 소문이 쉽게 퍼지는 이유도 모두 네트워크로 연결되어 있기 때문이다.

　우리나라에서도 한 방송사에서 몇 년 전에 실험을 한 적이 있다. 지방에 있는 한 대학생이 대통령에게까지 이어지는 데 몇 단계를 거치면 되느냐, 하는 것이었는데 대략 다섯 단계를 거치니 연결이 가능해졌다. 대통령이 다섯 단계이니 일반인들은 더 말할 나위도 없다. 우리나라는 땅이 넓지 않아서 학연, 지연으로 연결될 수 있는 가능성이 높고 그렇다 보니 다섯 단계만 거치면 모두가 아는 사람이다.

　카이스트 물리학과 정하웅 교수는 네트워크의 핵심은 바로 허브 찾기라고 했다. 점과 점을 이어서 연결하다 보면 그 선들이 모이는 점이 있다. 그것을 네트워크의 핵심, 허브라고 한다. 쉽게 풀이하자면 '엄청 쏠리는 곳', '엄청 집중되는 곳'과 같은 거다. 모든 비행기가 한 번은 경유해서 가는 싱가폴의 창이공항처럼. 연예인 중에서 대표적인 네트워크 허브는 박경림이다. 연예인에 대한 정보를 알고 싶으면 박경림에게 연락해 보면 된다.

남자친구의 모임을 따라다니고 남자친구가 친구들과 나누는 얘기를 들을 때 네트워크 허브 개념을 가지고 만나면 더 좋다. 남자친구의 동창 모임, 회사 모임, 동네 친구 모임 등등 이런저런 모임에 함께하다 보면 각 모임에서 겹치는 친구나, 모임의 주축이 되어 남자친구와 연락을 주고받는 친구를 파악할 수 있다. 그 친구가 바로 파워 허브다. 그 친구를 집중적으로 파악해야 한다. 그 친구의 성향은 남자친구의 성향에 절대적인 영향을 미친다. 남자친구는 객관적으로 볼 수 없다. 하지만 남자친구의 친구는 객관적으로 볼 수 있다.

그런데 중요한 사실 하나. 잘 살피다 보면 의외로 당신의 남자친구가 악마의 파워 허브일 수도 있다는 점이다. 부모들이 흔히 하는 말이 있다. '우리 아이가 참 착한데 친구를 잘못 만나서…….' 그런데 그 잘못 만났다는 친구의 부모는 또 제 아이를 가리키며 친구를 잘못 만났다고 한다. 직접 보지 않고서는 자기 마음 편한대로 상황을 해석하기 십상이다. 남자친구도 마찬가지다. 당신의 남자친구가 어떤 사람이고 친구들과 어떤 영향을 주고받는지는 그 모임에 가 보지 않고는 절대 알 수가 없다. 부지런히 같이 다니며 잘 살펴보자. 자동차를 고를 때 자동차의 허브인 엔진을 꼼꼼히 살펴보듯이, 남자친구도 연애 초반에 그 친구들, 네트워크와 허브를 꼼꼼히 체크해 보아야 한다.

여자친구가 어머니와 함께 영화 〈스파이〉를 보러 갔는데, 어머니께서 영화를 보다가 "김 감독이 저 배우하고 닮았네" 하더란다. 그래서 여자친구가 "배우 누구? 설경구?" 하고 물었더니 "아니 저 사람……" 하며 가리킨 사람이, 요즘 정말 인기가 많은 고창석이었다고 한다. 하…… 여자친구는 깔깔대며 말을 더 보탰다. 엄마는 그 말을 하고부터 고창석만 나오면 무조건 웃는다고.

나는 주장한다. 외모는 비록 중고차일지언정 나의 허브인 엔진만큼은 벤츠라고.

개그맨은 왜 미녀와 결혼하는가?

    뜨거운 사우나 탕 속에 몸을 담그고 하루의 피로를 풀고 있는데 젊은 아빠와 다섯 살쯤 되어 보이는 아들이 등장했다. 또 시끄러워지겠구나, 싶었다. 어린아이와 아빠가 목욕탕에 오면 뜨거운 탕 속에 들어가자, 안 들어갈 거다, 하며 분명 한바탕 소란을 피울 것이기 때문이다. 그런데 재미있는 일이 일어났다. 아이와 아빠가 몸을 대충 헹군 뒤 탕 앞으로 왔다. 그리고 아빠는 탕에 바로 들어가지 않고 난간에 걸터앉더니, 손을 뜨거운 탕에 넣었다가 뺐다가, 발을 넣었다가 뺐다가 하며 온갖 우스꽝스러운 행동을 하는 것이다. 아이는 아빠의 모습에 연신 꺄르르 웃음을 터뜨렸다. 그러고는 아빠의 행동을 따라 했다. 아빠 따라 뜨거운 물에 손 한 번 넣고 꺄르르, 발 한 번 넣고 꺄르르. 10여 분 가까이 장난을 치는가 싶더니 아이는 어느새 아빠와 함께 탕에 몸을 푹 담그고 있었다. 조그만 녀석이 뜨거운 탕에 들어가 앉을 때까지 단 한 번 칭얼거리지 않은 채 말이다.

또 하나의 에피소드. 얼굴도 예쁘고 조건도 좋은, 누가 봐도 괜찮은 여자가 한 남자를 소개 받았다. 미남도 아니고 학벌이나 집안이 엄청난 남자도 아니었다. 그런데 이 남자가 입을 열자 여자는 웃음이 터지기 시작했다. 남자가 너무 재미있었다. 평소에 사람에게 쉽게 곁을 주는 성격이 아닌데 그 남자와는 달랐다. 스스럼없이 가까워졌고 평소답지 않게 술자리까지 이어졌다. 너무 재미있어서 자리에서 일어나기 싫었던 것이다. 그런데 어느 순간 정신을 차려 보니 자신이 그 남자와 한 침대에 누워 있더란다. 남자의 유머에 넘어가 차 한잔이 술로, 술이 침대로까지 이어진 거다.

이 두 에피소드는 한 개그맨의 실제 이야기다. 그는 유머로 미인을 얻었고 다정한 아빠로 행복한 결혼 생활을 하고 있다. 아이가 뜨거운 탕에 제 발로 들어가게 만드는 것, 누가 봐도 에이스인 여자를 정신없게 만들어 버리는 것, 모두 웃음의 힘이다.

웃음의 힘은 대단하다. 권력의 정점인 대통령, 그 대통령 선거에 나오는 사람들도 웃음은 필수다. 〈일밤〉 '몰래카메라'에서 가장 웃겼던 사람 중 한 명이 고 김대중 전 대통령이다. 몰래카메라에 나오기 전까지만 해도 김 전 대통령의 이미지는 '강인한 투사'였다. 그런데 이희호 여사에게 쩔쩔매는 공처가의 모습으로 웃음을 선사하며 단번에 '부드러운 남자'의 이미지를 얻었다.

소개팅 현장은 웃음과의 사투이다. 어떻게든 여자를 재미있게 하려는 남자와 좋은 인상을 주기 위해 최대한 남자의 말에 리액션하며 웃어 주려

애쓰는 여자. 모두 웃음의 힘을 알기 때문이다.

웃음의 힘은 이미 과학적으로도 증명되었다. 1분만 지속해도 10분 동안 에어로빅을 한 효과가 있고, 통증을 완화하고, 엔도르핀을 증가시켜 면역체계를 강화하고, 스트레스 호르몬도 감소시킨다는 등의 이야기는 이미 너무 유명하다.

나는 방송 작가를 거쳐 PD가 되었는데 그동안 오로지 코미디 프로그램만 만들었다. 25년간 코미디를 하면서 느낀 점은 웃길 줄 아는 사람은 똑똑하고 악의가 없다는 것이다. 수백 명의 관객을 코앞에 두고 그야말로 피 말리며 웃겨야 하는 개그맨들은 관객의 눈에 나타나는 미묘한 감정을 1초 안에 수십 번씩 판단해야 한다. 두뇌 회전이 빠르지 않고서는 도저히 할 수 없는 일이다. 같이 일했던 이경규, 신동엽, 강호동, 이휘재 모두 참 똑똑하고 하나같이 악의가 없다(그러고 보니 유재석하고만 유일하게 같이 일을 못해 봤다. 좀 아쉽다).

영국심리학회 학술지인 《더 사이콜로지스트(The Psychologist)》에서도 유머 감각이 있는 남자가 실제로 유전학적으로 우성이라고 했다.

순발력과 재치가 있으면서도 똑똑한 남자라면 조금 못생겨도 선택할 만하다. 왜냐하면 그는 우성인자이니까. 여자가 유머 있는 남자를 선호하는 것도 본능적으로 이를 알기 때문이 아닐까?

유머의 속성 중에서 재미있는 사실 하나. 남자는 웃기는 걸 좋아하고 여자는 웃는 걸 좋아한다. 여자들은 리액션이 좋다. 공감 능력이 좋아서이기도 하고 남자들처럼 감정 표현에 억눌려 있지 않아서이기도 하다. 그래서 방송사에서 녹화를 할 때 방청객은 무조건 여자가 우선이다.

〈세친구〉를 만들던 시절에, 한 번은 예정됐던 여대생 방청객 스케줄이 갑자기 꼬였다. 그래서 남학생들로 급히 대체했는데 정말 진땀이 나서 그날 녹화를 어떻게 했는지도 모르겠다. 남자들은 왜 그렇게 웃지를 않는지. 팔짱을 딱 끼고 어금니도 꽉 물고는 고개를 살짝 15도로 기울인 채 결연한(?) 표정으로 쳐다보았다. 아니, 노려보았다. 가끔 손가락으로 콧등을 만지며 (이것 역시 얼굴 표정을 들키지 않기 위해 가리는 행동이다). 아무리 웃겨도 악착같이 버티다가 겨우 콧바람을 내며 흥, 하고 웃는다. 웃는 걸 왜 그리 힘들어하고 창피해하는지. 제발 좀 웃어 달라고 통사정을 해도 안되서 알바비를 못 주겠다고 협박까지 했다. 그제야 '허허허……' 정도로 웃음이 새어 나왔다. 하지만 그 소리가 너무 작다보니 녹음 마이크에 제대로 잡히지 않아 아주 애를 먹었다. 좋은 감정이든 나쁜 감정이든 남자는 표현에 서툴다.

웃음에 넘어가는 건 비단 여자만이 아니다. 유명한 방송 프로그램 제작사 여자 대표 이야기다. 그녀는 음악대학을 나와 드라마 OST 편곡에 직접 피아노 연주자로 나설만큼 음악 실력이 아주 뛰어나다. 그런데 좀 미안한 얘기지만, 얼굴은 눈에 띄는 편이 아니다. 그런데 이 여자가 결혼은 참 잘했다. 서울대 출신에 잘생기고 성격 좋은 부잣집 아들을 만나 결혼을 하겠다고 시어머니 될 사람을 찾아가 인사를 드렸더니, 생각한 며느릿감이 아니라 너무 실망한 어머니가 아들에게 물었더란다. "얘야, 넌 저 여자 어디가 마음에 든 거니? 대체 어디가 좋은 거야?" 어머니가 보기에는 출중한 아들에 비해 여자의 외모가 좀 떨어져서 흡족하지 않았던 것이다. 그때 남자의 대답이 이렇다. "엄마 저 여자는 저랑 같이 있으면 절 너무 웃겨 줘요. 재미있어서 시간 가는 줄도 몰라요." 여자가 웃겨도 남자를 사로잡는다. 이 제작자가 어느 날 술자리에서 내게 말했다. "감독님, 여자는 그래도 인물인데 내가 뭐 볼 게 있나요. 제 남편 참 잘생겼어요. 공부도 잘하고. 근데 공부만 하다 보니 좀 어리숙해요. 그래서 제가 정신없이 막 웃겨서 혹, 자빠뜨렸어요. 그리고 결혼했어요. 지금도 신랑은 내가 무슨 얘기만 하면 깔깔깔 웃으며 뒤로 넘어가요."

결혼한 지 25년이 지나도록 이 부부는 잘 살고 있다. 남자가 못 웃기면 여자가 웃기는 것도 좋다. 유머는 여자에게도 참 괜찮은 무기다.

유머 감각이란 게 타고나는 거 아니냐, 자기도 웃기고 싶지만 그렇게 안 되는 거 어떻게 하느냐, 하고 항변하는 남자들이 있다. 여자들도 고민이 되기는 마찬가지다. 내 남자는 못 웃기는데, 하고. 맞는 말이다. 똑같은 얘기를 해도 참 재미있게 하는 사람이 있다. 내가 함께 촬영해 본 톱스타 둘을 비교해 봐도 그렇다. 장동건은 유머 감각이 조금 부족하다. 내가 좀 웃기는 연기를 요구하면 부끄러워 자신부터 웃고 만다. 그런데 이병헌은 정말 유머 감각이 뛰어나다. 코미디 연기를 요구하면 바로 알아채고 코미디를 자기화하여 연기한다. 〈왕이 된 남자 광해〉에서도 이런 점이 잘 드러났다. 개그맨들도 사람 웃기는 게 여간 힘든 것이 아닌데 보통 남자더러 웃겨 보라고 하면 힘들 수밖에 없다.

하지만 여자를 웃게 만드는 건 유머 감각뿐만이 아니다. 여자의 입가에 미소를 짓게 하는 사람이 있는데, 박장대소 웃기진 못하더라도 그것도 썩 괜찮다. 남자의 따뜻함은 여자를 미소 짓게 한다. 난 이것을 사랑의 태양 상수라고 이름 붙였다. 태양 상수란 지구가 태양과의 평균 거리에서 태양 광선에 수직으로 놓여 있는 단위 면적당 단위 시간에 받을 수 있는 전체 태양 복사에너지 양을 말한다. 겨울엔 양이 적어 춥고 여름엔 양이 많아 덥다. 심리학자들의 실험에서 찬 커피를 쥐어 주며 부탁할 때보다 따뜻한 커피를 쥐어 주며 부탁할 때 더 잘 들어주었다는 연구 결과도 있다. 따뜻하면 더 여유가 생기기 때문이다. 손이 따뜻하면 마음이 여유로워지는 것도 이러한 이유에서다. 우리 동네 동태찌개집 주인은 여름에도 따뜻한 물을 가져다주며 '뭐 드실래요?'라고 한다. 처음에는 '여름에 웬 뜨거운 물?' 하고 생각했는데, 그 행동이 반복될수록 사람이 따뜻해 보였다. 마음이 따뜻해지면 미소는 저절로 따라 온다.

프랑스의 신경학자인 뒤셴 박사는 여자들의 미소를 실험하여 그 종류를 열 아홉 가지로 구분하였다. 그런데 그중 눈과 입, 볼의 근육 등이 모두 움직이는 "진짜 미소"는 단 한 가지였다고 한다. 이 실험으로 인해 진짜 미소를 '뒤셴 미소'라고 부르게 되었다. 여자에게 진심이 담긴 리액션인 뒤셴 미소를 짓게 하는 남자라면 유머가 넘치는 남자 이상으로 경쟁력이 있다.

나의 경쟁력도 웃음이다. 〈일요일 일요일 밤에〉, 〈특종TV연예〉, 〈남자 셋 여자셋〉, 〈세친구〉, 〈롤러코스터〉가 내가 25년간 만든 프로그램들이다. 대충 짐작하겠지만 모두 웃음을 무기로 한 작품들이다. 나는 초등학교를 졸업하자마자 바로 사회생활을 시작했다. 사는 게 참 힘들었다. 어릴 적부터 소년 가장 노릇을 하며 아버지 병원비 보태고 집안 살림 꾸려 가느라 웃을 일이 없었다. 그때 유일하게 나를 웃게 한 것이 코미디언 서영춘, 구봉서 선생이 나오는 MBC 〈웃으면 복이 와요〉였다. 그걸 보며 나 역시 웃음으로 힘든 사람에게 위안을 주고 싶었다. 그 후 신춘문예 공모는 열 번이나 떨어졌는데 MBC 코미디 작가 공모는 응모하자마자 단번에 붙었다. 모든 심사 위원으로부터 만점, 수석이었다(자랑하자면, 만점 신화는 그 뒤로 20년 동안 나오지 않았다고 한다).

25년간 시청자를 웃기는 것만 생각했다. 아버지가 돌아가신 날에도 상주인 나는 옆방에서 코미디 대본을 적었다.

"웃음이 날 살렸고, 앞으로도 웃음으로 살 것이다."

나의 책상 앞에 적힌 글이다. 나는 아무리 바빠도 강의 부탁이 들어오면 대부분 나가는 편이다. 이유는 마지막에 꼭 '웃어라'라며 웃음을 전파하기 위해서다.

성공한 사람들에게는 웃음이 있다. 여자와의 데이트에 성공하는 남자들에게도 웃음이 있다. 영국 스털링대학 연구진은 여자의 마음을 사로잡는 데 성공하려면 로맨틱한 분위기보다 유머 감각이 더 필요하다고 발표했다. 박사 과정을 밟고 있는 메리 코완과 앤서니 리틀는 남녀 학생들을 대상으로 '무인도에 초콜릿과 헤어스프레이, 비닐 봉투 중에서 두 가지 물건만 가져갈 수 있다면 무엇을 가지고 갈 것인가? 라고 질문한 뒤 그 답변에 관해 재미와 매력도를 평가하도록 했다. 그 결과, 참가자들은 재미있게 답변한 사람과 데이트를 하고 싶거나 하룻밤을 함께 보내도 좋다고 판단하는 것으로 나타났다.

연애와 결혼에서 웃음은 윤활유다. 유머가 있는 사람을 만나면 기분 좋은 대화로 일상에 생기가 넘친다. 일상이란 로맨스가 아니라 유머를 바탕으로 더 행복해지는 것이다.

유머가 통하는 사람과의 한 시간은 1분처럼 빨리 지나가지만 나를 지루하게 하는 사람과는 3분만 있어도 집에 가고 싶어지지 않던가. 그런데 일생을 지루하게 할 것 같은 사람이 집에 딱 버티고 있다면? 하룻밤이 아니라 몇십년 동안 당신을 미소 짓게 해 줄 수 있는 사람, 슬플 때도 웃음을 줄 수 있는 사람과 만나길 바란다.

우린 스타일이 안 맞아!

"정균아, 그때 왜 그랬니? 넌 다훈이하고 친했잖아?"

2003년 윤다훈과 김정균의 예상치 못했던 싸움은 폭행 사건으로 번졌고 공인인 탓에 둘 모두에게 치명적이었다. 그리고 10년이 흘러 정균이와 술을 마시며 물었는데 10년 만에 돌아온 답이 의외였다.

"스타일이 안 맞아서요."

스타일? 스타일이 안 맞아서? 고작 그것 때문에 주먹다짐이 벌어지고 온 매체를 떠들썩하게 했다고? 나는 정균이에게 진지하게 물었다.

"도대체 넌 어떤 스타일이고 다훈이는 어떤 스타일이길래 그렇게 크게 싸웠던 거냐?"

싸움의 발단은 서로 나이를 따지면서였다고 한다. 서른 넘게 먹은 사내 놈들이, 그것도 공인이라는 놈들이 나이 문제로 싸웠다니 철딱서니가 없다고 생각할지도 모르겠다. 하지만 나이 때문에 싸우는 건 이 두 사람만이 아니다. 나이 따지고 서열 따지는 것은 동양 고유의 스타일이다. 동서양 문화 차이를 다룬 『생각의 지도』의 역자인 서울대 최인철 교수도 캠퍼스 안에서 운전을 하다가 제자뻘인 사람과 싸운 적이 있단다. 그는 싸움 막판에 나온 말이 "너 몇 살이야!" 였다고 고백했다. 스타일 차이로 싸우든, 이유가 어쨌건 남자들의 실랑이에는 나이가 꼭 튀어나온다.

본래 이야기로 돌아와서, 사람들은 서로 스타일이 안 맞아서 갈등을 빚지만 막상 싸울 때는 그게 스타일 차이 때문이라고는 생각하지 못한다. 지나고 나서야 안다. 남자들끼리 싸우면 서로 나이가 몇 살이냐거나, 언제 봤다고 반말을 하냐거나 이런 식으로 조금은 유치하게 끝을 맺지만 남자와 여자가 부딪치면? 서로 스타일이 안 맞아서 크게 부딪친다면? 헤어지자는 얘기가 나올 수밖에 없다. 다툰 후 서로 풀고 싶은 마음이 있으면서도 화해하는 스타일이 달라 또다시 갈등이 생기는 경우도 심심찮게 볼 수 있다. 그래서 불같이 사랑하던 남녀가 헤어졌을 때 주변에서 이별의 이유를 물으면 흔하게 나오는 이야기가 바로 '내 스타일이 아니야……'라는 말인 것이다.

스타일이란 게 도대체 뭘까? 가치관과 비슷하기도 하여 그 범위가 애매하다. 최근에 스타일 하면 얼른 떠오르는 단어가 있다. 강남스타일. 강남스타일이 스타일을 가장 잘 표현해 주고 있는 것 같다. 가치관이 인생 전반에 걸친 거라면 스타일은 '오빠는 강남스타일~'이라는 가사처럼 문화적인 것에 초점을 두고 있다.

남자를 볼 때 체크할 사항으로 문화적 스타일을 선정한 이유를 묻는다면

'가랑비에 옷 젖어 봤니?' 하고 되물어 보고 싶다. 가랑비에 옷이 젖으면? 처음에는 큰 문제가 없다. 그런데 그 가랑비를 하루 종일 맞으면? 그 고통은 소낙비 한 번 맞는 것보다 훨씬 더 크다. 물고문 중에서 가장 고통스러운 고문이 물방울을 머리 위에 톡톡, 24시간 주기적으로 떨어뜨리는 거라고 한다. 그게 왜 가장 고통스럽냐고? 내가 경험하지 못해서 장담은 못하지만 전문가(?)의 말을 빌리면 물방울 하나하나가 나중에는 바위로 맞는 것보다 더 아프다고 한다.

문화적 스타일 차이가 그렇다. 당장은 별로 심각하지 않지만 장기적으로 보면 아주 심각하다. 연애 때는 여자가 로맨스 영화를 보고 싶다고 하면 남자친구가 아무리 액션 영화를 좋아해도 여자친구에게 맞춰 주려고 하니 크게 문제가 되지는 않는다. 하지만 결혼하고 나면 남자는 우긴다. 죽어도 액션 영화 보겠다고 한다. 피곤하다며 하품이나 하던 사람이 케이블TV에서 액션 영화가 나오면 볼륨을 키우고 열광한다. 그리고 로맨스 영화는 절대 안 보려고 한다. 이러면 서로 흰머리가 성성하도록 손 붙잡고 영화관 데이트를 가는 일이 없어진다. 결혼하고 나서 서로 영화관 한 번 가지 않았다는 부부들이 많은데 바빠서, 사는 게 정신없어서라고 하지만 알고 보면 서로 스타일이 너무 달라서 못간 것이기도 하다.

피 한 방울 안 섞이고 각자 다른 환경에서 살아온 남녀가 연애를 시작하면 1분 1초라도 더 붙어 있으려고 안달을 낸다. 그러다 보면 서로의 스타일, 사소한 문화적 취향과 습관 하나하나가 이 둘 사이에 긴장감을 조성한다. 별 것 아닌 것들이 사람을 숨 막히게 하고 너무 사소해서 이야기도 못하겠고, 괜히 지적했다가 찌질하다는 이야기를 들을까 봐 말을 못하다 보면 결국 쌓이고 쌓여서 엉뚱한 데서 터진다. 그러고서는 헤어지면서 서로 스타일이 안 맞았다고 변명한다.

대체 나는 어떤 스타일이고 상대는 어떤 스타일이기에 서로 빠져들기도 하고 헤어지기도 할까? 연애할 때 꼭 알아야 할 '연애 스타일'들을 살펴보자.

연애할 때는 주도권을 누가 쥐느냐가 중요해진다. 여자라도 리드하길 좋아하는 퍼스트 무버(First-Mover) 스타일이 있다. 그런 여자는 남자가 주도권을 쥐려고 하면 못 견딘다. 반면, 남자라도 주도권을 쥔 여자가 하자는 대로 따라가길 좋아하는 팔로우(Follow) 스타일이 있다. 남자와 여자가 만났을 때는 리드하는 스타일이냐 따라가는 스타일이냐, 사랑을 주는 스타일이냐 받는 스타일이냐에 따라 연애와 결혼의 질이 180도 달라진다. 공격형 축구 선수에게 수비를 맡기면 제대로 하지 못하고 골을 내주고 만다. 마찬가지로 수비형 선수에게 공격하라고 하면 결정적일 때 골을 넣지 못한다. 각자 포지션이 있듯이 연애도 각자 잘하는 스타일이 있다.

독립적인 스타일과 관계적인 스타일도 있다. 이것은 자기 소개를 해 보라고 하면 금방 드러난다. 관계적인 스타일은 자기 소개를 부모님이 누구고, 사는 곳은 어디고, 직장은 어디라는 등 주변의 관계 위주로 소개한다. 독립적인 스타일은 자신의 가치관, 혈액형, 성격, 장점, 단점 등등 철저히 자기 신상 중심으로 이야기한다.

자랑질 잘하는 스타일과 반성문 잘 쓰는 스타일도 있다. 우리 세대는 반성문을 참 잘(?) 썼다. 지각해도 반성문, 머리만 조금 길어도 반성문. 사회에 나와 직장에 다니면서는 시말서를 썼다. 그런데 요즘 세대는 자기소개서 잘 쓰는 공부에 혈안이 되어 있다. 바로 자랑질이다.

단체로 식당에 가면 눈치 보며 대충 따라 시키는 스타일이 있고 악착같이 자기 먹고 싶은 것을 시키고야 마는 스타일도 있다. 난 여자친구가 시켜주는 대로 먹는 스타일이다. 그래서 여자친구는 자기가 먹고 싶은 것으로 두 가지를 시켜 반반씩 먹는다. 그러면 난 나머지 반반을 먹는다.

일을 할 때도 즐기는 스타일이 있고 진지한 스타일이 있다. 나와 일하는 멤버들도 재미있는 코너 하나 만들어 보자, 하면 바로 진지 모드로 머리를 쥐어뜯는 스타일과 실실 웃어대며 생각하는 스타일이 있다. 둘 다 장단점이 있지만 코미디 프로그램의 경우 새로운 아이디어는 꼭 실실거리며 웃는 친구한테서 나온다. 나는 늘 말한다. 코미디를 논문 쓰듯이 딱딱하게 대하지 마라. 홍명보 선수가 감독으로 데뷔하며 한 인터뷰가 기억난다. 한국 축구가 성적이 안 오르는 이유는 목숨을 바치는 비장미가 지나치기 때문이라고. 그래서 자신은 즐기는 축구를 하겠다고 했다. 그러고 보니 외국 국가대표 선수들과 경기하기 전 애국가가 울려 퍼질 때의 장면이 생각난다. 우리나라 선수들은 애국가가 울리면 모두 뼈를 묻고 가겠다는 표정들이다. 그 옆의 외국 선수들은 껌 씹고 있는데……. 우리 선수가 껌을 씹으며 여유로운 태도를 보이면 우리 관중들은 아마도 '저놈 군기가 빠졌군' 하고 생각할 것이다. 일을 사명감으로 하는 사람은 즐기는 사람한테 못 이긴다. 엄숙주의는 창의성을 떨어트린다.

스타일에 대해 미주알고주알 비교해 보았는데, 남자친구를 한번 대입해 보자. 문화적 스타일이 다른 건 괜찮다. 문화의 공통 심리는 항상 우리가 중심이고, 내 나라가 중심이고, 내가 중심이다. 하지만 난 옳고 넌 틀렸고 내 스타일은 선진형이고 네 스타일은 후진형이라고 하며 상대의 문화를 배척한다면 그 순간부터 갈등이 시작된다. 서로 각자의 스타일을 인정해야 편하다.

재미있는 건, 서로 스타일이 달라서 궁합이 맞을 수도 있고 서로 같아서 궁합이 맞을 수도 있다. 요는 궁합이 맞으면 된다는 것. 하이더의 인지평형설(cognitive balance theory)에 따르면, 사람은 서로 공통의 관심사가 있을 때 호감을 느낀다고 한다. 연애를 할 때 '공통점'이 있으면 도움이 된다는 것은 이미 다 아는 사실이다. 그래서 '동호회'를 통해 연애가 시작되는 경우가 많다. 그러나 서로 비슷한 사람끼리 끌린다고 딱 꼬집어 단정할 수도 없다. 심리학에서도 여전히 논쟁이 분분하다. 자신과 닮은 사람을 좋아하게 된다는 '유의설'과 자신에게 없는 면을 가진 사람을 좋아하게 된다는 '상보설'로 나뉘어 현재도 갑론을박이 진행 중이다.

나를 예로 들어 말하자면, 내가 일하는 스타일은 공격적이고 스피드하다. 그래서 내가 만든 〈남자셋 여자셋〉, 〈세친구〉, 〈롤러코스터〉 같은 프로그램은 분량이 짧고 이야기가 빠르게 전개된다. 내 스타일대로 만들어서인지 성공 확률도 높았다. 사람들은 나를 보고 감독님은 폼 안 잡아서 좋아요, 하는데 사실 난 좀 시끄러운 편이다. 목소리도 크고 욕도 잘한다. 그렇다 보니 내 강의 스타일도 욕을 섞어야 맛이 산다. 그래도 대학 강의 나가면 인기 평가 1위다. 카이스트에서도 특강을 한 적이 있는데, 책임 교수님이 부탁했다. '욕만 조금 줄이시고……' 그러자 학생들은 '아니에요, 욕하면서 해 주세요'라고 했다. 난 학생 스타일로 맞춘다. 강의에서 갑은 학생들이니까.

반면 나의 연애 스타일은 매우 수비적이다. 다들 의외라며 믿기지 않는다고 하는데, 이렇다 보니 연애를 주도하는데 어려움을 많이 느낀다. 그래서 연애는 여자친구가 주도하기로 합의했다. 그 뒤로 나는 여자친구가 하자는 것, 먹자는 것, 보러 가자는 것이 있으면 절대 반항하지 않는다. 유의설이든 상보설이든 결국은 본인이 편한 스타일이어야 한다. 그러기 위해서는 당신의 스타일과 당신이 견디지 못하는 스타일을 잘 파악하여 그에 맞는 스타일의 남자를 볼 줄 아는 눈을 길러야 한다. 그래야 '스타일이 안 맞아서' 헤어지는 일이 없을 것이다.

문화적 스타일은 삶의 질을 바꾼다. 24시간 평생 붙어 있으려면 사소한 것들 작은 것 하나하나 문화적 스타일을 체크해 보라.

참, 다훈이와 정균이에 대한 이야기를 마저 해야겠다. 정균이 녀석이 "감독님, 죄송합니다. 저희는 이미 화해했으니 화 푸십시오"라고 하는 순간 머릿속으로 한 가지 아이디어가 쓱 지나갔다. 무던히도 애를 먹인 이 녀석들에게 딱 맞는 소심한 복수의 방법! 이 두 놈을 동시에 캐스팅해서 한 프로그램에 출연시키는 것이다. 서로 어떻게 눈빛을 주고받는지 한번 지켜보게 말이다.

가치관

"미치겠심더. 연애할 때는 억수로 잘 맞았는데 결혼하고 나니까 다 꽝입니다. 정말 미치겠심더."

둘 다 고향이 부산인 커플이 결혼한 지 석 달 만에 나한테 하소연한 소리다. 남자는 남자대로 '저도 힘들게 살았고 그 사람도 힘들게 살아서 억수로 잘 통할 줄 알았는데 통하는 게 하나도 없심더'라고 하고, 그다음에는 여자한테서 전화가 온다. '연애할 때는 뭐든지 통했는데에, 결혼하니 뭐든지 다 막혀서 도저히……'

몇 시간째 번갈아 전화를 해 대는 두 사람은 서울 객지 생활의 어려움을 서로 털어놓다가 필이 '억수로' 통해서 6개월 만에 결혼한 친구들이다. 나도 단지 부산 출신이라는 이유만으로 연애 중간중간 강제로 불려 나가 같이 식사를 하곤 했다. 그 죄로 오늘 두 사람한테 집중 전화 공격을 받은 것이다. 연애할 때 공통점이 억수로 많아서 말도 억수로 잘 통한다던 커플인데 왜 이런 결과가 나온 걸까? 난 두 사람을 같이 불러냈다. 그리고 그동안 '그렇게 억수로' 나눈 이야기들이 어떤 이야기였냐고 물었다. 그들이 털어놓는 이야기를 듣는 순간 바로 답이 나왔다. 전부 과거 타령이었다. 지나간 세월에 대한 이야기가 99%였다.

'오빠야 고향이 어데고?'

'부산.'

'옴마야, 내캉 같네. 부산 어데?'

'광안리.'

'우짜꼬, 난 민락동인데.'

'머? 광안리 바다 끝에 횟집 많은 데?'

'그래 맞다.'

'가시나 니 그동안 우예 살았노.'

'고생 엄청 했다 아이가.'

'내랑 똑같네.'

'우리 한번 뭉치까?'

'됐나?'

'됐다.'

이렇게 해서 가까워졌고 급기야 결혼까지 했단다. 그런데 이 수많은 이

216

야기 속에 가장 중요한 게 빠져 있다. 뭐가 빠졌을까? 바로 미래에 대한 이야기다. 다가올 미래에 대해서는 거의 아무런 이야기도 하지 않고 지나간 과거 이야기만 별이 빛나는 밤에 달콤하게 한 것이다. 과거의 공통점이 많다는 이유만으로 그 사람과 미래의 가치관도 맞을 거라고 판단, 아니 착각한 것이 문제였다.

가치관은 지나간 과거가 아닌 다가오는 미래에 어떻게 대처하며 살아갈 것인가, 하는 미래 예측도다. 지금 우리가 남자에 대해 따져 보고 있는 30개 정도의 체크리스트가 사실은 모두 그 남자의 미래 가치관을 측정하는 것이다. 그 남자의 가치관을 알기 위해서는 과거가 아닌 미래 이야기를 억수로 나누었어야 했다. 경상도 남녀는 그 부분에서 실수를 범한 것이다.

대개 남자와 여자가 처음 만나면 이런 대화를 나눈다. "고향이 어디세요?", "어느 학교 나오셨어요?", "어떻게 살아오셨어요?" 뭐 이런 식으로 대부분 과거에 대한 이야기가 많다. 이런 대화를 하면서 자신과 가정 환경이 비슷했는지, 살아온 지역은 비슷했는지 등 먼저 공통점을 찾는 것이다. 그러나 이런 대화는 친목 도모를 위한 과거사 맞추기일 뿐이다. 물론 과거가 지금의 그 사람을 만든 것은 분명한 사실이다. 하지만 그것만으로는 미래를 함께 살아가야 할 상대방이 나와 맞는 사람인지 판단하기에는 턱없이 부족하다. 그래서 과거에 대한 이야기가 끝나면 본격적으로 앞으로 어떻게 살 것인지, 즉 미래에 대한 생각을 진지하게 탐색해야만 그 사람이 나와 맞는 사람인지를 제대로 파악할 수 있다.

가난하게 살았던 사람이라고 해서 다 똑같은 가치관을 가지고 있는 것은 아니다. 가난했기에 누구보다 가난에 한이 맺혀 오로지 돈을 벌기 위해 목숨 바쳐 일하겠다고 생각할 수도 있다. 그 사람에게는 경제적 성공이 다른 무엇보다 중요할 것이다. 반면 어떤 사람은 가난하게 살았지만 불행하지는 않았기 때문에 돈 버는데 혈안이 되기보다 소중한 가족과 많은 시간을 보내며 인생을 살고 싶다고 할 수도 있다. 그러니까 중요한 것은 과거에 어떠했느냐가 아니라 앞으로 어디에 가치를 두고 살 것이냐 하는 가치관을 파악하는 것이다.

내가 다닌 고등학교는 인문계가 아닌 공업고등학교다. 부산 해운대에 자리 잡고 있는 국립부산기계공업고등학교. 이 학교는 고 박정희 대통령이 조국 근대화라는 가치 아래 독일 국가의 기술을 투자 받아 설립한 학교다. 그렇다 보니 독일과 한국의 문화를 비교한 강의를 많이 들을 수 있었는데, 그중에 한 수업 내용이 매우 인상 깊었다.

독일에서는 남자와 여자가 처음 만나면 주로 미래에 대한 이야기에 초점을 맞춰 이야기를 한다고 한다. 난 앞으로 정원에 꽃을 가꿀 거다, 혹은 나무를 키울 거다, 아니면 작은 채소밭을 만들 거다 등등 사소한 이야기라도 미래의 삶에 대한 이야기를 하면서 서로가 꿈꾸고 있는 미래가 비슷한지 맞춰 본다. 과거는 달라도 미래가 같은 사람을 찾는 것이다. 그래서인지 교육 수준과 직업의 격차가 있는 사람이라고 해도 결혼해서 행복하게 사는 경우가 많다고 한다. 예를 들어 남자는 중장비 기사인데 여자는 변호사인 부부, 이런 커플들이 의외로 많았다. 남자가 좀 험하게 살았을 수도 있고 나보다 학벌이 안 좋을 수도 있다. 그것은 과거다. 하지만 이 남자가 나와 성향이 잘 맞고 앞으로 꿈꾸는 인생이 잘 맞는다면 얼마든지 행복하게 함께 살 수 있다. 그런데 우리나라는 반대의 경우가 많다. 한국 남녀는 '어떻게 살았어요?' 하고 과거만 자꾸 캐묻다가 비슷하면 결혼하는데, 결혼하면 결국은 미래 가치관이 달라 싸운다. 가치관 탐색은 과거 타령을 하는 게 아니라 미래를 이야기하는 것이다. 그 남자의 미래에 대해 집중 탐구하자.

그 남자의 미래 가치관 중에서도 연애와 결혼에 관한 가치관에 대해 중점적으로 탐구해 보자. 결혼에서는 상대를 어떤 가치관으로 선택하느냐가 아주 중요하다. 우선 결론부터 이야기하자. 로봇을 원하는 남자는 절대 안 된다. 유교 사상에 젖은 남자들을 보면 자신이 원하는 기능만 세팅된 '로봇 같은 여자'를 구하는 경우가 많은데, 이런 남자는 단언컨대 절대 사절이다. 예쁘고 섹시한데 집안일도 잘하고 성격도 온순한 여자를 찾는 식이다. 요즘은 금전적으로 여유가 있는지도 살핀다고 하니 로봇 이상의 여성을 원하는 셈이다. 카이스트에서 로봇 공학 수업을 들은 적이 있는데 로봇 공학 3원칙 중 제1규칙이 참 재미있다 ― 로봇은 절대 인간에게 대들어서는 안 되고 이 거서도 안 되고 따져서도 안 된다. ―이렇게 여자가 로봇처럼 자신에게 순응하기만을 바라는 남자를 만났다가는 그 결과는 안 봐도 뻔하다. 21세기에 접어든지 한참이나 지났건만 의외로 아직 이런 생각을 하는 남자가 많다. 여자들 앞에서는 안 그런 척하지만 속으로는 사사건건 '여자가……' 하며 무시하는 남자들. 그들은 영원히 로봇 청소기를 돌리며 혼자 살도록 내버려 둬야 한다.

결혼하면 가정을 어떤 가치관으로 운영할지도 아주 중요하다. 우선 결론부터 이야기하자. 통제와 구속을 싫어하는 남자는 안 된다. 결혼은 두 사람이 각 가정에서 독립하여 함께 살아가는 것이다. 차선으로 치면 일차선이 이차선이 되는 것이다. 일방통행이던 것이 쌍방통행이 되는 것인데, 이때 교통 규칙이 제대로 정리되지 않으면 길이 막히고 사고가 난다. 운전을 하려면 면허증을 따고 교통 규칙의 통제를 받아야 하듯이 결혼이라는 운전을 하려면 쌍방통행이라는 결혼 교통 규칙을 따라야 한다. 그런데 요즘은 다들 늦게 결혼하다 보니 싱글 생활이 길어지면서 혼자 있는 것이 편해지고, 그런 생활에 몸과 마음이 길들여진다. 그러니 갑작스러운 간섭과 통제가 힘들 수밖에 없다.

나도 여자친구와 같이 있는 게 좋다가도 살짝 귀찮을 때가 있다(정말 가끔씩). 혼자 있고 싶을 때가 왜 없겠는가. 하지만 간섭과 통제를 받아야 한다. 탤런트 윤다훈은 인간성이 좋고 사람들, 특히 여자들한테 인기가 참 많았다. 그런데 어느 날 그가 내게 물었다. "나는 여자들한테 이렇게 인기가 많은데 왜 결혼을 못할까?" 그래서 내가 한마디했다. "너를 여자'들'이 좋아하면 안 되고, '한' 여자가 좋아해야 해. 그리고 너도 여자'들'을 좋아하면 안 되고 '한' 여자만을 좋아해야 해." 이 여자 저 여자에게 하나씩 나눠 주던 걸 한 명에게 다 줘야 연애도, 결혼도 할 수 있다. 자유롭고 싶은 마음을 접고 간섭과 통제를 받아들여야, 그리고 두 사람의 관계에 대한 의무감이 생겨야 비로소 결혼 모드에 최적화된다. 윤다훈은 지금 결혼해서 '한' 여자만 사랑하며 잘 살고 있다.

결혼은 장기전이다. 마라톤이다. 둘이 함께 나란히 뛰는 경기다. 남자들이 여자를 꼬드길 때는 자신이 여자의 짐까지 평생 다 지고 달릴 듯 말한다. 하지만 100m 달리기가 아닌 마라톤인 결혼 생활에서, 심지어 장애물이 가득한 마라톤의 와중에 남자가 여자를 업고 끝까지 뛰겠다는 것은 현실적으로 말이 안 된다.

여자들이 간혹 농담처럼 '힘들면 시집가지 뭐' 이러는데 이 말은 '힘들면 시골 가서 농사 짓지 뭐'와 같은 소리다. 농사만큼 힘든 게 없다. 마찬가지로 결혼 생활만큼 힘든 것도 없다. 그런 결혼 생활을 편하게 하겠다는 얘기는 남자 등에 업혀 가겠다는 놀부 심보다. 업혀 가면 편할 것 같은가? 억지로 업고 업혀서 가다 보면 업는 사람도 힘들지만 업히는 사람도 엄청 힘들다는 걸 야유회 운동회에서 한 번쯤은 겪어 봤을 것이다. 그리고 업히는 순간 자기 존재가 사라져 버린다. 자기 존재감을 잃어버리면 행여 결혼 생활이 깨지거나 아이들이 다 크고 남편도 밖으로만 나돌 때, 인생의 황혼기에 정신적 공황에 빠지게 된다.

남자들도 처음엔 좀 오버해서 배낭도 들어주고, 아예 업고 산 정상에라도 올라갈 것처럼 해도 결국은 나가 떨어질 수밖에 없다. 마라톤 경기에서 10시간이나 늦게 들어오는 선수는 봤어도 누군가를 업고 들어오는 선수는 본 적이 없다. 업는 것은 짐이다. 업히는 것도 짐이다. 결혼 생활의 실패 이유 중 무시할 수 없는 것이 이렇듯 한쪽이 다른 한쪽에게 짐이 되어 버린 경우이다.

얼마 전 우주 궤도 진입에 성공한 우리나라 최초의 우주 발사체 나로호는 발사에 성공하기까지 두 차례나 실패를 반복했다. 이유가 뭘까? 단순하다. 발사된 뒤에 발사체가 분리되지 않았기 때문이다. 상공에서 분리되어 야 할 발사체가 떨어지지 않으니 날아가야 할 우주선이 무거워지고, 무겁 다 보니 떨어진 것이다. 결혼도 마찬가지다. 같이 뛰어야 한다. 서로에게 짐이 되면 안 된다. 연애를 하든 결혼을 앞두고 있든 과거보다 미래 이야기 를 '억수로' 많이 하라. 그리고 그 미래 이야기 속에서 남자의 결혼 가치관을 꼼꼼히 체크하라. 앞으로 오랫동안 손잡고 갈 남자인지.

경상도 남녀는 이제 겨우 미래 이야기를 해 보는 중이라고 하는데, 미래 이야기를 하다 보니 또 싸운다며 전화가 온다. 남자가 '우리 고향이 부산 아 이가. 그라니 나중에 노후는 광안리 가서 살자. 바다 냄새 맡고 싱싱한 세꼬 시 묵고.' 이러면 여자는 '어떻게 올라온 서울인데! 내는 광안리 싫다. 바다 짠 내 질리도록 마이 맡았다. 세꼬시는 니나 마이 무라. 내는 죽어도 서울 이다.' 이렇게 30년 후의 미래 노후 대책을 가지고 다툰다며 내게 전화를 해 댄다. 아, 미치겠다. 그들의 미래 이야기에서 나는 제발 좀 빠지면 안 될까?

자잘해 보이지만
절대 자잘하지 않은 것들

　연애할 때는 몰라도 결혼을 눈앞에 두고 있다면 세세히 체크해 보아야 할 것이 늘어난다. 연인들은 서로 좋을 만큼 있다가 각자 집으로 가면 그뿐이지만, 부부는 사이가 좋을 때나 싸웠을 때나 무조건 한집 안에서 공간과 시간을 공유해야 하기 때문이다. 연애 때는 크게 느끼지 못하는 것이지만 결혼을 앞두었다면 반드시 체크해야 할, 사소해 보이지만 결혼 생활에 결정적일 수 있는 것들에 대해 이야기해 보려 한다. 결혼 생활이 무너지는 것은 엄청난 사건 사고들 때문이 아니라 생각보다 작거나 별 거 아닌 것 같아 보이는 일 때문이다. 아래에 정리한 사소하지만 절대적인 결혼 전 체크리스트를 참고해 보기 바란다.

건강에 대하여

건강 진단서는 기본이고 예의다. 병이 있든 없든 꼭 챙겨 받아 보았으면 한다. 프로포즈 이벤트만 악착같이 챙겨 받으려 하지 말고. 내가 우리 형수에게 가장 미안한 것이, 형님께서 결혼하고 7년을 채 못 살고 돌아가셨다는 사실이다. 요즘은 결혼 전에 건강 진단서를 주고받는 커플들이 많아졌는데, 참 다행이라 생각한다. 당장 심각한 질병은 없더라도 건강 진단서를 통해 향후 대처해야 할 가족 병력 등을 예방 차원에서라도 미리 알아 두는 것이 아주 중요하다.

그런데 어디까지가 병이고 어디까지가 건강한 거예요? 하고 물으면 답하기가 좀 애매해진다. 의학 통계에 따르면 병원에서 질병이라고 진단이 나오는 경우는 20% 수준이라고 한다. 나머지 80%는 병원 진단으로는 병으로 판명되지 않지만 평상시에 늘 골골거리며 건강하지 못한 상태라고 한다. 그러니 평소 생활 속 건강 상태도 잘 체크해 보아야 한다. 한 가지 재미있는 건 현대 의학이 병이 아닌 것을 병으로 만들기도 한다는 사실이다. 분명히 병이 아니었는데 치료제가 나오는 순간 병이 되어 버리는 것이다. 탈모가 좋은 예다. 대머리는 병이 아닌 것 같은데, 탈모 치료제가 나오는 순간부터 병이 되어 버린다. 남자를 체크할 때 대머리는 병으로 치지 말자, 인간적으로.

요즘 보험 광고를 보면 '유병장수시대'라는 말이 나온다. 요즘은 병이 있든 없든 평균 수명이 늘고 의학이 발달해 오래 살 수밖에 없다. 의료비 통계 자료를 보면, 한 달 가구 생활비 중 의료비 증가율이 제일 높다고 한다. 이처럼 건강을 잃으면 가정 경제에 큰 영향을 미친다. 상대방이 건강 관리에 소홀한 사람이라면 바로 레드카드를 꺼내 보여 줘라. 그런 사람은 자신의 몸만 대충 생각하는 것이 아니라 상대의 건강에 대해서도 무관심할 수 있기 때문이다. 건강한 몸을 소중히 여기고 건강 관리도 잘하고 상대의 건강에도 관심을 가지는 배려 깊은 사람인지, 꼭 체크해 봐야 한다.

나이 차이에 대하여

띠동갑은 기본이고 열여섯 살, 스무 살씩 어린 여자와 결혼하는 남자 연예인들이 참 많다. 이한휘부터 일일이 이름을 나열하기도 힘들 정도다. 나이 차이가 많이 나는 사람을 사랑하게 되고 결혼에까지 이르는 것은 그렇게 크게 문제 될 일이 아니다. 그런데 당사자인 당신이 그런 남자를 사귀게 된다면 약간 고민스러울 수도 있다. 우선 물리적인 나이 차이부터 이야기해 보자. 나이 차이에는 그야말로 숫자로 나타나는 물리적 나이 차이와 겉으로 보이지 않는 정신적 나이 차이가 있다. 단지 숫자로 나타나는 물리적 나이 차이는 일단 신경 쓰지 마라. 남자가 나이가 많아도 남자의 속성상 철이 안 든 건 마찬가지이기 때문에 모두 잠정적 연하남이라고 생각하면 답은 간단해진다. 남자는 나이가 들었든 덜 들었든 어차피 애다. 본격적으로 따져 봐야 할 것은 바로 정신적 나이다. 정신적으로 상대의 물리적 나이를 극복하고 교감도 잘되고 서로 정말 잘 맞는지가 관건이다.

나이 차이가 많이 난다는 것은 서로가 살아온 시대와 문화가 다르다는 뜻이다. 그러므로 세대 차이가 존재하는 것은 분명하다. 그럼에도 불구하고 얼마나 원활하게 소통이 되는지를 중점적으로 체크해 보아야 한다.

나는 방송국 생활을 25년 동안 하면서 항상 끊임없이 새로운 것에 도전하며 지냈다. 가장 대표적인 것이 서태지를 데뷔시킨 〈특종 TV연예〉인데,

당시 이것저것 모험적인 시도를 많이 하다보니 방송사 간부한테는 욕을 많이 먹었지만 시청자들의 호응은 열광적이었다. 우리나라에서 처음 시도한 몰래카메라도 그렇다. 몰카를 아무도 이해하지 못해서 내가 직접 나가서 출연하고 촬영했다. 몰래카메라 1회가 내가 호텔에서 고현정을 섭외하는 척하며 물을 쏟는 상황이었다. 새로움은 도전 정신이고 도전 정신은 청년 정신이다. 난 늘 도전하다 보니 늘 젊게 살았다. 한예종 영화과도 마흔쯤에 들어갔는데, 입학시험 면접장에 갔더니 면접관인 이창동 감독이 나를 보고 "김 감독이 여기 왜 왔어?" 하고 물었다. 나는 부끄럽지 않았다. 카이스트 대학원도 마찬가지다. 나이가 많아 처음에는 성실성을 의심받았는데, 지각 한 번 안 하고 성적 장학생으로 다녔다. 늘 그렇게 도전하며 살아서인지 띠동갑 이상 나이 차이가 나는 여자친구와도 나이 차이를 전혀 실감할 수 없다. 오히려 내가 더 연하처럼 느껴질 때도 많다. 가끔 '날 애로 보나', 살짝 빈정 상하기도 하지만, 물리적 나이 차이가 나더라도 남자가 정신적으로 어려서 정서적 나이 차이를 못 느낀다면 걱정할 일은 아니다.

다만 물리적인 나이 차이를 확실하게 극복할 수 있는 정신적 유대감이 확실하게 있는 것도 아닌데 경제력으로만 밀어붙이며 이른바 '트로피 와이프'를 구하려는 남자라면 만나지 마라. 세대 차이로 소통이 막히면 행복한 결혼 생활을 하기가 쉽지 않다.

연하남에 대해서도 이야기해 보자. 배우 한혜진은 여덟 살 어린 축구 선수 기성용과 결혼했고, 가수 백지영은 배우인 남편 정석원과 아홉 살 차이다. 많은 여자들은 부러워할 것이다. 그런데 남자들도 부러워하는 건 마찬가지다. 남자들은 누구나 다 연상 로망이 있다. 옆집 누나, 교회 누나, 동아리 선배 등등.

'나이 많은 여성이 나이 어린 남성을 받아들이고 있는' 현상을 여성들의 경제력 향상과 연결하기도 한다. 여성의 사회적 지위가 높아지고 경제력도 남성을 압도하니 굳이 돈과 권력을 좇아 나이 많은 남성을 찾을 필요가 없어졌다는 것이다. 대신 좀 더 자유롭게 애정 표현도 할 줄 아는 연하의 남자를 선호하는 것인지 모른다. 이런저런 분석을 다 떠나 한 가지 분명한 건 배우자 선택권이 여성에게로 넘어가고 있다는 사실이다. 시대의 대세에 따르라. 사귀어라. 문제 없다. 뭐가 문제인가? 단, 여자들이여, 연하남이라고 아이 취급하지 마라. 가뜩이나 어린데 아이 취급하면 진짜 철부지가 되어 버린다.

돌싱에 대하여

요즘은 이혼율이 높아서 그런지 돌싱들이 많다. 지금 이 책을 읽고 있는 독자도 돌싱녀일 수도 있고 돌싱남을 만날 수도 있다. 그렇다 보니 주변에서 이런 상담을 해 오는 경우가 많다. 돌싱인데 결혼 경력이 없는 사람과 결혼해도 되냐고 묻는 경우도 많고, 반대의 경우로 연애를 하고 결혼까지 하고 싶은데 상대가 돌싱이라서 집에서 반대할 것 같아 걱정이라고 말하는 사람도 많이 봤다.

돌싱과 인연이 닿았다면 반드시 확인해야 할 것이 있다. 왜 이혼을 했느냐하는 이혼 사유가 중요한 게 아니다. 내가 결혼하려고 하는 남자가 이혼에 대한 잘못을 어느 정도 인정하느냐가 더 중요하다. 이거, 대단히 중요하니 단단히 들어라. 이혼은 전처와 이미 벌어진 일이다. 누가 잘못했느냐도 상황에 따라 달라진다. 그리고 어차피 지금 당신의 남자를 통해 듣기 때문에 객관적이지 못하다. 그런데 당신이 '지금 당신의 남자'의 잘못을 어느 정도 인식하고 있느냐를 강조하는 이유는 당신 남자의 '결혼 성숙도'와 관계가 있기 때문이다.

당신이 만나는 돌싱 남자친구가 이혼의 사유를 전부 전처에게 돌린다면 남자의 결혼 성숙도를 다시 생각해 봐야 한다. 부부 문제는 반드시 양쪽에 잘못이 있다. 여자를 잘못 만나서, 라고 한다면 그 잘못 만난 것에도 스스로 책임지는 자세가 필요하다. 그래서 적어도 반, 50%는 자기 잘못으로 인정하는 성찰의 자세가 필요하다. 그래야 비로소 성숙해질 수 있다. 그런데 자신의 잘못이 없다고 주관적으로 계속 주장하면 차후에 이런 문제가 생길 때 또다시 당신을 탓하게 된다. 내가 아는 친구는 이혼을 한 뒤 자신의 잘못을 50% 인정하는 데 10년이 걸리더란다. 그러고 나니 오히려 과거를 털고 다시 재혼할 수 있겠다고 했다. 지금 당신의 남자의 성숙된 자기 반성 자세가 중요하다. 아직도 전처를 원망하고 있다면 그 남자는 아직 재혼 준비가 안 된 상태다. 설사 재혼을 하더라도 다시 이혼할 가능성이 높다. 그러니 그 남자의 결혼 성숙도를 꼭 체크해 보라.

그리고 이혼과 관련한 주변 정리도 잘되어 있는지 체크해야 한다. 마음 정리만큼 이혼 위자료, 자녀 양육, 재산 분할 등의 서류 정리도 깔끔해야 한다. 결혼은 현실이니까. 그리고 이런 걸 다 깨끗하게 오픈한 후 당신 스스로가 이해하고 받아들여지는지 자기 진단도 한번 해 보자.

종교에 대하여

인간의 범위를 넘어선 신의 영역을 과학의 잣대로 말하기는 어렵다. 인간의 오만일 수 있다. 다만 결혼한 뒤에 종교 문제 때문에 심각한 위기를 맞는 사람들이 생각보다 많기 때문에 현실적인 조언만 해 주고 싶다. 우선 그 사람의 종교를 존중해 줄 수 있는지, 달라도 극복할 수 있는지, 그 사람의 가족과 종교적 마찰은 없을 지 등 본인이 어디까지 받아들일 수 있고 어디까지는 받아들이기 힘들지 스스로 체크해 보라. 이 항목만은 상대의 문제가 아니라 당신 스스로를 돌아보는 체크리스트다. 받아들이기 힘든 수준의 종교적 차이가 있다면 그 결혼에 대해 진지하게 고민해 보아야 한다.

개인적으로 하나 권유하자면, 무신론자보다는 신앙을 가진 사람이 더 행복하다. 나도 젊을 적에는 종교 갈등이 심했다. 무슨 종교를 믿느냐, 왜 종교를 못 믿느냐보다 어느 누구한테도 고개를 숙이지 못하는 오만함과 겸허하지 않은 내 자신에 대한 자책이 더 심했다. 인간 별 거 아니다. 한낱 자연의 작은 일부다. 자연의 섭리를 과학적 잣대로 파고드는 과학자들도 결국 자연을 경외하며 대개 종교로 귀의한다. 겸손을 깨닫는 것이다. 그런 측면에서 종교에 관심을 가져 보는 것은 지혜로운 선택이라고 말하고 싶다.

결혼 전에는 자잘해 보이지만 절대 자잘하지 않은 것들. 사소해 보이지만 그 사소해 보이는 차이가 결혼 생활을 좌우하기도 한다. 브라질에 있는 나비의 날갯짓이 미국 텍사스에 토네이도를 일으킬 수도 있다는 나비 효과처럼.

연애를
끊임없이 디자인하라.
깨지는 것보다 더 무서운 것,
서서히 식어가는 것이다.

4

마지막 충고

지금은 여자 시대

동남아시아는 동남쪽에 있는 아시아를 일컫는 말이다. 주로 베트남, 필리핀, 말레이시아, 태국 같은 나라를 말하는데, 우리나라에서 보면 동남쪽이 아니라 서남쪽에 있다. 그런데 왜 이들을 동남아시아라고 부르는 것일까?

세계의 패권을 쥔 서양의 시각에서 보고 이름 붙였기 때문이다. 불편한 진실이지만 어쩔 수 없다. 지금의 과학 문명의 기반을 이룬 산업 혁명을 주도한 것이 바로 서양이었기 때문에 우리들은 서양의 시각으로 세상을 바라보는 것에 익숙해져 버렸다. 그들의 시각에서 보면 태국은 동남쪽에 있고 한국은 동북에 있다. 그래서 동남, 동북아시아다.

이처럼 역사는 강자의 시각으로 돌아간다. 결혼이라는 것도 그동안 힘 있는 자의 시각, 즉 남자의 시각, 부모의 시각으로 돌아가고 있었다. 그러나 여자의 사회적 위치가 상승하면서 자신의 인생도 스스로 선택하는 '여자의 시대'가 도래했다.

한때 나는 머리를 빡빡 밀고 콧수염을 기르고 다녔다. 카이스트 대학원 입학식 날 아직은 서먹한 학우들과 단체 기념사진을 찍는데 키가 186cm이나 되는 훤칠한 남자 학우가(YTN 과학 전문 기자 한정호였다) 다가오더니 나를 보고 이렇게 말했다. "조폭이 사채 받으러 왔다가 기념사진 한 방 찍고 가는 거 같습니다, 하하하!" 그래도 난 아랑곳하지 않고 머리를 빡빡 깎고 콧수염을 길렀다. 왜냐고? 여학우들이 멋있다고 하니까……. 여자의 말이 맞는 거다. 여자 시대니까.

그러다가 여자친구를 사귀게 되었고 그녀에게서 첫 임무가 떨어졌다.
'콧수염 깎고 머리 기르세요.'
난 바로 콧수염을 깎고 머리를 길렀다. 왜냐고? 여자친구 말이니까. 여자 친구의 말이 맞는거다. 여자 시대니까.

지구가 생긴 것이 지금으로부터 46억 년 전이고 인류가 지구에 출현한 지는 약 250~300만 년쯤 되었다. 우리가 문명이라고 부르는 생활을 시작한 지는 불과 1만 년에 지나지 않는다. 그 인류 역사를 통틀어서 대부분의 사람은 매우 가난하게 살았다. 물론 왕이나 귀족 같은 극소수의 예외도 있었지만 일반인의 삶이라는 건 비참했다. 그런데 불과 약 200~300년 전 산업혁명이 일어나면서 인류의 삶이 획기적으로 바뀌었다. 사람의 힘으로 하던 것을 기계의 힘으로 하게 되었다. 남자의 힘보다 기계의 힘이 더 강해졌다. 그리고 시간이 더 흘러 지식 정보화 시대로 들어서면서 이제는 마우스로 모든 걸 결정하는 여자의 검지 힘이 최고가 됐다. 즉, 인류사를 움직이는 힘이 왕에게서 남자에게로, 마침내 남자에게서 여자에게로 옮겨 진 것이다.

카이스트 협상학 강의 첫 시간에 김철호 교수는 여자와의 협상 비결에 대해 엄청난 노하우를 공개하겠다고 했다. 결혼 생활 30년의 경험과 협상학 교수로서의 이론을 집대성한 여자와의 최고 협상 비법은 '이길 생각 하지 마라'였다. 여자와의 협상에서 이기면 다음 날 아침 밥상부터 싹 달라지고 평생 고문당한다고 했다. 정말 여자 시대가 왔다. 이제 연애와 결혼의 주도권도, 부모도 남자도 아닌 여자가 쥐고 선택해야 한다.

그런데 여전히 내 남자한테만은 맘 놓고 큰소리도 못 치고 눈치를 보는 여자들이 있다. 아직 익숙해지지 않은 탓일까? 남자들은 자기 여자한테만은 지나치게 솔직하여 밴댕이 모습도, 짐승 모습도 거리낄 것 없이 막 보여주는데 말이다.

그러니 여자들이여, 조금 더 목소리를 높이자. 아니 당당하게 소리를 높이자. 자신의 취향과 생각을 밝히는데 주저하지 말자. 이제는 여자 시대다. 그동안 연애와 결혼에 있어서 남자와 가족만 부각되고 정작 가장 중요한 여자는 무시하거나 커튼 뒤에 숨겨 놓았다. 그 영향으로 연애에 있어서 남자는 장난질하듯 덤벼들기 바빴고 여자는 알아도 모르는 척, 순진함을 미덕으로 알고 살아왔다.

유교 문화 영향으로 아주 오래전에 출장 간 여성의 자리가 이제야 서서히 돌아오고 있다. 조금 더 자신감을 갖고 원하는 선택과 원하는 주장을 해도 좋은 여자 시대가 왔다. 남자에게 선택당하는 아마추어 결혼보다 내가 선택하여 내가 원하는 방향으로 이끌어 명품 결혼을 하자. 남자가 원하는 대로 끌려가는 아마추어 연애가 아니라 자신이 꿈꾸고 디자인하는 명품 연애를 하자. 그렇게 자신의 욕구에 충실할 때 자신이 원하는 삶, 그것만이 '내 세상', '내 행복'이다.

결혼은 미래다

너무나 잘난 그녀가 또…… 세 번째 결혼 청첩장을 들고 상담을 해 온다. 청첩장을 내밀며 진지하게 묻는다.

"저 이번 결혼, 해도 되겠죠?"

청첩장을 내밀며 상담이라니? 이건 그냥 통보다. 연애를 시작하기 전에는 지난 상처 때문인지 심사숙고! '정말' 답답할 정도로 재고 또 재더니 사랑에 빠지면 바로 일사천리! '정말' 미친 듯이 돌진한다.

사랑을 하면 왜 판단력이 흐려질까? 뇌공학자들의 뇌스캔 실험에서 흥미로운 결과가 나왔다. 열정적으로 사랑을 하게 되면 마약의 주성분 암페타민 계열의 페닐에틸아민(PEA)이라는 성분이 분비된다. 그래서 환각상태와 같은 흥분과 쾌감을 느끼고 이성적, 비판적인 사고 기능이 떨어진다. 과학적으로 따져 봐도 사랑을 하면 판단력이 흐려진다는 결론이 나오는 것이다. 하지만 결혼에 있어서 흐려진 판단력은 위험한 요소다. 바야흐로 '100세 시대(Homo Hundred)'를 바라보는 오늘날 서른 살에 결혼한다고 해도 앞으로 70년을 더 같이 살아야 하는데 판단 착오로 배우자를 잘못 선택한다면 남은 인생 전체에 치명적인 영향을 미칠 수밖에 없다.

Sustainability(지속 가능한가)?

이 단어는 카이스트에 입학한 뒤 내게 가장 큰 화두가 되었다. 그리고 과학계의 화두이기도 하다. 지금 과학자들은 급속하게 성장하는 문명만큼이나 빠르게 무너져 가는 지구 환경을 구하고자 치열하게 연구·고민하고 있다. 이들은 이산화탄소 배출을 줄이는 환경 친화적 녹색 성장이야말로 지구를 구할 수 있는 '지속 가능한(sustainability)' 방법이라고 제시한다. 과학자 출신인 안철수 의원도 대선에 출마하겠냐고 물었을 때 첫 답변이 "이 길이 지속 가능한지 고민 중"이라는 말이었다.

그런데 과학자들만큼이나 이 단어를 중요하게 받아들여야 할 사람들이 있다. 바로 결혼을 목전에 둔 사람들이다. 결혼을 앞둔 사람은 반려자와 함께 검은 머리 파뿌리 될 때까지 결혼 생활이 지속 가능하길 간절히 바랄 것이다(결혼 후에는 바뀔지라도 결혼할 당시는 분명 그랬을 것이다). 연애야 헤어져도 혼자 며칠, 몇 달만 끙끙 앓으면 되지만 결혼은 한 번 잘못하면 당사자는 물론이고 온 가족이 단체로 벌을 받는다.

그래서 결혼은 창업하는 마음으로 접근해야 한다. 로맨스의 감정은 잠시 내려놓고 나의 결혼이 적어도 70년 이상은 지속 가능하겠는지 한 회사를 창업하는 CEO 마인드로, 한 나라를 세우는 대통령 마인드로 냉철히 판단해야 한다. 결혼을 통해 탄생하는 '나의 가족'은 회사의 창업보다, 국가의 창건보다 더 위대하고 더 절박하기 때문이다.

사랑, 좋다. 하지만 결혼은 현실이다. 뻔한 이야기지만 이 말만큼 정확한 말도 없다. 로맨스는 결혼과 동시에 깨진다고들 한다. 맞는 말이다. 막상 결혼하고 보면 힘들게 고른 멋있는 디자인의 침대도, 소파도 생활의 공간이지 낭만의 공간과는 거리가 멀다. 생활비 이야기, 수도세 이야기를 하다 잠드는 공간이 침대이고, 손톱, 발톱 깎는 모습 다 내보이며 TV채널 가지고 싸우는 곳이 소파다.

부동산 불황보다, 정권이 바뀌는 것보다 더 절박한 것이 나의 결혼이다. 결혼이란 게 잘못했다고 다시 환불하기가 정말 만만찮은 일이기 때문이다. 어렵게 수습한다고 해도 상처 없는 행복한 결별이란 있을 수 없기에 신중하고 냉철하게 생각해야 한다.

결혼은 미래다. 한 번 선택하면 미래에 지속적으로 이어질 나의 일상이다. 대니얼 앨트먼의 『10년 후 미래』라는 책의 한국어판 서문을 보면 "다가올 미래에 한국은 어떤 선택을 할 것인가?"라는 문장이 있다. 나는 이 문장을 이렇게 바꿔 본다.

"다가올 결혼에 당신은 어떤 남자를 선택할 것인가?"

연애를 디자인하라

　노트북을 하나 사려고 여자친구와 용산 전자상가에 간 적이 있다. 참 까다롭게 고르고 또 골랐다. 기능은 거의 비슷하고 가격대도 비슷해 디자인을 중점적으로 살피며 골랐다. 마지막 낙점을 기다리고 있는 두 후보가 있었으니 하나는 평범하게 생긴 신상이요, 하나는 신상은 아니었지만 매혹적인 빨간색이 눈에 띄었다. 색상은 조금 맘에 안 들지만 그래도 신상인 노트북이 나을까, 아니면 일단 시선을 확 끄는 매혹적인 빨간색의 노트북이 좋을까, 한참을 고민하고서는 결국 빨간색을 선택했다. 다음 날 여자친구는 빨간 노트북을 들고 의기양양하게 카페로 왔다. 노트북을 열어 보니 없는 것 없이 다 깔려 있었다. 좋아하는 음악만 모아 놓은 음악방, 특이한 영화만 모아 놓은 영화방, 채팅방, 쇼핑몰 등등. 노트북 공간을 여자친구의 취향대로 디자인한 것이다. 내 여자친구 뿐만 아니라 아마 대부분 여자들은 이렇게 하지 않을까 싶다. 예전의 다이어리 꾸미기에서 핸드폰과 컴퓨터로 바뀌었을 뿐. 그런데 여기서 한 가지 묻자. 당신은 과연, 당신의 연애도 이만큼 정성을 들여 디자인하는가?

삼성이 세계적인 기업으로 변신하겠다고 마음먹고 가장 먼저 선언한 것이 디자인 경영이었다. 이건희 삼성그룹 회장이 1993년 6월 프랑크푸르트에서 "앞으로의 세상에서는 디자인이 제일 중요해진다"라고 선언한 것이다. 이때부터 제품 개발 후 부수적으로 디자인을 하는 게 아니라 디자인부터 하고 그 규격에 맞게 제품 개발을 하기 시작했다. 생산 제품 분야는 후진국형 가격 경쟁에서 중진국형 품질 경쟁으로, 다시 선진국형 디자인 경쟁으로 불붙고 있다. 가격과 품질을 초월한 명품형 제품들이 디자인 경쟁에서 승리하여 호황을 누리고 있다. 개인 취향을 철저히 맞춰 주는 디자인 시대가 온 것이다.

그런데 디자인이라는 것이 단순히 물건의 외양에 콘셉트와 예술을 불어넣는 것만은 아니다. 노트북 공간을 나만의 스타일로 꾸미는 것도 디자인이다. 인생을 디자인하라는 말도 매체에 심심찮게 등장하여 익숙해졌다. 디자인의 개념이 이처럼 확장되어 디자인 경영이라는 개념까지 나오게 된 것이다.

그럼 이제 당신의 연애 디자인을 점검해 보자. 당신은 남자친구와 어떤 패턴으로 연애하고 있는가? 혹시 둘만의 특화된 디자인이 아니라 다른 누구와도 다를 바 없는 표준화된 디자인의 연애를 하고 있지는 않은가? 만나면 밥 먹고 차 마시고 영화 보러 갔다가 시간 좀 남으면 간단히 쇼핑한 뒤에 영화 보고 나면 술 한잔 하고, 그다음엔 집에 갈래, 좀 더 있다가 갈래, 하고 승강이하다가 집에 가면 오늘 연애 상황 종료. 다음에 또 만나면 다시 이런 패턴이 반복, 반복. 만나서 하는 대화도 이렇다 할 것이 없고 서로에게 상투적 관심만을 보이는 그런 연애를 하고 있지는 않은가? 그리고 그 연애가, 노트북 공간의 디자인보다 따분하다고 생각되지는 않는가?

 하고 하소연하는 연인들이 많다. ‘아, 만나면 뭐 하지? 남자는 머리를 싸매고 여자는 이런 남자의 뒤통수를 쏘아본다. ‘뭐 할 지 생각도 안 하고 나왔어? 내가 벌써 만만해?’ 까페에서 쉽게 볼 수 있는 풍경이다. 연애 때 만나면 할 말이 많아야 하지 않나? 연애 때부터 할 말이 없으면 어떡하나? 연애 공간이 늘 비슷하고 대화가 말라 버리면 서로의 관계는 지루하고 지겨워질 수밖에 없다. 하물며 혼자서 노트북을 가지고 놀아도 할 게 넘치는데 정작 사랑하는 사람과의 시간이 무료하다면 이는 심각한 문제다. 이는 얘깃거리를, 관심을, 연애를 디자인 하지 않았기 때문이다. 노트북은 디자인, 가격, 성능 등 따질 수 있는 건 다 따져 보고 사고, 사고 난 뒤에는 노트북 안의 바탕화면을, 폴더를 정성껏 디자인하면서 정작 연애는 그저 처음 그대로 내버려 두는 것이다.

사귀다가 헤어지는 연예인들을 보면, ‘아, 저희들 바빠서 다시 친구가 되기로 했어요.’ 이런 얘기를 많이 한다. 그런데 정말 그렇다. 지지고 볶고 싸우다가 원수가 되어 헤어지는 경우보다 바쁘다 보니 일하는 사이사이 전화나 문자하는 걸 반복하다 연애가 더 이상 뜨거워지지 않고 지겨워져 헤어지는 경우가 대부분이다. 서로 연애에 대한 디자인이 부족하다 보니 재미 없어 헤어지는 것이다. 10년 동안 연애를 하다 헤어지면, 10년을 연애했으 니 당연하다는 식으로 말하는데, 그것 역시 연애에 대해 지속적으로 디자 인하고 노력을 기울이지 않아서이다. 노력하는 연애는, 그리고 결혼은 세 월이 지나도 또 다른 즐거움과 행복으로 만족감을 준다.

깨진 유리창의 법칙이란 게 있다. 온전한 유리창들이 있는데 그중 하나 만 깨고 내버려 두면 다음에 지나가던 사람들이 무심코 돌을 던져 나머지 유리창도 다 깬다는 심리 용어다. 디자인하지 않고 내버려 둔 연애는 깨진 유리창과 같다. 일부분이 깨진 것 같아도 이내 전체가 깨져 버리는 것이 연 애다. 연애 때 디자인하는 버릇을 들여놓지 않으면 결혼을 해도 마찬가지 다. 집이라는 결혼 공간이 어떻게 디자인되느냐에 따라 침대가 놀이터가 되기도 하고 전쟁터가 되기도 한다. 식탁이 멋진 레스토랑이 되기도 하고 오로지 에너지 보충을 위한 사료통이 되기도 한다. 그러니 수시로 연애를, 내 삶을 새롭게 디자인해야 한다.

TV를 보는데 미국 오바마 대통령이 중국 시진핑 주석을 특별한 귀빈으 로 대우하기 위해 특별한 별장으로 초대해서 정상 회담을 했단다. 그런데 그 별장이 있는 곳은 여름이 되면 40℃가 넘는 폭염이 기승을 부린다고 했 다. 정치부 기자인 친구에게 물었다. "아니 귀한 사람을 특별히 모시면서 왜 저렇게 더운 데서 만나?" 그랬더니 그 지역에 지어 놓은 별장이 내부 시 설이 가장 좋고 가장 시원한 곳이기 때문이라고 했다.

몽골은 가장 추운 지역의 경우 −40℃까지 내려간다고 한다. 그런데 몽골 특유의 게르(Ger)라고 불리는 움막 안은 굉장히 따뜻하다. 그래서 그들에게 집은 더 큰 의미를 가진다. 드넓은 초원에서 유일하게 시원하고 따뜻하며 가족이 만나 사랑을 나누는 곳은 오직 내 집 뿐이기 때문이다. 결혼도 그래야 한다. 척박한 외부 환경 속에서 지칠 때 찾아가면 즐거움과 행복이 있는 피난처가 연애이고 결혼이어야 한다. 그러나 결혼을 잘못 디자인하면 무리를 하며 힘들게 장만한 나의 집이 지옥이 되고 만다.

연애를 디자인 할 때 가장 권하고 싶은 방법은 같이 많이 다니라는 것이다. 가만히 앉아서 '그렇게 할 말이 없어? 그렇게 갈 데가 없어?' 하고 구박하지 말고 당장 움직여 보라. 움직이면 다 돈이라며 걱정하는 사람들이 있는데, 여행은 돈 투자보다 시간 투자가 더 중요하다. 외국에서는 여행을 시간 투자로 이해하는데, 우리는 돈 투자로 생각하는 게 문제가 아닐까 싶다. 다들 바쁘게 살다 보니 '짧고 굵게'를 외친다.

모처럼 여행을 간다. 도착하자마자 그 동네에서 가장 크고 유명한 나이트를 찾는다. 그리고 부어라 마셔라 술 먹고 뺀 다음 아침에 일어나 해장하고 돌아온다. 잘~ 놀았다며. 아니면 도착하자마자 쇼핑을 한다. 오는 날까지 쇼핑을 한다. 그러고는 잘~ 놀았다고 한다. 정작 아름다운 여행지들은 기념 사진을 찍느라 뒤통수로만 감상하고, 나만의 여행 코스가 아니라 남들이 좋다고 하는 곳에 가서 셀카나 찍고 온다.

이게 여행인가? 외국인들을 보면 게으른 여행을 지향한다. 어디 한군데 가면 느긋이 책도 보고 산책도 하며 참 여유롭게 머물다가 온다. 우리가 보면 게으르다 느낄만큼. 그에 반해 우리는 지나치게 부지런하다. 유럽 전체를 일주일 만에 다 돈다. 아니 빛의 속도로 날아다닌다. 어딜 갔는지 기억도 안 난다. 뭘 봤는지 기억도 안 난다. 사진을 봐야 겨우 가물가물 생각난다. 이게 우리의 여행이다.

여행은 결과가 아니라 과정이다. 다녀왔다는 종착점이 중요한 게 아니라 출발하는 시작점이 중요하다. 돈을 많이 쓰지 않고도 얼마든지 다닐 수 있다. 같이 걷기부터 해 보라. 자전거를 타는 것도 좋다. 등산도 좋다. 지하철로 이동 가능한 곳으로 가도 좋다. 지하철 4호선을 타고 종점인 오이도까지 가보라. 거기도 좋다. 낯선 공간을 가면서 둘이 같이 대처하다 보면 애깃거리가 많이 나온다. 연애와 결혼에서 여행은 중요한 디자인 요소이다.

요소요소에 디자인이 들어가면 결혼도 연애도 더 흥미진진해진다. 그런데 문제는 나도 남자지만, 남자들이 이런 걸 참 못한다. 그래서 여자들에게 부탁하고 싶다. 연애 디자인만은 여자들이 하라고. 그리고 남자에게는 그 기획서를 주며 실천하라고 닦달하라. 남자들이 그래도 말은 잘 듣지 않는가?

지금은 여자가 리드하는 시대다. 디자인하지 않는 연애는 지루해진다. 당신이 리드하여 연애에 즐거움을 불어 넣자. 그렇게 하지 않으면 어찌 되냐고? 깨지냐고? 깨지는 것보다 더 무서운 것, 서서히 식어가는 것이다. 다시는 회복되지 않는 연애 빙하기로.

이제 결정하라

카이스트 학우 중에 아이를 낳고 더 예뻐진 『경향신문』 목정민 기자가 있는데 어느 날 불쑥 자기 신랑이 나를 한번 보고 싶어 한다고 했다. 신랑은 YTN에서 현장 취재만 하는 기자인데 갑자기 기획팀으로 발령받아서 기획이 뭔지 25년 동안 기획해 온 내게 자문하고자 했던 것이다.

나는 내가 마시고 싶은 술을 실컷 얻어 마시고는 간단하게 한마디만 했다. 기획이란 머리를 싸매고 아이디어를 짜내거나 열심히 일하거나 하는 게 아니라 '고독하게' '멀리 있는 미래를 보고' '방향을' '판단하는' 자리, 즉 결정하는 자리라고 했다.

"to be or not to be"

세익스피어의 비극 『햄릿』에서 가장 유명한 고뇌 어린 대사다. 무엇을 할 것인가 말 것인가, 결정할 때의 판단은 정말 중요하다. 결정의 영향력은 실로 엄청나게 크다. 회사의 CEO들이 파격적인 연봉을 받는 이유는 바로 결정에 대한 대가다.

이제 나와 함께 당신의 남자를 체크한 결과를 두고 그 남자를 선택할 것인지 말 것인지, 결정해야 한다. 지금까지 그 남자와 '맞는지'에서부터 '자잘하지만 작지 않는 것들'까지 20개 정도의 체크리스트를 집중적으로 살펴보았다. 그리고 남자의 3대 리스크에 대해서도 이야기하였다. 이미 말했다시피 3대 리스크가 우려되는 사람이라면 바로 아웃시켜야 한다. 그리고 체크리스트 중 60~70% 이상 만족한다면 그 남자에게 다가가 볼 만하다. 80~90% 이상 만족하면 딴 여자가 채가기 전에 얼른 달려가라. 그런데 40~50% 정도만 만족한다면 좀 더 신중히 살펴보며 서서히 다가가거나 혹은 서서히 접거나 해야 한다. 그리고 30% 이하라면 당장 휴대전화 번호를 바꾸고 관계를 단절하는 것이 좋다.

영국 통계청에서 영국 시민 16만 5,000명을 대상으로 '인간을 행복하게 만드는 요소'에 대한 설문 조사를 했는데, 결론은 '행복하려면 결혼하라'였다. 인간을 행복하게 만드는 것은 고액 연봉이나 종교가 아니라 결혼이라는 것이다. 나도 동감이다. 그러나 단, 잘했으면 좋겠다. 정말 잘했으면 좋겠다. 연애도 미친 듯이 잘했으면 좋겠고 결혼도 과학적으로 잘했으면 좋겠다.

'Present'는 해석에 따라 '현재'이기도 하고 '선물'이기도 하다. '현재'가 바로 가장 좋은 '선물'이라는 뜻이 아닐까? 이 책을 다 읽은 '당신의 지금 모습'

을 당신에게 '선물'하고 싶다. 사람은 자기도 모르게 변하는 순간이 있다. 아이가 처음 세상을 나오는 순간에는 자기도 모르게 40가지 정도가 변한다고 한다. 눈을 뜨고, 코로 숨 쉬고, 입이 열리고, 입으로 공기를 들이마시고…… 순간적으로 일어난 엄청난 변화를 자신도 모르게 받아들인다.

갈망하는 마음으로 이 책을 읽었다면 당신도 분명 40가지 이상 변해 있을 것이다. 당신은 사실 이 책을 집는 순간부터 변하고 싶었고, 변하기 시작했다. 그리고 이제 이미 변했다. 이게 바로 이 책이 주는 첫 번째 선물이다.

두 번째 '선물'로는, 나를 빌려 드리고 싶다. 외국 도서관에서 '책 대신 저자를 빌려 드립니다'라는 이벤트를 해 상당히 좋은 호응을 얻었다는 기사를 본 적이 있다. 나 역시 책에서 못 다한 연애와 결혼 상담을 위해 나를 빌려 드리고 싶다는 생각이 들었다. 출판사쪽에 이 생각을 전했더니 선뜻 좋다며 동의해 주었다. 이 책을 읽은 독자들과 더 많이 만나 변하고 싶은, 변하기 시작한 그 마음에 격려와 조언을 더해 주고 싶다. 그리고 당신의 결정에 축복을 더해 주고 싶다.

홍대 작업실과 양평 작업실을 오가며 이 책을 쓰는 2년 내내 독자들을 지루하지 않게 하기 위해 때로는 유머에 집착하기도 했지만 현실을 거울로 마주한 독자들의 절박함을 생각하며 진정성도 놓치지 않으려고 무척 노력했다. 이 책은 지적인 흐름이 아니라 실제로 다양하게 경험한 것들을 제시하여 직접적인 도움을 주는데 차별성을 두고자 했다.

오늘의 연애와 미래의 결혼에 대한 막연한 환상과 무작정 잘 될 거라는 식의 안일함은 자기자신을 불행하게 할 뿐이라는 생각에서 이 글을 출발하였다. 결혼 준비를 하는 사람을 어깨너머에서 보기만 했어도 알 것이다. 결혼을 하려면 얼마나 많은 것을 확인하고 준비해야 하는지. 살 공간은 어떤 규모로 준비하고, 아이 출산 시기는 언제로 잡을지, 경제력은 어디까지 지탱 가능한지, 문화는 어디까지 즐기고 감수할 것인지, 사랑 싸움에서 누가 더 희생하고 양보할 것인지, 현실적 조건과 삶에 대한 가치관, 결혼 생활에 대한 원칙을 정리하는 것까지 주제 하나하나가 가정을 존속시키느냐 마느냐 하는 절체절명의 과제들이다. 그런데 닥쳐올 미래의 결혼을 정확히 쳐다보려 하지 않고 그저 '사랑이야'라고 생각해 버리는 머리와 가슴은 좀 더 지혜롭게 행동하려는 눈과 발을 가로막는다. 순진하고 진부한 생각에서 벗어나지 못하고 현실적인 미래 전략 없이 그냥 눈 감고 운전하다가는 목표 지점을 잃어 버린다. '우리가 왜 결혼했지? 이렇게 살려고 결혼했나?' 하고.

미래 예측은 불가능하지만 그렇다고 미래를 보는 시야를 닫아 버리면 그 불확실성은 더욱 심각해진다. 오늘을 방치하면 내일도 불확실해지고, 막연하게 선택해 버리는 미래는 감당하기 힘든 현실로 쓰나미처럼 들이닥친다. 최상을 꿈꾸되 최악을 대비하는 시야와 행동이 필요하다. 그래서 연애란 가슴에서만, 혹은 머리에서만 머무르지 않고 머리에서 심장으로, 심장에서 눈으로 입술로 손으로 발로 발전해 나가는 행동이다.

이제 눈을 부릅 뜨고 미래전략적인 결혼을 행동하라.

연애와 결혼이라는 장엄한 축제에 참가하기 전에 살짝 두려움을 가진 독자들이 있을까 하여 한마디 더 남긴다. 낯선 곳으로 들어가는 것은 기회인 동시에 위험이다. 하지만 두려움에 더 넓은 세상으로 발을 떼지 않으면, 그건 살아내는 삶이 아니다. 박제된 삶이다. 머리와 가슴이 심장에서 눈으로 입술로 손으로 발로 나가는 것을 가로막지 말라.

감사와 고백

먼저 감사하다는 말부터 하고 싶다.

가장 먼저 평소 많이 부족한 내게 큰 힘이 되어준 카이스트 교수님들께 감사를 드린다. 연애와 결혼이라는 테마를 과학에 접목해 이야기하는 것은 나의 생각에서 출발했지만 과학적인 설득 자료들은 거의 대부분 필자가 수업받은 교수님들의 강의 자료에서 인용되었기 때문이다. 세계 석학 수준의 교수님들은 해박한 지식 외에도 강의가 지루하지 않도록 치밀하게 유머도 준비했는데, 그 유머마저도 마치 나의 유머인 양 많이 도용했다. 이 점 교수님 한 분 한 분께 양해드리지 못해 송구스럽다. 지적 재산권을 강의하신 박성필 교수님의 강의 내용 중 가장 기억나는 말로 나의 변명을 대신한다.

스티브 잡스는 피카소의 다음과 같은 말을 자주 인용했다.

Good artists copy, great artists steal.

(좋은 예술가는 모방하고, 위대한 예술가는 훔친다.)

2년간 동고동락하며 공부한 카이스트 대학원 학우들에게도 감사드린다. 특히 여자와 과학을 접목한 논문을 만들어 보라며 이 책의 첫 영감을 준 『중앙일보』 최준호 기자, 그리고 내 논문의 대중성을 가장 먼저 간파하고 출판을 제의한 동아사이언스 『어린이 과학동아』 편집장이자 사랑스러운 아내와 두 아이 등 모든 보물 덩어리를 다 가진 정영훈 학우, 책 집필에 무조건 파이팅으로 응원해 준 청주 문화방송 기자 신미이 학우에게 정말 감사드린다.

이 책을 위해 하루하루 디데이를 정해 놓고 함께 매달린 실무팀에게도 감사드린다. 나의 구어체적인 언어 체계를 책이라는 문어 체계로 조리 있게 잘 정리해 준 구윤회 작가님, 지칠 줄 모르고 유머에 집착하는 나를 향해 더 명쾌한 과학적 해명을 요구하고 여러 차례 오류를 잡아 낸 변유경 팀장, 녹음기와 노트북을 켜 놓고 대화 한마디까지 녹취하며 자료를 꼼꼼히 챙긴 송지혜 대리에게 감사드린다. 그리고 미팅 첫날 '과학의 대중화에 함께 뛰어들어 봅시다'라고 격려해 준 김두희 사장님께도 감사드린다.

그리고 나의 유랑 체질을 알고 전국의 투썸플레이스를 마음대로 다니며 글 작업을 하라고 후원해 준 CJ 이미경 누님에게도 감사드린다. 나의 스승이자 25년 동반자인 송창의 감독님에게도 감사드린다.

마지막으로 여성적 시각에서 늘 체크해 주고 비판적 제안을 해 주며 같이 토론해 준 나의 인생 동반자인 여친님에게도 각별한 애정을 담아 감사를 표한다.

참 한 가지 더. 이 책을 위해 수많은 전문 서적들을 참고했는데 정말 보고(寶庫)와 같은 책들이었다. 그 책들이 정말 좋아 혼자만 알고 있기 아까워 참고 도서로 정리해 두었다. 그 책들을 지은 저자와 펴낸 출판사에게도 깊이 감사드린다.

다음은 고백이다.

나는 카이스트 대학원 공부를 마치면 신학을 공부하기로 마음먹은 늦둥이 신자다. 그런 내가 과학적 유물론을 근거로 무신론을 옹호하며 신의 창조론에 도전한 진화심리학자 리처드 도킨스와 일맥한 과학이라는 렌즈로 연애과 결혼을 재조명했다. 그리고 이런 내용을 담은 책을 담임 목사님께 보여 드리려고 하니 조금은 부담스럽다.

모든 현상을 논리로 설명하는 과학의 능력은 자연마저 이성으로 다스리려고 하고 과학의 실용성은 신의 초자연적 현상보다 인간의 마음을 더 끌고 있다. 연애과 결혼을 과학이라는 렌즈로 재조명해보는 것이 과연 옳은가?

자유로운 영혼인 강신주 철학가나 교회 목사님이 이렇게 질문한다면 난 독일 신학자 카를 라너의 말을 빌려 이렇게 핑계댈 수밖에 없다.

인간은 질문한다고 합니다. '하늘은 왜 파랗지?'라는 아이의 질문부터 '꼭 대학을 가야 하나?'라는 청소년의 질문, '날 사랑해요?'라는 연인의 질문, '아직도 나는 살아 있지?'라는 50대 가장의 질문까지.

비록 답은 없어도 질문을 함으로써 우리는 진실에 참여한다.

연애와 결혼에 대한 탐사의 끝자락에 왔는데도 그동안 먼저 탐사해 온 선각자들처럼 나 역시 그것을 만족스럽게 밝혀내지는 못할 것이다. 하지만 이 책과 함께 연애와 결혼을 탐사하려고 참여해 준 고마운 독자들에게 부디 신의 가호가 있기를 바란다.

그리고 남은 질문과 대답

Q 미련은 어떻게 해야 하나요?

'지금까지 읽은 이 책 내용 그대로'를 출판사에 넘기기 직전 마지막 모니터를 위해 글발 좋다는 후배에게 보여 주었다. 품평을 좀 해 달라고 했더니 다 읽고 딱 한마디를 했다. "감독님, 다 좋아요. 근데 감독님, 그 남자가 아닌 것도 알고 헤어져야 한다는 것도 다 아는데 그놈의 미련은 어떻게 버리죠?"

미련? 순간 머리가 띵해졌다. 그녀는 이별앓이를 하고 있었다. 이별앓이를 할 때면 꼭 같이 찾아오는 '미련'이라는 놈. '미련 그놈'은 과학의 사각지대에 있다. 이 책을 다 읽은 독자가, 결국은 지금까지 사랑했던 그와 헤어지기로 결심을 할 수도 있다. 그렇다면 그녀와 똑같은 질문을 던질 것이다.

미련. 정말 현실적이고도 절박한 단어라 다시금 사전을 찾아봤다.

미련(未練) : 깨끗이 잊지 못하고 끌리는 데가 남아 있는 마음.

왜 미련을 가질까? 미안한 마음에? 그가 없으면 죽을 것 같아서?

왜 미련이 남을까? 혼자 더 외롭지 않을까, 두려움 마음에? 쏟아부은 시간 때문일 수도 있겠다.

왜 미련스럽게 미련을 버리지 못할까? 인간이 원래 그렇게 합리적이지 못하기 때문이다. 원래 미련하다. 그놈의 사랑 앞에서는.

이제 그녀의 질문에 대한 나의 답을 해야겠다.

  세상의 모든 미련둥이에게

강물은 거꾸로 흐르지 않듯 감정은 한 번 식으면 돌이켜지지 않는다.

마음은 흔들려도 머리만은 더 흔들리지 말라.

그리고 정은 서서히 떼라.

그래야 탈이 없다.

처음 달구는 시간이 필요했듯

마지막 식히는 시간도 필요하다.

너에게도 남자에게도.

그리고 연애는 다시 안 할 거야,라고 하지 말라.

이번 연애는 다음 연애를 위한 성장통이다.

연애는 멈추지 말라.

작가 양귀자는 인생은 살아가는 게 아니라 살아내는 거라고 했다.

연애도 하는 게 아니라 해내야 하는 것이다.

사랑은 숙명이고 운명이니까.

미련이 생긴다는 것은 스스로는 정답은 알고 있다는 것이다. 그리하면 안된다는 것을······.

정답은 나와 있다.

참고 강의

강의명	직책	교수명
과학기술정책	KAIST 과학기술정책대학원 교수	박범순
금융공학	KAIST 금융대학원 교수	김동석
나노기술(NT)	KAIST 바이오 및 뇌공학과 교수	정기훈
리더십	KAIST 미래전략대학원장	이광형
메디컬저널리즘	KAIST 연세대의과대학 교수	손명세
문화기술컨텐츠	KAIST 문화기술대학원 교수	여운승
미래전략기획	KAIST 원자력 및 양자공학과 교수	임춘택
미래전략기획	KAIST 부설 한국과학영재학교 교장	정윤
바이오기술(BT	)KAIST 바이오 및 뇌공학과 교수	정용
방송미디어	KAIST 과학저널리즘대학원 교수	이은정
브랜드 및 디자인경영	KAIST 산업디자인과 교수	정경원
사회인지신경과학	KAIST 바이오 및 뇌공학과 교수	정재승
소셜미디어 이해	KAIST 과학저널리즘대학원 겸직교수	진달용
신문미디어	KAIST 과학저널리즘대학원 교수	김영욱
오픈이노베이션	KAIST 기술경영전문대학원 교수	이민화
위험커뮤니케이션	KAIST 과학저널리즘대학원 교수	김효민
융합기술(CT)	KAIST 바이오 및 뇌공학과 교수	최명철
정보기술(IT)	KAIST 정보과학기술대학 교수	이용훈
정보미디어산업론	KAIST 정보미디어 경영대학원 교수	정재민
지식재산경영	KAIST 지식재산대학원 교수	박성필
현대과학기술과 문명	KAIST 문화과학대학 학장	김동원
협상과 조정	KAIST 지식재산대학원 책임 교수	김철호
환경기술(ET)	KAIST 생명화학공학과 교수	박승빈
환경저널리즘	KAIST 인문사회과학과 교수	마이클 박

연애와 결혼 관련 참고 서적

책명	저자/번역	출판사
결혼 전 잠깐!	모니카 멘데스 리히/트래니	지식의날개
결혼 전에 꼭 알아야 할 101가지	시드니 J. 스미스 외/나선숙	큰나무
결혼의 기술	윌리엄 글라써/우애령	하늘재
결혼해도 좋은 남자 연애만 해야 될 남자	자신타 지난/허지은	행복한발견
그는 당신에게 반하지 않았다	그렉 버렌드 외/공경희	해냄
남녀탐구생활	김성덕 외	에디터
똑똑하게 사랑하라	필 맥그로/서현정	해냄
마지막에 결혼하는 여자가 이긴다	새년 폭스 외/정지현	21세기북스
서른, 연애할까? 결혼할까?	피오나	경향미디어
연애와 결혼의 과학	타라 파커포프/홍지수	민음사
연애와 결혼의 원칙	마거릿 켄트/나선숙	황금가지
이상한 나라의 연애학개론	팀 레이/전해자	행성B:잎새
짝,사랑	황상민	들녘
11분	파울로 코엘료	문학동네
3년 안에 결혼하기로 마음먹은 당신에게	하시모토 기요미/김윤경	비지니스북스
5가지 사랑의 언어	게리 채프먼/장동숙	생명의말씀사

과학 및 인문 관련 참고 서적

책명	저자/번역	출판사
감염	제럴드 N. 캘러헌/김병철	세종서적
과학의 열쇠	로버트 M. 헤이즌 외/이창희	교양인
기술의 대융합	이인식 외	고즈윈
나의 운명 사용설명서	고미숙	북드라망
내 성격은 내가 디자인한다	조성환	부글북스
뇌내혁명	하루야마 시게오/박해순	사람과책
대통령을 위한 물리학	리처드 뮬러/장종훈	살림
대화분석론	박용익	백산서당
동물에게도 문화가 있다	리 듀거킨/이한음	지호
미래	수전 그린필드/전대호	지호
복잡계 개론	윤영수, 채승병	삼성경제연구소
복잡계와 동양사상	최창현,박찬홍	지샘
사랑에 빠진 뇌	박찬웅	한국과학기술
생각의 지도	리처드 니스벳/최인철	김영사
생활속의 인간 심리	우종하	교육과학사
성격의 탄생	대니얼 네틀/김상우	와이즈북
세상의 이치와 논리를 지배하는 놀라운 화학	이경윤	삼양미디어
섹스의 진화	제러드 다이아몬드/임지원	사이언스북스
식량의 종말	폴 로버츠/김선영	민음사
신과학 복잡계이야기	최창현	종이거울
신은 낙원에 머물지 않는다	엘리자베스 A. 존슨/박총 외	북인더갭
양자의학, 새로운 의학의 탄생	강길전, 홍달수	친환경농업포럼
언씽킹	해리 벡위드/이민주	토네이도
오래된 연장통	전중환	사이언스북스
욕망의 진화데	이비드 버스/전중환	사이언스북스
음양오행 연구	양계초 외	논문자료집

책명	저자/번역	출판사
의사소통의 심리학	홍경자	이너북스
이기적 유전자	리처드 도킨스/홍영남 외	을유문화사
이성적낙관주의자	매트 리들리/조현욱	김영사
이중나선	제임스 왓슨/최돈찬	궁리
일의 미래	린다 그래튼/조성숙	생각연구소
정자전쟁	로빈 베이커/이민아	이학사
정재승의 과학콘서트	정재승	어크로스
주역의 과학과 도	이성환,김기현	정신세계사
지식의 대융합	이인식	고즈원
짝짓기의 심리학	이인식	고즈원
최무영 교수의 물리학 강의	최무영	책갈피
최재천의 인간과 동물	최재천	궁리
특이점이 온다	레이 커즈와일/김명남 외	김영사
하리하라의 바이오 사이언스	이은희	살림
10년후 미래	대니얼 앨트먼/고영태	청림출판
FBI 행동심리학	조 내버로 외/박정길	리더스북
MBTI로 보는 데이트와 사랑	알렌산더 아빌라/문희경	솔로몬